KB251826

비뢰도

飛雷刀

비뢰도 8

검류혼 新무협 판타지 소설

2판 1쇄 찍은 날 § 2005년 12월 9일
2판 2쇄 펴낸 날 § 2009년 3월 16일

지은이 § 검류혼
펴낸이 § 서경석

편집장 § 문혜영
편집책임 § 장상수

펴낸곳 § 도서출판 청어람
등록번호 § 제1081-1-89호
등록일자 § 1999. 5. 31
어람번호 § 제2-0769호

주소 § 경기도 부천시 원미구 심곡1동 350-1 남성B/D 3F (우) 420-011
전화 § 032-656-4452 팩스 § 032-656-4453
http://www.chungeoram.com
E-mail § eoram99@chollian.net

ⓒ 검류혼, 2005

ISBN 89-5831-863-5 04810
ISBN 89-5831-855-4 (세트)

비뢰도

飛雷刀

FANTASTIC ORIENTAL HEROES

검류혼 장편 신무협 판타지 소설

8

화산규약지회(華山規約之會)

도서출판 

젊은 정파 신진고수,
후기지수라면 눈에 불을 켜고
절치부심하는 각오로 임하는 것이
바로 이 화산규약지회(華山規約之會),
줄여서 화산지회(華山之會)라 불리는 대회였다

5년에 한 번 있는 정사흑백의
자웅을 겨루는 대전 중의 대전이었다
전 무림에서 가장 큰 행사라 불리기에
가장 합당한 행사라 할 수 있었다.

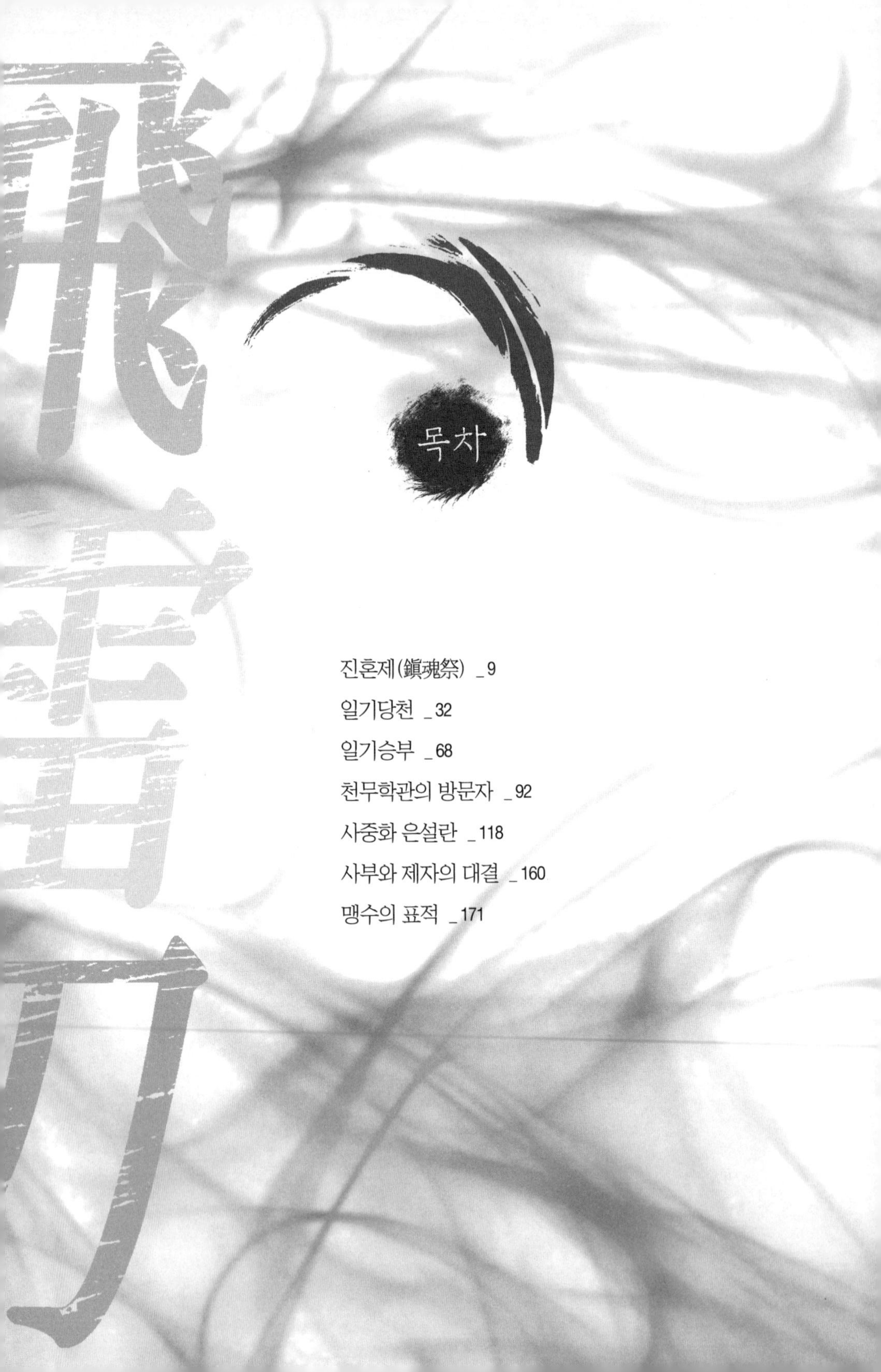

목차

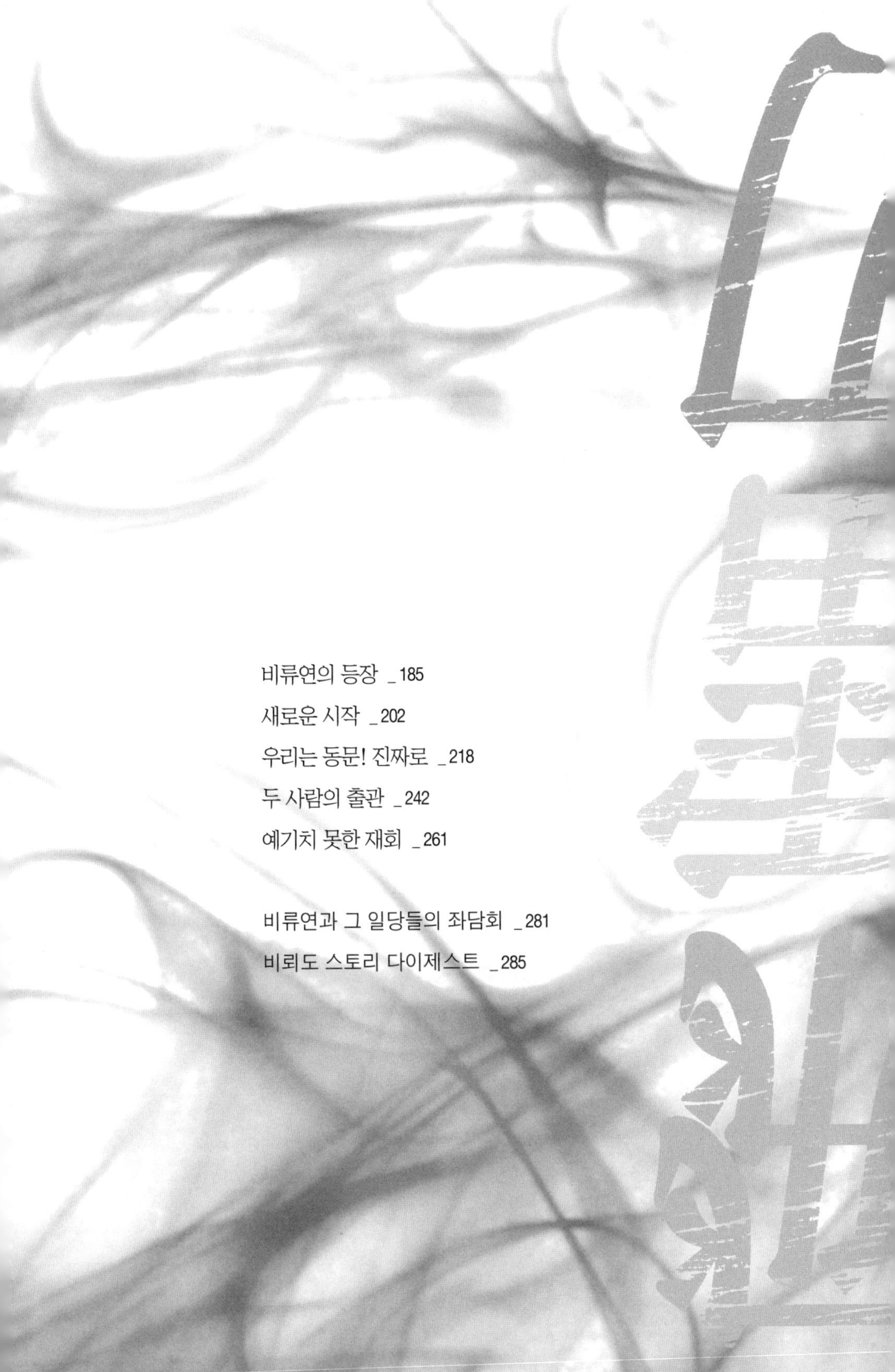

진혼제(鎭魂祭)
- 향은 연기 속에 영혼을 담아 바람에 날려간다

붉은 제단 위에 올려진
청동향로에 꽂힌 향(香)이 자신을 불사르며
연기로 화해 바람을 타고 하늘로 올라간다.

조용히 타오르는 향연(香煙) 속에는 많은 사람들의 간절한 염원이 담겨져 있다. 그윽하게 타오르는 향의 연기를 타고 죽은 자의 영혼이 사자(死者)의 안식처로 무사히 올라가길 바라는 간절한 열망!

수천의 염원을 담은 향이 스무 개의 영혼을 운반하기 위해 자신의 생명을 불살랐다. 전사자의 혼을 위로하기 위한 제단이 자리한 진혼전(鎭魂殿) 밖에 위치한 연무장에는 수백 명의 무인들이 오와 열을 맞추어 열병해 있었다. 수백 명은 족히 넘는 무사들은 모두들 초설(初雪)처럼 투명한 백의를 갖추어 입고 죽은 동료들의 넋을 기리고 있었다. 그 모습은 숙연하다 못해 장엄함마저 느낄 수 있었다. 누구도 감히 웃거나 잡담하는 이가 없었다. 그들은 미동조차 하지 않은 채 이글거리는 눈빛으로 진혼전 안을 주시했다. 제단 위에 올려진 스무 개의 위패를 바라보며 타오르는 분노를 가슴 속으로 삭이고 있는 무사들의 안광은 형형히 빛나고 있었다.

여느 진혼제나 마찬가지겠지만 보통 식장 안을 감싸고 있는 전체적인 분위기는 암울하고 음침하기 마련이다. 그러나 이곳은 여타의 장례식장과는 확연히 다른 분위기를 지니고 있었다. 연무장을 둘러싼 공기는 팽팽히 당겨진 시위처럼 긴장감을 유발하고 있었다. 그리고 그 긴장감은 사람의 가슴을 싸늘하게 만들 만큼 차가운 살기를 내포하고 있었다. 사람들의 어깨를 짓누르는 공기는 견딜 수 없이 무겁기만 했다.

이곳은 여타의 상갓집이라고는 결코 말할 수 없는 아주 특별한 장소였다. 보통 상갓집이라면 타인의 죽음을 슬퍼하는 백색의 조의(弔衣)와 이마에 백건(白巾:흰 띠)을 두른 몸에 날이 시퍼렇게 선 도검류의 병장기를 휴대하고 있지는 않을 것이다. 그러나 이들은 너나 할 것 없이 모두 병장기를 소지하고 있었고, 그들의 병기는 지금 싸늘한 살기마저 머금고 있었다.

"크으… 내 이놈들을……."

진혼전 안, 제례를 주관하고 있는 집제장로(執祭長老)의 등 뒤에 서 있던 노인 한 명이 불끈 쥔 주먹을 부르르 떨며 나직이 분노의 신음성을 내뱉었다. 평소 은신잠행술을 가르치던 운해무영(雲海無影) 장위염 노사였다. 자신이 가르친 무사들의 주검을 보자 자식이 악도의 칼을 맞고 싸늘히 식어 돌아온 듯한 느낌에, 식어있던 장위염의 피가 뜨겁게 들끓었다.

분노의 힘은 세월의 흐름도 무색하게 할 정도로 끓어올랐다.

"삼십 년만의 참상(慘狀)인가……."

분을 이기지 못하는 장위염의 옆에 서있던, 흰 수염이 가슴까지 오는 노인의 입에서도 나직한 탄식이 터져 나왔다. 그는 탄식과 함께 연신 애꿎은 수염만 쓰다듬고 있었다. 그로서는 그것이 나름대로 살기와 화를 다스리는 한 방편이었다.

"삼십 년 동안 이런 일이 없었거늘… 누가 감히 우리 천무학관에 이렇게 겁 없이 일을 저질렀단 말인가? 전원 몰살이라니… 그냥 믿기에는 너무나 비현실적인 일이로구나……."

천무학관에서 후학들에게 검을 가르치며 반평생을 보낸 검노사(劍老師) 성청주는 짙은 비애가 서린 장탄식을 터뜨렸다.

스무 개의 위패 뒤에 놓인 스무 개의 관은 단 하나를 제외하고는 시신조차 들어있지 않은 빈 관이었다. 단 한 명을 제외하고는 시신마저 찾을 수 없었던 것이다. 제자들의 시신조차 거둘 수 없는 참담한 현실에 그들 무사부들은 더욱 흥분하고 있는 것인지도 몰랐다. 하다못해 시신만이라도 온전히 거둘 수 있었다면… 그것마저 해주지 못한 자신들에 대해 그들은 지금 분노하고 있는 것이다.

진혼제의 전체 분위기는 험악하기만 했다.

의식을 주관하는 천무학관주 철권 마진가의 얼굴은 눈에 띄게 굳어져 있었다. 가슴 속에 용암처럼 들끓는 분노를 표출시키지 않고 갈무리해 둘 수 있었던 것은 그가 가진 무한한 인내력 덕분이었다. 그는 자신의 위치를 생각해 분노가 치솟음에도 불구하고 분노를 직접적으로 터트릴 수 없었다. 무림에서 차지하는 그의 지고한 위치가 자신의 희노애락도 함부로 표현할 수 없는 사람으로 만들어 놓았기 때문이다.

지위가 높다 해서 함부로 자신의 감정을 표출시켜서는 안 된다. 지위가 높다고 그런 권리가 있다고 착각하면 그것은 큰 오산이다. 남보다 지위가 높은 사람일수록 오히려 자신의 감정을 추스를 줄 알고, 조심할 줄 알아야 한다.

왜냐하면 그가 주변에 미치는 영향이 너무나 크기 때문에 그의 감정변화에 주변의 감정이 휩쓸릴 수 있기 때문이다. 사소한 언행 하나가 강호의 공분화(公憤化)가 될 수도 있는 위험이 도사리고 있기 때문이다.

그것을 모를 만큼 그는 무능하지 않았다. 때문에 그는 지금 조용히, 그러나 누구보다도 강한 분노를 내심으로 삭이고 있는 것이다.

최근 아무리 흑도와의 관계가 안 좋다고는 하지만, 백 년 전 천겁혈세(天劫血洗) 이후 흑도와 백도의 관계는 속으로는 이를 갈고 있더라도 겉으로는 싸늘하고 가식적이나마 미소를 지어주고 있는 관계를 유지하고 있었다. 근 백 년 동안 냉전 체계를 유지하고 있었기 때문에 크나큰 사건 없이 지나올 수 있었고, 그렇기 때문에 한 부대가 몰살당한 것은 엄청난 대사건이었다.

표리부동(表裏不同:겉과 속이 다름)의 살 떨리는 긴장 속에서 표면상의 무혈(無血)과 어거지 미소를 억지연출(抑止演出)하는 평화가 근 100여 년 동안 계속되어 왔었다. 물론 중간 중간 몇몇 크고 작은 사건이 일어나 무림에 한바탕 피바람을 몰고 온 일이 없었다고는 말하지 못하지만 정사가 정면으로 부딪친 일은 없었다. 그런 소소한 일까지 일일이 따지자면 최근의 평화는 지난 삼십 년 동안의 평화라 할 수 있었다.

속으로는 이를 갈고, 치를 떨고, 칼을 갈아도 겉으로는 배시시… 화사한 웃음을 지으며 정사는 거짓된 평화를 연기했다. 하지만 거짓된 평화도 유혈 낭자한 살벌한 현실보다는 천백 배 정도 나았기 때문에 다들 입을 꾹 다물고 있었다.

모두들 속에 내재된 불씨를 모른 척 외면해 왔었다. 억지로 응축만을 거듭한 용수철은 언젠가 그 반발로 더욱 세차게 튀어 오르는 법! 지금 강호는 그 반동을 받고 있는지도 모른다.

최근 삼십 년 사이에 기타 군소 방파도 아니고 천무학관 직속 부대가 직격을 당한 일은 없었다. 흑도의 어떠한 정신적 외상 보유 과격 분자라 할지라도 감히 건드릴 수 없는 성역! 그것이 바로 천무학관이었다.

그 자존심이 삼십 년 만에 또 다시 상처를 입었다.

솔직히 마진가는 현재 자신이 취해야 할 행동에 대해 갈피를 잡지 못하고 있었다.

천무학관 사람들의 분노는 하늘을 찌르고 있었지만, 흑천맹에 직접적으로 항의는 하지 못하고 있었다. 용기의 부재가 아니었다. 힘의 열세도 아니었다. 왜냐하면 상징적인 면에서는 이보다 크면 컸지, 결코 작지 않은 일이 흑도의 중심이자 지주(支柱) 흑천맹에도 일어났기 때문이다.

흑도사파의 신(神)! 패천도(覇天刀) 무신마(武神魔) 갈중혁의 맏손
자! 혈류도(血流刀) 갈효봉의 죽음!

거기에 천무학관도가 연루되어 있다는 사실은 결코 간과할 수 없
는 일이었다. 무죄를 주장하고 모함을 목 놓아 외쳐도 증거가 없는
이상 상황은 그들에게 불리하게 돌아가고 있었다. 당하는 쪽에서는
참으로 미치고 팔짝 뛸 노릇이 아닐 수 없었다.

깔끔하게 아무 뒤탈 없이 끝내려 해도, 이미 은원이 난마처럼 얽히
고설킨 후라 불가능에 가까웠다. 여기서 더 얽힌다면 무림에 또 다시
한바탕 혈풍이 불어 닥칠 것은 명약관화(明若觀火) 명명백백(明明白
白)한 일이었다.

마진가의 속 타는 가슴을 몰라주는 듯, 야속한 경문 소리만이 낭랑
하게 엄숙한 식장 안에 울려 퍼졌다.

마진가는 커다란 번민으로 속앓이 하는 가슴을 안은 채 주위를 둘
러보았다. 예상대로 수뇌부들의 얼굴은 연무장에 열병해 있는 제자
들과는 비교도 할 수 없을 정도로 심각하게 굳어져 있었다.

모두들 직접적으로 말은 하지 않고 있었지만 이 막중하고 엄청무
비한 사태에 대해 어떻게 처리해야 할지 고심하고 있는 모습이 역력
했다.

서로가 서로에게 감히 함부로 말을 붙일 수 있는 상황이 아니었다.
건드렸다가는 언제 폭발할지 모르는 상황이라 애꿎은 피를 보고 싶
지 않았기 때문이다.

무당파 출신의 집제장로 운허진인이 경문을 읊으며 의식을 집전하는 가운데, 낭랑한 경문 소리가 바람을 타고 연무장에 울려 퍼졌다.

무겁게 가라앉은 장내의 공기에 아랑곳 하지 않고 운허진인은 계속해서 진혼제를 진행했다. 그에게는 다음 순서를 진행해야 할 막중한 의무가 있었던 것이다.

침울한 분위기에 진혼 주문 소리가 더해지자 장내의 공기는 더욱더 무거워졌다.

"위령(慰靈)!"

제사를 주관하는 운허진인이 다음 식순을 외치자, 십 수 명의 악사들이 금(琴), 소(簫), 피리 등 갖가지 악기를 들고 들어왔다. 진혼전은 무척이나 넓은 곳이라 남녀혼성조로 구성된 악사들이 모두 들어와 자리하기에 충분한 장소를 제공하는 데 부족함이 없었다. 악사들이 빙그르르 둥근 원을 그리며 자리를 잡자 필연적으로 가운데 공간은 동그랗게 빌 수밖에 없었다.

찌릉! 찌릉!

맑게 울리는 방울 소리!

모두의 시선이 한곳으로 쏠렸다.

단아하면서도 화려한 오색 비단으로 교구(嬌軀)를 감싸고, 갖가지 금은세공의 장식품으로 몸을 치장한 여인이 앞으로 걸어 나왔다. 그녀의 목에는 오색의 보석으로 장식된 목걸이가 걸려있고, 가느다란 우윳빛 손목과 발목에는 은령(銀鈴)이 달린 황금의 팔찌가 채워져 있었다. 그 자태는 너무나 아름답고 신비로워 마치 천상의 선녀가 하계에 강림한 듯한 착각마저 불러일으켰다.

순간 싸늘할 정도로 조용한 침묵이 장내를 뒤덮었다. 모두들 말을 잃은 채 넋을 잃고 그녀의 미태(美態)를 뚫어져라 쳐다보았다. 정결하고 순수한 광채, 고결한 기품, 눈부신 자태, 시리도록 하얀 백옥의 피부.

사람의 눈을 멀게 만들 정도로 눈부신 려태(麗態)! 천상의 미!

그녀는 바로 나예린이었다.

"오오오오오!"

사람들의 입이 쩍 벌어졌다. 진심어린 감탄사가 그들의 벌어진 입으로부터 터져 나왔다.

평상시 기능성을 최우선으로 생각하는 가장 수수한 무복(武服)으로도 그녀의 아름다움을 감출 수가 없었다. 그것은 불가능한 일이었기 때문이다. 그런데 이렇게 최고의 비단에, 최고의 솜씨로, 최고의 장신구를 달아 최고로 꾸며놨으니, 그것은 이미 현세의 아름다움이라고 말할 수 없는 것이 되었다. 사람들이 넋을 잃고 혼을 빼앗기는 것도 어찌 보면 당연한 일이라 하겠다.

진혼제와는 무척이나 어울리지 않을 만큼 화려한 복장이었지만, 여기에 불만을 표하는 이는 누구도 없었다. 이것 역시 엄연한 의식의 일부임을 모두들 잘 알고 있었기 때문이다. 불만은커녕 그들은 오히려 열광하고 있었다. 비록 진혼제 중이라 겉으로 내색하지는 못하고 속으로 발산하고 있다 하더라도 말이다.

사뿐사뿐 걸어오는 발걸음의 자태와 그 가련함에 장내의 사람들 모두 넋을 잃고 그저 바라보기만 했다.

진혼검무(鎭魂劍舞)!

죽어버린 무사의 혼령을 위로하는 검으로 추는 춤!

챠라라라랑!

맑고 선명한 검명음(劍鳴音)을 내며 그녀의 애검 옥령(玉靈)이 검집에서 뽑혔다. 시리도록 눈부신 예기를 머금고 있는 우윳빛 검신이 햇살을 부수며 찬연히 빛을 발했다.

"챙챙!"

이윽고 악사들의 연주가 시작되었다.

스윽!

악사들의 연주에 맞춰 나예린은 허공 중에 조용히 일검을 그었다. 이 세상에 오직 그녀와 그녀의 검만이 존재하는 듯한 모습이었다.

처음에는 지루할 정도로 느린 검이었다. 한번 휘둘러지는 데만도 일 년의 시간이 걸릴 것 같은 느린 움직임이었다. 하지만 음률이 고조되어 가면 갈수록 음률에 화답이라도 하듯 그녀의 검도 점점 더 빨라지기 시작했다. 그녀의 애검이 검광을 번득이며 맑고 깨끗한 광휘(光輝)를 허공 중에 흩뿌렸다. 검과 음률이 하나가 되어 멋진 조화를 이루었다.

바닥까지 길게 드리워져 하늘거리던 소맷자락이 나선을 그리며 그녀의 몸을 환상적으로 휘감았다. 바람을 타고 격렬히 흐르는 소맷자락이 뭇사람들의 시야를 어지럽힌다. 나예린의 몸이 팽이처럼 빙글빙글 돌기 시작했다. 새하얀 백무가 그녀의 주위를 떠돌기 시작했다.

천상의 선녀가 하계에 강림하여 춤을 추니 어떤 이가 그 가려(佳麗)함에 넋을 잃지 않을 수 있겠는가!

허공을 우아하게 헤엄치던 검이 선풍을 일으키듯 유려한 나선을 그렸다. 비어있는 새하얀 화선지 위에 마치 그림이라도 그리는 듯 아름다운 춤사위였다. 선연(鮮然)한 검기가 허공 중에 새하얀 궤적을 그린다. 그녀의 가녀린 우수에 쥐어진 검신을 타고 처연한 한기(寒氣)가 흐른다.

옥령에서 뿜어져 나온 한기가 새하얀 백무를 이루며 그녀의 주위를 휘감고 올라갔다. 극한까지 고조된 음률 속에서 나예린의 검무는 점점 더 속도를 더하며 절정(絶頂)으로 치닫고 있었다. 이미 중인(衆人)들은 지켜보는 단계를 지나 검무에 깊이 빠져들고 있었다. 그녀의 검무에 혼이 매료된 사람들은 그녀의 동작 하나하나에 따라 심장이 요란스레 쿵쾅거리고 전신의 피가 점점 더 빨리 도는 것을 느낄 수 있었다. 자신도 모르는 사이에 검무에 푹 빠져 그 안에 끌려들어가 흥분하고 있었던 것이다. 장내는 점점 더 열기가 고조되어 갔다.

눈물이 흘러내릴 정도로 아름다운, 세상을 하얗게 바꾸는 검무. 허공을 휘젓는 검 끝에서 서늘한 비애가 숨을 쉬고 있었다. 진혼전을 가득 메운 음률이 중인들에게 구구절절이 가슴을 저미는 슬픔을 느끼게 하였다. 그리고 그 슬픔을 새하얗게 승화시킨 나예린의 절대적 아름다움.

공기마저 숨을 멈추는 애절함에 모두들 넋을 빼앗기고 말을 잊었다. 그녀의 몸이 점점 더 나선을 그리며 회전하기 시작했다.

음률을 연주하던 악사들도 그녀의 검무에 빠져들어 혼신의 힘을 다하여 격렬하게 연주하고 있었다. 혼을 불사르는 듯한 격렬한 연주에 땀방울이 공중에 비산하였고, 그녀의 춤 또한 그에 화답하기라도 하듯 차츰 절정으로 치닫고 있었다. 이제 눈으로 따라잡기 힘들 정도의 격렬한 회전을 나예린은 보여주고 있었다. 바람이 그녀의 몸에 휘감기는 듯한 착각이 일 정도였다. 팽이처럼 빠르게 회전하던 그녀의 몸에서 한줄기 검광이 수평으로 뻗어 나왔다.

지이이이잉!

공기를 진동시키는 일검이었다.

하늘과 땅을 반으로 가르는 듯한 일검과 함께 그녀의 춤은 끝났다.

"딩!"

음률이 멈췄다.

공허한 침묵이 찾아들었다. 아무도 먼저 나서서 이 감미로운 침묵을 깨려고 하는 이가 없었다. 아직도 사람들은 좀 전의 황홀경에서 빠져나오지 못하고 있었던 것이다. 침묵은 생각보다 길었다. 그리고 반각 후!

"우와와아아아!"

장내가 떠나갈 듯한 열광적인 함성이 터져 나왔다. 진혼전 내는 열광과 흥분으로 뒤범벅된 감동의 도가니였다. 장내를 팽팽하게 지배하던 슬픔과 분노마저 어디론가 날려버릴 정도였다.

"우와아아아아! 천무학관 만세! 만세! 만세!"

드높은 함성과 함께 전의가 불타오른다.

공손일취는 진혼제를 마치고 무거운 발걸음으로 진혼전을 나섰다. 삼십 년 만에 최대 규모로 열린 진혼전을 나서는 원로원주 검존(劍尊) 공손일취의 발걸음은 천근의 신발을 신은 듯 무거웠고 그의 안색은 시체를 연상시킬 만큼 침중했다.

진혼전(鎭魂殿)은 혼령을 달래는 곳이라는 의미를 지닌 곳으로 자연사가 아닌 공무중 사망자가 발생했을 시에 열리는 곳이다. 공무중 사망자가 발생했을 시, 이번처럼 전사자의 위령을 위한 진혼제를 여는 곳이 바로 이곳이었다. 그냥 자연사한 분들의 제를 올리는 장소는 조혼전(弔魂殿)이라고 따로 정해져 있었다.

조혼전과 진혼전은 가지고 있는 역할부터가 틀렸다. 조혼전이 그저 죽은 이의 넋을 기리는 곳이라 하면, 진혼전은 망자의 넋을 기리고 죽은 이의 원한을 달래는 것 이외에 살아남은 이들의 투지를 불태우는 역할 또한 갖고 있었다.

옛날부터 이렇게 대대적으로 진혼제를 지내는 데에는 격노(激怒)로 불타는 아군의 가슴에 기름을 끼얹고, 사기를 고양시키려는 목적이 숨어있었던 것이다.

그러나 그렇다고 해도 지금은 전쟁을 일으킬 수 있는 상황이 아니었다.

뚜벅뚜벅!

한 걸음 한 걸음 내딛는 공손일취의 발걸음에는 깊은 분노가 어려 있었다. 자기 자신에 대한 약간의 책망과 적에 대한 끝을 알 수 없는 미증유의 분노! 내딛는 발걸음에 대지가 비명을 지르며 요동친다.

그는 말없이 푸르고 시린 하늘을 바라보았다. 그의 노안에 짙푸른 하늘이 가득 들어왔다.

"내가 그들을 죽인 것인가?"

수족이 몸에서 잘려나간 느낌이었다. 항시 곁에서 자신을 보필하

던, 수족처럼 부리던 수하가 이처럼 왕창 죽은 일은 참으로 오랜만의
일이었다. 살아서 이름을 남기지 못하고, 죽어서는 시신조차 남기지
못한 이들을 생각하니 마음 한구석이 아려왔다.

왜냐하면 그들은 첩보조이기 때문이다. 정파든 사파든 첩보조가
살아서 이름을 남기는 경우란 없었다. 그들은 항상 태양의 그늘과 밤
의 어둠 속에서 살아가는 이들이며 비밀 엄수는 그들의 가장 큰 화두
이기 때문이다. 그러나 만일 그들이 죽었다면 이름 정도는 남겨주어
야 했다. 그것이 바로 정파란 곳이었다. 흑도 같았으면 첩보조나 밀
정의 죽음 따위는 어둠 속에 그냥 묻어 두었겠지만 정파를 자청하는
이들이 결코 그렇게 할 수는 없었다. 비록 그들이 이름을 지우고, 세
상에 그 존재마저 지운 이들이라 해도 그것은 마찬가지였다.

"삼십 년 만에 다시… 강호에 피바람이 불어 닥칠 것인가."

삼십 년 전, 일명 깃털과의 전쟁이라 불리던 천겁우 준동 비사 이
후로 처음 닥치는 위기라 해도 과언이 아니었다. 정사 모두 분위기가
심상치 않게 돌아가고 있었다.

백 년 전 있었던 피의 악몽 천겁혈세(天劫血洗) 이후 정파와 사파는
티격태격하면서도 나름대로 평화를 유지하며 그럭저럭 잘 지내왔
다. 그러나 그로부터 70년 후 마침내 어설픈 줄다리기 속에서 아슬아
슬하게 유지되던 강호의 평화는 의외의 복병에게 커다란 철퇴를 얻
어맞게 된다. 70년 동안의 완벽한 매복에 성공한 복병들은 바로 천겁
령의 추종 잔존세력 천겁우(天劫羽)였다.

삼십 년 전에 있었던 깃털들과의 대대적인 싸움, 일명 천겁우 궤멸

작전. 통칭 털 뽑기 작전이라 불리던 대대적인 무력 행동이 있었다.

깃털이란 무엇을 의미함인가? 여기서 깃털이란 무림에서 저주받은 이름! 천겁령의 잔존세력과 숨겨진 추종세력을 통칭하는 이름이다. 천겁령의 실질적 지배자이자 모든 것이었던 천겁(天劫) 혈신(血神) 위천무가 행방불명되어 생사가 불분명함에도 불구하고 천겁령은 완전히 소멸하지 않고 끈질기게 잔존세력을 남겼다. 그들이 바로 천겁우! 몸통에서 떨어져 나온 이들이라 해서 통칭 '깃털' 이라 명명되었다.

정신적인 지주가 행방불명되고 수뇌가 없는데도 불구하고 그런 사실들이 의심될 정도로 이들의 저항은 거세고 또한 은밀했다. 이 은밀함이야 말로 정파 최대의 적이라 할 수 있었다. 햇빛 아래의 적은 두렵지 않으나 어둠 속에서 소리 없이 날아오는 칼은 그 수가 아무리 적다해도 충분히 위협적이기 때문이다.

마침내 정파와 사파는 백 년 전 맺은 협약에 의거하여 공동전선을 펴기로 합의하고 대대적인 깃털 탐색작전을 펼쳤다. 정사의 정보조직 구 할이 투입되어 펼쳐진 대대적인 색출(索出) 작전이었다. 당시 그림자 정보업계의 보이지 않는 엄청난 희생이 있었다고 한다. 하지만 그 희생은 발표되지 않았다. 다만 그들은 어둠에서 태어나 어둠에서 살고, 다시 어둠으로 돌아갔다. 자신의 생명과 바꾼 한 줄의 정보를 남긴 채!

그리하여 2년간의 대대적인 색출작업 끝에 천겁우의 본거지가 밝혀졌고 당연한 수순으로 대규모 토벌 작전이 전개되었다. 70년 만에 다시 펼쳐진 기념적인 정사공동연합작전(正邪共同聯合作戰)이었다.

통칭 털 뽑기 작전!

그러나 정사공동전선을 펼친다 해서 모든 일이 순조롭게 끝난 것은 아니었다. 넘어야 할 산은 아직 많이 남아있었다. 의외로 천겹우의 저항은 거셌다. 정파든 사파든 너나 할 것 없이 엄청난 피해를 입었다. 하지만 그 피해의 대부분은 깃털과의 정면충돌에서 입은 것이 아니었다. 그것은 바로 자신의 등 뒤를 맡겼던 동료로부터 당한 피해였다. 때문에 너무나 허망하고 비통한 피해였다.

어느새 천겹우의 세력은 정사 내부 깊숙한 곳까지 침투해 있었던 것이다. 정사를 막론하고 동료에 대한 불신이 싹트는 것은 불문가지의 일이었다. 막대한 동료의 피와 희생을 대가로 마침내 제 2차 정사연합체는 깃털들을 박멸하는 데 성공했다. 하지만 그 피해는 뼈아플 정도로 큰 것이었다. 그리고 무림에 씻을 수 없는 상처와 공포를 남겼다. 아직 강호에서 천겹령이 완전히 사라지지 않았다는, 회상하기 싫은 공포! 그들의 건재함을 가장 난폭하고 요란스럽고 잔인한 방법으로 남긴 것이다. 잊혀져가던 악몽에 피칠갑을 해준 꼴이었다.

불끈!

공손일취는 피가 날 정도로 손아귀를 꽉 움켜쥐었다. 그 안에는 천리추종 수독고가 남긴 마지막 생명, 그가 흘린 마지막 피가 담긴 흔적이 남아있었다.

'기다리게!'

결심을 다지며 공손일취는 자신의 처소로 향했다.

부우!

비류연의 볼은 때 아닌 바람으로 잔뜩 부어있었다.

"왜… 왜 그러십니까?"

지켜보는 남궁상의 이마에 땀이 삐질삐질 맺혔다. 갑자기 눈앞이 암담해졌다.

좀 전부터 볼이 잔뜩 부어있는 것을 보니 불만이 속으로 차츰차츰 층층이 쌓이고 있는 게 분명했다. 일년 반 동안 질리도록 곁에서 봐 온 남궁상은 대번에 자기 대사형의 상태를 파악할 수 있었다.

'크… 큰일이다!'

남궁상의 머리 속에서 요란한 경고성이 울렸다. 이럴 때는 재빨리 비류연 반경 백장 밖으로 물러나는 게 신상에 이로웠지만 지금은 몸을 뺄 수 있는 상황이 아니었다. 이 상태로 계속 불만과 짜증이 쌓이다가 폭발하기라도 하면 수습할 수 없는 일이 벌어질지도 모른다는 위기감이 그를 엄습했다. 그런 불행무쌍한 사태는 무슨 수를 써서라도 미연에 방지해야만 했다. 그것이 현재 그의 의무였다.

코앞에 들이닥친 비상사태에 대한 위기 대처와 사태 해결을 위해서는, 우선 사건 발생의 원인부터 추적해 들어가야 했다. 진혼전 안에서 식이 진행될 때만 해도 비류연의 심경에는 아무런 변화가 없었다. 대사형의 심경이 변한 것은 나예린 소저의 황홀하고 성스럽기까지 한 검무가 있고 난 후였다. 나예린이 등장했을 때만 해도 비류연은 별다른 감정 변화가 없었다. 오히려 아름답게 치장한 나예린을 보고 기뻐하기까지 했다. 그런데 검무가 끝나고 나서는 계속 저 모양이었다. 남궁상은 중간과정을 기억할 수 없었다. 왜냐하면 진령이 알면 경을 칠 일이지만, 그 자신도 나예린의 검무에 혼이 매료되어 아무런 생각도 할 수 없었던 것이다. 물론 진령에게는 절대로 알려서는 안 될 일급 기밀이었다.

마지막 검명음과 함께 나예린의 검무가 끝났을 때 남궁상은 마치 미몽 속을 헤매다 온 듯한 느낌이었다. 아직도 그의 가슴속에는 아련함의 잔재가 어렴풋이 남아 있었다.

비류연의 얼굴에 뚱함이 나타난 것을 발견한 것도 바로 이때였다. 그렇다면 비류연은 나예린의 검무에 관해 불만을 표출시켰다는 이야기가 된다.

'그 아름답고 신비스럽기까지 한 검무에 도대체 무슨 불만을 품을 건덕지가 있단 말인가?

보통 인간의 일반 보편적 생각으로는 도저히 이해할 수 없는 일이었다. 그리하여 남궁상은 겁도 없이 무심결에 생각을 밖으로 흘리고 말았다.

"대사형? 좀 전부터 도대체 뭐가 불만이십니까?"

말을 내뱉고는 남궁상은 '아차' 했다. 너무 직설적인 화법이었다. 그러나 이미 배는 나루터를 떠난 이후였다.

"마음에 안 들어!"

뾰로통한 목소리로 비류연이 말했다.

"아니 뭐가요? 설마 나 소저의 그 아름답고 신비로운 검무가요?"

딱!

마침내 비류연은 남궁상에게 알밤을 먹이고 말았다.

"그럴 리가 있냐, 이 바보야!"

터무니없는 건 묻지도 말라는 말투였다. 그렇다면 검무에 직접적인 불만은 없다는 이야기가 된다.

"그럼 도대체 뭐가 불만이십니까?"

아직도 얼얼한 이마를 부여잡고 남궁상이 울상을 지었다. 언제나 예측불허의 인간을 상대한다는 것은 여러모로 엄청나게 피곤한 일이었다.

"마음에 안 들어!"

아직도 비류연의 부어오른 볼은 가라앉을 기미를 보이지 않고 있었다.

"그러니깐 그 불만이 도대체 뭐란 말입니까?"

답답한지 남궁상이 가슴을 탕탕 쳤다.

"너무 예쁘잖아!"

비류연의 대답은 달랑 그것 하나였다.

"그것의 어디가 도대체 화낼 사유가 될 수 있는 겁니까? 화란 삐뚤고 올곧지 못한 것에 대한 감정의 정당한 표출이 아닌가요?"

비류연이 이유라고 내놓은 것은 너무도 이유답지 않았다.

"하지만 너무너무 예쁘니깐 같이 보기 아깝잖아!"

여전히 뾰루퉁한 목소리였다.

"예?"

비류연이 뚱한 얼굴로 토로하는 불만을 들은 남궁상의 얼굴이 묘하게 일그러졌다.

"이럴 때는 보통 혼자 보기 아깝다고 그러는 것 아닌가요?"

"아니 왜? 어째서 내가 내 것의 아름다움을 남과 공유하는 불합리함을 겪지 않으면 안 되는 거지?"

　요컨대 나누면 두 배 세 배 되는 기쁨을 절대 나누고 싶지 않다는 이야기였다. 나예린의 아름다움이 다른 이의 눈을 즐겁게 한다는 사실이 용납되지 않는 것이다. 그러나 그전에 걸고 넘어가야 할 것이 있었다.

"하지만 아직 대사형의 것이 아닙니다!"

　빙백봉 나예린이 어느 한 남자의 것이 된다는 것은 수백의 천무학관도뿐 아니라 수천에 달하는 남자 무림인들이 분노를 터트릴 이야기였다.

"미정(未定)일 뿐이야! 벌써 예정(豫定)이 된!"

　뾰루퉁한 얼굴로 비류연이 대답했다. 아무래도 그는 나예린의 려태에 대한 독점권을 주장하고 싶은 모양이었다.

"원래 미인의 마음만큼 손에 넣기 힘든 것도 없죠."

　쑥맥 남궁상이 진령과 사귀기 시작하더니 감히 남녀 관계에 대해 아는 척을 했다.

"불가능은 가능으로 만들기 위해 존재한다는 말도 몰라? 그녀의 입술의 부드러움과 달콤함을 알고 있는 사람은 아마 이 세상에서 나뿐일걸?"

"예에?"

　남궁상의 눈이 휘둥그레졌다.

"뭘 그리 놀라나?"

"그… 그… 방금 하신 그 말씀이 사실입니까?"

"그럼 내가 지금 너하고 농담 따먹기나 하고 있을 만큼 한가해 보이나?"

“하지만 어떻게요? 어떻게 그럴 수 있었죠? 어떻게 그런 일이 가능할 수 있었단 말입니까?”

궁상이의 입이 붕어처럼 뻐끔거렸다.

“너도 령이랑 입맞춤 했으면서 왜 그렇게 화들짝 놀라?”

남궁상의 얼굴이 순간 발갛게 변했다.

“그… 그거하고 이건 사정이 다르죠!”

어떻게든 차별성을 주장하고 싶었다. 하지만 자신의 사상과 철학이 전혀 먹히지 않는 모양이었다.

“똑같아! 넌 진령이랑 맘대로 뽀뽀해도 되고 나는 안 된다는 부조리의 극치를 달리는 불합리한 법이 이 세상 어디 있는 법이냐? 다르긴 뭐가 달라?”

“그… 그래도 분명히 다릅니다.”

그러나 아쉽게도 남궁상은 말발로는 언제나 비류연의 상대가 되지 못했다. 남궁상은 아직 비류연의 밥이었다.

“언제나 남보다 한 발짝 앞서 가는 사람이 결국 최후의 승자가 되는 법이지.”

승리자의 미소를 지으며 말하는 모습이 마치 닳고 닳은 전문가 같은 말투였다.

‘주제가 좀 틀린 것 같은데…….’

남궁상은 자신도 모르게 한숨을 푹 내쉬었다.

“후우! 빙봉영화수호대는 물론이고 천무학관 내 전 남자관도들의 공적이 되고 표적이 되어 생명의 노림을 받는다 해도 할 말은 없겠군요.”

왜 그렇게 수많은 사내들이 대사형에게 악의를 품고 있었는지 남궁상은 이때까지도 정말 순진할 정도로 모르고 있었던 것이다. 사실 남궁상은 이쪽 방면에 대해서는 백치랑 친구해도 좋을 만큼 아는 게 쥐뿔도 없었다.

"먼저 침 바르는 게 임자야!"

저 얼토당토않은 자신감의 원천은 도대체 어디에서 근거한단 말인가? 여전히 상식선에서는 도저히 불가해한 사람이었다.

"여기서는 어디다가 침을 발랐느냐, 그 위치가 더 문제라고 생각되는데요……."

남궁상은 혼자만 들리게 조용히 속으로 중얼거렸다. 지금도 충분히 위험 수위를 넘고 있는데, 큰소리로 말했다가 대사형에게 갈굼 당하는 것만은 사양하고 싶었기 때문이다.

이때 멀리서 물끄러미 비류연의 어린애 같은 행동을 바라보는 이가 있었다. 그는 바로 구정회 문무쌍절의 일인인 청흔이었는데, 그의 눈엔 깊은 회의(懷疑)가 가득했다. 지금 현재 자신이 보고 있는 비류연의 모습은 지난번 보여주었던 그 엄청난 모습과는 심각할 정도로 괴리가 느껴지는 모습이었다.

'도대체 저자의 정체가 뭐란 말인가?

청흔은 그날 자신이 목격한 믿을 수 없는 일을 떠올려 보았다. 회상하는 것만으로도 손에 땀이 한 움큼 쥐어진다.

'어떤 게 그의 진정한 모습인가? 지금 보여주는 것과 그날 보여준 것 중 과연 어느 것이 그의 진정한 본모습이란 말인가? 과연 내가 그날 본 것이 꿈이 아니란 말인가?

청혼도, 백무영도, 그리고 열여섯 명의 주작단도 무당산에서 돌아온 이후, 사방에서 끊임없이 몰려드는 사람들의 질문에 약속이라도 한 듯 입을 다물고 전면적인 묵비권을 행사했다. 모두의 마음은 한결같았다.

'난 거짓말쟁이 바보는 되고 싶지 않아!'

이것이 바로 이들의 공통된 욕망이었다. 때문에 그들은 말하고 싶어도 말하지 못했다. 그걸 말하는 순간 자신은 허풍쟁이, 거짓부렁의 대가가 되어 버린다는 것을 너무도 잘 알고 있었던 것이다.

'어떻게 그 무서운 철각비마대를 돌려보낼 수 있었나요?'

'정말 존경합니다. 어떻게 철각비마대 녀석을 물리칠 수 있었습니까?'

'그들이 얌전히 돌아가긴 돌아갔습니까? 그들은 적을 전멸시키기 전에는 결코 기수를 돌리는 법이 없다고 들었습니다만?'

쉴새없이 쏟아져 들어오는 무수한 질문. 그러나 대답할 조그마한 건더기조차 존재하지 않았다.

"전법(戰法)은 무엇이었습니까?"

'전법은 무슨……!'

"주로 사용한 무공은 무엇이었습니까?"

'무공은 무슨……!'

"어떤 류의 무공이 그들에게 유용하던가요?"

'개뿔이……!'

그리고,

“도대체 그날 무슨 일이 있었습니까?”

“가르쳐주세요!” “가르쳐주세요!” “가르쳐주세요!”

그러나 결코 거짓말쟁이로 낙인찍히고 싶지 않다는 애로(隘路)사항 때문에, 장마철 범람하는 강물처럼 천지사방에서 몰려드는 질문 홍수에도 청혼은 입을 굳게 다물 수밖에 없었던 것이다. 지긋지긋한 소리에 귓구멍이 아파옴에도 불구하고 말이다.

“후우…….”

절로 깊은 한숨이 내쉬어졌다.

꿈에도 잊혀지지 않는 그날의 일, 그날의 장면, 그리고 그날의 신위(神威)… 그리고 그날의 잊혀지지 않는 무모함!

아직도 그날의 일은 눈 안에 각인된 듯 선연하기만 했다.

뇌리 속에 화인(火印)처럼 또렷하게 찍힌 영상! 당분간, 아니 평생 잊지 못할 것이 분명했다. 그의 머릿속에서 넘겨졌던 기억의 책장이 다시 펼쳐지기 시작했다.

일기당천(一騎當千)
-철각비마대(鐵脚飛馬隊)와의 전투(戰鬪)

고장난명(孤掌難鳴)!
손뼉도 마주쳐야 소리가 난다는 옛 속담이 있다.
아쉽게도 세상에 존재하는 짝짜꿍의 법칙,
일명 교환 법칙에 따라 대화는 혼자 이루어질 수 없다.

혼자서 대화가 가능하다는 놈은 아마 매우 절대 틀림없이 정신이 나간 미치광이이거나 정신분열자(精神分裂者)이거나 다중인격자(多衆人格者)임이 분명하니 사귐에 있어 거리를 두는 것이 바람직한 일일 것이다.

한참 전부터 겁도 없이 철각비마대의 그 검은 질풍(疾風)의 포악자들을 가로막은 한 소년의 묘한 대치가 계속되고 있었다. 이름 하나 달랑 말해놓고 입을 다물고 있는 소년을 향해 위무상은 자신이 먼저 말을 꺼내기로 결심했다. 그러지 않았다가는 이 끝도 없는 침묵이 계속될 것 같은 불길한 예감이 들었던 것이다. 그리하여 마침내 위무상은 비류연과의 대화에 첫걸음을 내디뎠다.

"도대체 네놈의 목적이 뭐냐?"

철각비마대 부대주 위무상이 물었다. 죽일 때 죽이더라도 궁금증은 풀고 죽여야만 했다. 그렇지 않으면 뒤통수 한 쪽이 근지러울 게 분명하기 때문이다.

"그냥 어디서나 흔히 볼 수 있는 훼방꾼이라는 사람이죠."

목적에 관한 질문에 대해 비류연은 자신이 누구인지에 대한 대답으로 답변을 대신했다. 비류연은 별로 대수롭지 않은 어조로 스스럼없이 자신의 정체를 밝혔다. 그러나 말하는 사람은 대수롭지 않을지 몰라도 듣는 사람은 무척이나 대수로운 일이었다.

"훼방꾼?"

"아니, 모르세요? 전문적으로 남이 행하는 일을 훼방 놓아 그들의 행동 목적에 결정적인 타격을 남기는 역할을 수행하는 이른바 전문 직종에 종사하는 사람들이죠."

"죽고 싶은 게냐?"

위무상이 짙은 살기를 내뿜었다.

철각비마대 부대주를 역임한 이래로 이놈처럼 간댕이가 배 밖으로 튀어나온 놈은 처음 목격하는 일이었다. 그러나 사실을 말하면 소년의 죽음은 이미 잠정적으로 내정되어 있는 것이기에 사실 그의 협박은 무의미한 것이다. 어차피 소년이 곧 죽을 운명이라는 것에는 변화가 없기 때문이다.

"아무리 미소년박명(美少年薄命)이라고 하지만 죽음은 삼백 년 정도 이후까지는 예정에 없습니다. 진정한 아름다움, 절세의 미모란 죽음마저도 굴복시키는 것이 아닐까요?"

닭살스런 그의 목소리를 듣는 위무상의 얼굴이 사정없이 일그러졌다. 이런 괴상망칙한 놈은 처음이었다.

"죽고 싶다는 말을 너무 돌려서 하는구나! 소원이라면 죽여주마! 감히 우리 철각비마대의 진로를 막아서다니 그 용기와 기상은 가상하다만, 그 무모함만은 도저히 인간적으로 칭찬해 줄 수 없구나."

"계산된 실행력이 무모함이라고 표현될 수 있다는 사실을 오늘 처음 알았군요."

비류연은 전혀 자신의 죽음을 염두에 두지 않고 있었다. 그의 몸 어디에서도 죽음의 냄새는 풍겨 나오지 않고 있었다.

"그럼 네놈이 우리들의 길을 가로 막고도 무사할 수 있으리라 생각했단 말이냐?"

"돌아가면 되잖아요?"

간단하게 튀어나온 한마디! 진로 하나 막은 게 무슨 큰 대수냐는 시큰둥한 반응이었다. 그러나 이 시답잖다는 듯한 반응을 듣는 측은 가슴 깊숙한 곳에서부터 열불을 받고 머리통에서 김이 날 만큼 뒤집어 지는 것이다.

"크크크! 이런 싸가지 없는 애송이 놈이……."

"그만!"

당장이라도 달려들 듯 광분한 위무상을 잡아챈 이는 여태껏 침묵을 지키고 있던 철각비마대 대주 질풍묵흔(疾風墨痕) 구천학이었다.

아무리 위무상이라도 감히 구천학의 권위를 거스르는 불충을 저지를 마음은 없었다. 그의 구천학에 대한 믿음은 거의 광신에 가까웠다. 구천학이 말하고자 하는 바는 분명했다.

위무상이 다시 비류연을 바라보고 말했다.

“꼬마야?”

“꼬마가 여기 어디 있죠?”

비류연이 딴청을 피웠다. 위무상의 한쪽 눈썹이 순간 실룩거렸다. 그러나 더 이상 티격태격 말싸움하며 시간을 낭비할 수 없었다. 그것은 대주 구천학이 무척이나 싫어하는 행위 중 하나이기 때문이다.

“이보게, 청년!”

마지못해 그는 타협을 선택했다. 타협을 한 이후에는 바로 죽어 버릴 생각이었다.

“왜 그러시죠?”

그제야 비류연이 대답했다. 위무상의 가슴 속에서 살기가 스멀스멀 피어올랐다. 주는 것 없이 얄미운 놈이었다.

“별호는 있느냐? 영광스럽게도 철각비마대의 행로를 단독으로 막아선 무모한 바보 일호(一號)로 선정된 특별 기념으로 별호라도 기억해주고, 앞으로 너의 바보스러움과 어리석음과 무모함을 후세에 길이길이 기려주마.”

“별호요? 그런 것 없는데요!”

“뭐? 없어?”

“예, 없어요! 없다고 해도 생활에 불편한 것도 없는데 그런 게 꼭 있어야 하나요?”

그러나 일반 보편적인 사고를 지닌 위무상으로서는 충분히 어처구니없는 가당치도 않은 반문이 아닐 수 없었다. 별로 놀랄 일도 아닌데 그가 너무 놀라는 척하는 것 같다고 비류연은 생각했다.

순간 짧은 침묵이 그들 사이에 살포시 내려앉았다.

"정말로 없어? 정말로? 진짜로? 농담 아니고 진짜, 진짜로?"

위무상이 비웃음과 황당함을 얼굴 가득히 머금고 되물었다. 보통 때 같았으면 질문 한마디 없이 말발굽 아래 넣고 짓이겨 버렸을 터였다.

"네! 진짜, 진짜 농담 아니고, 진짜 가지고 있지 않은데요?"

사실 없지는 않았다. 천무학관 내를 돌아다니고 있는 운수대통(運輸大通) 격타금(擊打琴)이라는 주옥(珠玉)같은 별호가 있기는 있었지만 아직 비류연의 귀에는 흘러 들어오지 않은 상태였다.

주작단과 염도가 주위에서 알아서 자청해서 정보를 차단해준 덕분이었다. 그리고 비류연의 주위에서 비류연의 별호를 가지고 안주삼아 농지거리 할 수 있는 간 큰 사람도 없었다.

돌아오는 피의 보복이 얼마나 끔찍한 참상을 초래할 수 있는지 익히 잘 알고 있는 덕분이었다.

"없다 이거지?"

위무상의 입술이 점점 더 비틀려지며 입가에 맺힌 비웃음 또한 짙어졌다.

"예! 없어요!"

이제는 대답하는 것조차 귀찮았다. 별것도 아닌 사실을 가지고 그토록 집요하게 물어볼 필요가 굳이 있는 것인가? 그가 보기에 무림인들은 가끔 땡전 한 푼도 안 되는 쓸데없는 겉치레에 지나치게 신경을 쏟아 붓는 경향이 있었다. 자신이 보기에 그것은 낭비와 다름없었다. 그러나 그렇다고 해서 다른 이들에게 그 겉치레가 가치가 없게 되는 것은 아니었다.

"허허, 참! 살다보니 별 희한한 꼴을 다 당하는구만. 이런 신기한 체험을 할 수 있다니…….역시 세상은 일단 살아보고 판단할 일이란 말인가?"

무엇이 그를 그리 자극하는지 위무상은 연신 허탈한 감탄사를 터트렸다.

"우리 철각비마대의 철마로를 방해한 꼬마가 별호 하나 가지지 못한 애송이라니 기가 막혀 말이 안나오는군."

무림에서 어떤 허접한 것일지라도 별호(別號), 혹은 무림명(武林名)을 받았다면 그것은 어느 정도 주위의 인정을 받았다는 것을 뜻한다. 그러니 아직 별호를 얻지 못한 사람은 어정쩡하고 어중간한 삼류로 평가될 수밖에 없었다. 일류라면 적어도 '절대무적신검(絶代無敵神劍)'은 못되어도 '하삭삼웅(河朔三熊:하삭에 사는 세 마리 곰)' 같은 시시한 별호라도 하나쯤 가지고 있기 마련인 것이다. 심지어 산적두목도 별호 한두 개는 가지고 있는 이 세상에서 별호를 얻지 못했다는 것은 입신양명, 즉 이름을 세우는 데 실패했다는 것과 마찬가지인 이야기였다.

그러나 그런 상식이 비류연에게까지 통용되는 것은 아니었다. 세상의 법칙엔 언제나 얄밉지만, 그리고 고깝지만 별 수 없게도 예외라는 자식이 존재하기 때문이다.

"요즘 세상은 허울 좋은 이름만으로 실력을 인정받을 수 있는 모양이죠? 몰랐군요. 작명실력이 무공실력을 반증하다니!"

피식하고 웃으며 비류연이 말했다. 갈보는 기색이 역력했다.

"시건방진 애송이 놈! 죽고 싶으냐?"

성질 급한 부대주가 다시 한 번 발끈했다. 아까부터 죽이라는 명령을 암중으로 받았으면서도 비류연의 말재간에 휘말려 시간을 끌고 있는 이는 바로 위무상 자신이었다. 그러나 그 자신은 지금 현재 그것을 전혀 인식하지 못하고 있었다.

이 건방진 놈을 어떻게 요리할까 궁리 중이던 부대주 위무상의 행동을 저지하는 나직한 저음의 위엄 있는 목소리가 있었다.

"무상!"

철각비마대 대주 질풍묵흔 구천학이 다시 한 번 그를 불렀다.

"예, 대주!"

순식간에 자세를 고친 부대주가 자세를 바로하며 대답했다.

철각비마대 대주 구천학은 언제나 그에게 외경의 대상이었다.

"갈 길이 멀다. 너무 시간을 지체했다."

목소리는 조용했지만 그 안에 담고 있는 명령은 명확했다. 그 명령을 거부할 만큼 위무상의 간댕이는 붓지 않았다.

"복명(復命)!"

군례를 취한 위무상이 다시 고개를 돌려 비류연을 바라보았다.

"꼬마야! 가서 엄마 젖이나 더 먹고 오라고 말해주고 싶다만 우리는 아직껏 우리 철각비마대의 진로를 막는 자를 살려둔 예가 없었다. 너도 예외는 아니다."

"본인의 친절한 경고에도 돌아가지 않는다 하셨으니 이것으로 협상은 결렬이군요."

비류연은 자신이 할 수 있는 최대한도 내의 애석한 표정을 지어보였다.

"네놈이라면 돌아가겠느냐?"

비류연은 고개를 좌우로 가로저었다. 그리고는 나직한 목소리로 말했다.

"그렇다면 저도 이제 손속에 사정을 두지 않겠습니다."

비뢰도(飛雷刀) 궁극비의(窮極秘意)

영사심결(靈絲心結)

절대정신방어(絶代情神防禦) 허무도(虛無道)

발동(發動)

비류연의 감추어진 눈이 황금빛으로 빛나기 시작했다. 황금빛으로 빛나는 비류연의 눈에는 이제 한 톨의 감정도, 그 미세한 잔재도 남아있지 않았다. 파괴와 살육을 위한 병기 그 자체가 된 것이다.

원래 일점극대정신집중 효과를 위해 정신 단련법으로 만들어진 영사심결에는 또 다른 한 가지 묘용이 있었다. 그것은 바로 정신적 충격과 혼란, 그리고 외부적 정신간섭으로부터 심령(心靈)을 보호하는 방패의 역할, 바로 그것이었다.

이것이 한번 발동되면 자비심, 또는 측은지심 계통의 감정은 완전 마비되어 버린다. 피를 봐도 두려움은 없다. 그리고 죄의식도 생기지 않는다. 마음이 철벽으로 감싸지는 것이다.

척!

위무상이 손을 높이 들어올렸다.

따각 따각.

　손이 하늘로 올려진 걸 신호로 부대주 위무상을 호위하던 두 명의 무사 비쾌쌍창(飛快雙槍)이 그들의 철갑마를 끌고 천천히 앞으로 나왔다. 이제 위무상의 손이 내려짐과 동시에 그들은 말에 박차를 가할 것이다. 그들의 손엔 이미 칠흑처럼 검은 묵빛 창이 꼬나 쥐어져 있었다. 수백 명의 피를 먹어 온 탐혈(耽血)스런 병기였다.

　그때였다.

　툭! 툭!

　뭔가 묵직한 것이 대지에 떨어지는 소리! 그리고 뒤이어 나온 길게 늘어지는 목소리.

　"아이구… 시원해라!"

　위무상의 눈에 잔뜩 기지개를 켜며 여유롭게 사지를 뻗는 비류연의 모습이 들어왔다. 그의 목소리는 마치 이십년 묵은 체증이 내려간 사람의 환호성 같기도 하고, 유심히 잘 들어보면 육 개월 간의 처절한 변비와의 전쟁에서 승리의 숙변을 장식한 영광스런 승리자 같기도 했다. 위무상은 그 모습에 들어올렸던 손을 내리는 것을 잠시 보류할 수밖에 없었다.

　통통!

　비류연은 가볍게 제자리 뜀뛰기를 해보았다.

　으드득! 으드득! 뚝뚝!

　온몸의 관절이 요란법석하게 기분 좋은 가락을 연주했다. 몸이 지나치게 가벼워 당장이라도 땅의 속박을 끊고 하늘로 날아오를 것만 같았다.

　"오래간만이군!"

다리에 물귀신처럼 달라붙어있던 묵룡환(墨龍環) 두 개를 동시에 푼 것은 정말 오래간만의 일이었다. 억제되어있던 온몸의 기운이 활성화되어 미친 듯이 체내를 날뛰었다. 솟구치는 충동을 제어하기가 힘들었다. 다리가 제자리에 가만히 있으려 하지 않았다. 사슬을 끊은 매가 된 기분이었다.

비류연은 간신히 날뛰는 몸 안의 기운을 다스릴 수 있었다. 그리고 팔을 축 늘어뜨렸다.

팔을 길게 늘어뜨리고 온몸의 긴장을 푼 비류연의 모습은 자연 바로 그 자체였다.

"언제든 들어오세요."

자신만만한 목소리로 비류연이 말했다.

"건방진 놈!'

위무상도 더 이상 기다리고 싶은 마음이 없었다.

그의 손이 힘차게 아래로 내려갔다.

죽음의 선고(宣告)였다.

정면에서 볼 때 비류연의 오른쪽 편에 있는 쾌창(快槍) 조걸은 왼손에 말의 고삐를 잡고 오른손에 창을 들었다. 반대로 비류연의 왼편에 서있던 비창(飛槍) 주광은 오른손으로 고삐를 잡고 왼손에 창을 들었다. 그래야만 좌우에서 동시에 공격해 들어가기가 편하기 때문이다.

위무상의 손이 내려감과 동시에 비쾌쌍창은 자신의 애마에 박차를 가했다. 그들의 말이 화살처럼 빠른 속도로 튕겨나갔다.

이들은 비류연의 양측으로 동시에 돌격해 들어간 후, 우선 조걸이 비류연의 허리를 베면, 그 순간을 놓치지 않고 주광이 그의 목을 벨 작정이었다.

항상 위무상을 호위하며 행동을 같이 해온 그들 비쾌쌍창이기에 눈빛만으로도 서로의 의사를 충분히 확인할 수 있었다. 한두 번 맞춰 보는 손발이 아니었던 것이다.

그러나 그들의 의도는 끝내 성사되지 못했다. 도저히 상상할 수 없는 일이 그들의 눈앞에 펼쳐졌던 것이다.

자신의 애마에 박차를 가해 속도를 배가시키던 그들은 왜 자신들의 눈앞에 지면(地面)이 무시무시한 속도로 다가오고 있는지 영문을 알 수 없었다.

그리고 요란한 소리가 메마르고 황량한 대지에 울려 퍼졌다.

쿠당탕탕탕!

뚜둑!

"흡!"

순간 위무상이 헛바람을 들이켰다. 동시에 그의 눈이 찢어질 듯 부릅떠졌다.

아무런 문제없이 힘차게 앞으로 달려가던 두 필의 말이 갑자기 약속이라도 한 듯 앞무릎을 반으로 접었다. 당연히 달려가던 속력을 견디지 못한 말의 몸체는 앞으로 크게 쏠렸고, 그렇게 해도 사라지지 않은 힘 덕분에 공중을 빙글 한바퀴 돌았다.

두 필의 말들이 약속이라도 한 듯 동시에 뿌연 흙먼지를 일으키며 대지를 뒹굴었다. 인간이 아닌 말들이 말대가리를 축으로 앞으로 공

중 일 회전을 하는 광경은 장관이 아닐 수 없었다. 결코 날이면 날마다 볼 수 있는 묘기가 아니었다.

"이… 이럴 수가?"

너무 경악한 나머지 위무상은 말까지 더듬거렸다. 체통이 말이 아니었다.

"이런, 이런! 돌부리에 걸려 넘어졌나보군요! 조심했어야죠."

마치 진짜 걱정이라도 했던 사람처럼 비류연이 과장된 몸짓을 섞어가며 말했다. 듣는 쪽으로서는 상대의 걱정과 심려에 대해 감사의 마음을 품는 게 아니라 가증스러움을 느낄 수밖에 없었다.

"닥쳐라! 돌부리는 무슨 얼어 죽을 놈의 돌부리냐!"

철갑마(鐵鉀馬)가 돌부리 따위에 걸려 저렇듯 요란스럽게 넘어질 리가 없지 않은가! 뭔가 알 수 없는 수작에 당한 것이 분명했다. 문제는 상대방이 부린 수작을 알아챌 수 없었다는 데 있었다.

게다가 바닥에 널브러진 비쾌쌍창은 더 이상 움직일 생각을 안하고 있었다. 그들의 목은 기이한 방향으로 틀어져 있었다. 이미 그들은 숨쉬기를 중단한 것이다.

그렇게 멋진 묘기를 보여준 이 말들의 주인 비쾌쌍창은 대지에 잘못 구르는 바람에 목뼈가 부러져 유명을 달리하고 말았다. 고수치고는 무척 어이없고 허무하기 짝이 없는 최후가 아닐 수 없었는데 그 이유는 그들이 입고 있는 갑옷이 너무 무거워 행동에 지장을 주었기 때문이다.

"이놈! 무슨 헛수작을 부린 것이냐?"

위무상은 버럭 대갈성을 질렀다. 마치 대낮에 팔자에도 없는 꿈이라도 꾸고 있는 심정이었다.

"글쎄요? 헛수작이라니요? 전, 전혀 모르는 일인데 어쩌죠?"

위무상은 자신이 농락당하고 있다는 느낌을 지울 수 없었다. 싱긋싱긋거리는 비류연의 면상을 뭉개버리고 싶은 달콤한 충동이 그의 영혼을 지배했다.

비류연이 한 일은 별거 아니었다. 그저 사람들 몰래 뇌령사(雷靈絲)를 풀어 앞으로 나온 두 필의 말 앞쪽 다리에 헐겁게 감아둔 것뿐이었다. 가만히 있었으면 아무 일도 없었겠지만 말이 달리기 시작하면서 감겨져 있던 뇌령사가 조여들어 철갑마의 앞발을 봉쇄해버리자 달려오는 힘을 이기지 못하고 지면과 충돌한 것이다.

잠자코 지켜보던 구천학의 안색이 더욱 굳어졌다. 그로서도 방금 전 무슨 일이 벌어졌는지 알 수 없었던 것이다. 구천학은 서서히 자신의 몸이 본능적으로 긴장하고 있는 것을 알고 놀라고 말았다.

"크으윽! 사대질풍(四大疾風)!"

위무상이 악다문 입을 열어 큰소리로 철각비마대의 사대고수를 불렀다. 그의 낯빛은 화로(火爐) 속의 쇠처럼 붉게 달구어져 있었다. 이렇게 되면 이거도 개망신을 피하기가 어려웠다. 여기서 더 이상의 수치를 당할 수는 없었다.

사대질풍이라면 이 건방진 꼬마를 단숨에 산산조각으로 만들 수 있을 것이다. 그들을 부른 이상 곧이어 허공 중에 꼬마의 혈편이 낙화처럼 화려하게 수놓아 지리라는 것을 믿어 의심치 않았다.

철각비마대의 사대고수, 열풍(熱風), 선풍(旋風), 광풍(狂風), 추풍

(秋風)의 네 가지 바람으로 이루어진 사대질풍이 짙은 투기를 내뿜으
며 정면으로 나섰다.

본심은 위무상 자신이 나가 손수 응징을 가하고 싶었지만 위계질
서와 체면이라는 게 있어 그럴 수가 없었다. 이런 일에 부대주씩이나
되는 자신이 나설 필요는 없었다. 이들로서도 넘치도록 충분하리라!

'함정인가…….'

비쾌쌍창이 허무하게 당한 것은 아무래도 보이지 않는 함정 때문
이라고 위무상은 결론 내렸다. 그것이 가장 상식적이고 보편적인 사
고방식이기도 했다.

물론 함정 따위가 있을 리 만무했다. 그럴만한 여가 시간도 없었거
니와, 만일 시간이 있다 해도 함정을 파고, 기관진식을 장치하는 수
고로움을 감내할 만큼 비류연은 부지런하지 못했다. 그럴 힘이 있으
면 맨손으로 처리하는 게 더욱 경제적이었다.

'역시 함정일 거야. 그것 말고는 떠올릴 만한 게 없다.'

위무상이 헛다리를 짚은 것이지만 위무상도 사대질풍도 그것을 알
아챈 이가 없었다.

"함정을 조심해라!"

"예!"

사대질풍이 일제히 대답했다.

철컥! 철컥! 철컥! 철컥!

비류연을 목표로 사대질풍이 일제히 거창(擧槍)했다. 그들의 살기
가 일제히 비류연을 꿰뚫었다. 그들 마음속에 존재하는 창은 이미 비
류연의 숨통을 시원스레 끊어놓은 이후였다.

"최고의 절기(絶技)로 장사(葬事) 지내줘라!"

"복명(復命)! 이리얏!"

위무상의 말을 신호로 네 명의 말이 동시에 대지를 박차고 앞으로 튕겨나갔다. 네 사람이 한 사람처럼 호흡이 딱딱 맞아 떨어졌다. 그들의 눈에서 예리한 기광이 번뜩였다.

아직 비류연까지는 십장이나 되는 거리가 떨어져 있음에도 불구하고 그들은 거창하고 있거나 옆에 꽂혀 있던, 또는 들고 있던 창을 힘차게 앞으로 뻗으며 찔렀다.

아직 남은 거리가 십장이 넘는데 닿는다고 생각한 것일까?

철각비마대(鐵脚飛馬隊)
연환합격기(連環合擊技)
사기연환(四騎連環) 철쇄선풍(鐵鎖旋風)

철컥, 철컥, 철컥!

'쒜앵' 하는 바람소리와 함께 그들이 앞으로 내뻗은 창의 마디마디가 분리되어 쭈욱 늘어나기 시작했다. 분리된 마디마디는 가늘고 긴 쇠사슬로 연결되어 있어 십장 거리를 단숨에 압축시켜나갔다. 이제 거리는 아무런 문제가 되지 않았다.

네 명이 내지른 연환쇄절창(連環鎖節槍)이 허공 중에 소용돌이를 그리며 한데 어우러졌다. 주변의 먼지가 휘감겨 그들이 인위적으로 만들어낸 소용돌이에 휩쓸려 들어갔다.

더욱 조밀하고 거대해진 날카로운 창날의 소용돌이가 비류연을 덮

쳐왔다. 사납고 흉측한 기세를 뿜내며!

모든 것을 분쇄(粉碎)해 버릴 듯한 무시무시한 철쇄(鐵鎖)의 소용돌이를 눈앞에 직면하고도 그의 발걸음은 뒤로 물러설 생각을 하지 않고 있었다. 비류연은 자신의 발걸음이 뒤로 물러난다는 데 대한 심각한 위화감을 가지고 있는 사람 같았다.

비류연은 겁대가리를 상실했는지 피할 생각조차 하지 않았다. 마치 그 자리에 못박힌 사람 같았다. 발바닥에 아교라도 발랐는지, 아니면 대지 밑에 뿌리라도 내렸는지 미동(微動)조차 하지 않았다.

깊게, 깊게 심연 속으로 가라앉아있는 그의 눈빛만이 조용히 현실을 직시하고 있었다.

"갑니다!"

드디어 비류연이 움직였다.

비류연이 오른손을 한번 수평으로 휘둘렀다.

비뢰도(飛雷刀) 오의(奧義) 검기(劍氣)
참단절영(斬斷切影)의 장(章)
절삭(切削)
천지이분(天地二分)

소리도 나지 않는 무음무영의 손놀림!
그러나 그 위력만은 하늘도 인정해줄 만큼 어마어마한 것이었다.
촤악!

빛나는 신기루 같은, 한순간 섬광의 번쩍거림과 함께 하늘과 땅 사이에 존재하는 공간이 이분되는 선(線) 하나가 그어졌다.

비류연의 생명을 집어삼키기 위해 사납게 휘몰아치던 창날철쇄의 용소(龍嘯:소용돌이)가 거짓말처럼 반으로 갈라졌다. 마치 거짓말 같은, 꾸며놓은 것 같은 장면이었다.

아직 다(多) 대(對) 일(一)의 싸움에서 절대 실패하지 않았던 필살기가 상대방의 단 한번의 손짓에 맥없이 파해(破解)된 것이다. 그 충격이란 이만 저만 큰 것이 아니었다. 현실을 부정하고 싶은 충동이 이는 것도 당연했다.

황금으로 번뜩인 빛의 칼날은 창날의 소용돌이만을 목표로 삼지 않았다. 날카로운 빛의 칼날은 사대질풍이 타고 있던 네 필의 말까지 한꺼번에 몰아 단숨에 이등분해 버렸다. 그 알 수 없는 불가해한 예기(銳氣)는 한 토막의 거짓말 같았다.

위무상은 온몸에 소름이 쫘악 끼쳤다. 아직도 성대하게 일어난 소름은 가라앉을 생각을 안하고 있었다.

이토록 날카롭고, 빠르고, 무시무시한 검기는 소문으로 들은 적이 없었다.

몸통의 반을 잃은 말의 중심이 급속히 앞으로 쏠리며 전방으로 공중제비를 돌았다. 물론 이런 상황에서 기수가 무사하다는 것은 있을 수 없는 일이었다.

뿌옇게 일어난 흙먼지 속에서 붉은 안개 같은 피보라를 뿌리며 네 필의 말 상반신이 바닥을 뒹굴었다. 조금 전까지만 해도 기세등등하게 달려들던 사대질풍은 공중을 날아 지면으로 처박혔다. 무거운 그들의 철갑은 역시 그들에게는 치명적인 독이었다. 그 독이 그들의 움직임을 마비시키고 그들의 생명을 앗아갔다.

"으드득! 뚜둑!"

목뼈가 반대로 돌아가는 요란한 소리를 내면서…….

그렇게 해서 이날 철각비마대의 인명록에서는 사대질풍의 이름이 지워지게 되었다. 그 대신 흑천맹 전사자 조의금 청구 영수증에 그들 네 명의 이름이 올라 재정담당부로 넘어가게 되었다.

"이대로 잠자코 있어도 되는 겁니까? 이러다가 시체를 치울지도 모르겠습니다."

청혼이 염도에게 자신의 심각한 얼굴을 들이밀며 말했다.

"으음! 시체라… 좋을 지도 모르지."

만일 그 누군가의 시체를 치우게 된다면 자신도 이 지긋지긋한 악몽의 수레바퀴에서 벗어날 수 있을 것이라는 욕망이 염도의 가슴 한 구석에서 돌출되어 나와 그의 인내심을 자극했다.

"그러나…."

청혼이 뒷말을 이었다.

"그럴 수는 없겠지요. 이대로 내버려 둘 수는 없는 노릇입니다. 누가 뭐라 해도 그는 천무학관의 제자가 아닙니까. 이대로 사지(死地)로 걸어가는 걸 두고 볼 수야 없지 않겠습니까?"

염도는 청혼의 의견에 대해 생각해 보는 척했다.

비류연의 실력에 대해 이곳에 있는 그 누구보다도 잘 알고 있는 염도로서도 이번 승부를 쉽게 장담할 수가 없었다. 여느 때 같으면 십이 할 이상 비류연의 승리를 장담하고 보증서라도 쓰라면 썼겠지만, 이번에는 너무 까다로운 상대였다. 그도 철각비마대의 위용(偉容)을 묘사한 질풍비마(疾風飛馬) 무적철갑(無敵鐵鉀)이라는 유명한 여덟 자를 익히 들어온 터였다. 아무리 막나가는 비류연이라 할지라도 그 유명인(有名人)들에게 쉽사리 이기리라는 보장은 없었다.

'하지만…….'

염도의 눈이 깊숙이 가라앉았다. 과연 비류연의 운명이 오늘로서 종언을 고할 수 있을 것인가? 비류연이란 인간의 그릇도 만만치 않았다. 1년 반 이상을 곁에서 지내 온 자신으로서도 그 끝을 아직 다 보지 못한 처지였다.

그렇다! 아무리 이리저리 머리를 굴려 봐도 그 비류연이란 인간이 승산 없는 싸움에 난데없이, 그것도 그에게 가장 어울릴 것 같지 않은 무모한 희생정신을 발휘했으리라고는 생각하기 힘들었다.

'그 인간이 어떤 인간인데…….'

너무 사람을 높이 보는 것도 잘못이다. 아무리 비류연의 인간성에 대해 억지로 좋은 등급을 매겨보아도 그럴 가능성은 너무나 희박했다. 괜히 괴물딱지라 불리는 게 아니었다.

염도가 은근한 목소리로 말했다.

"여기서 그냥 모른 척하고 도망가는 법도 무척이나 긍정적으로 검토해볼 만한 일이지! 안 그러냐?"

세상에서 가장 비겁한 자로 한 발짝 나아가기 위한 이 발언은 다른 사람의 발언이었다면, 싸그리 무시하고 지나가거나 처절히 규탄한 뒤 지나가거나 했겠지만, 그 발언자가 염도라면 문제가 틀렸다. 이 세상에서 가장 비겁이라는 어휘와 어울리지 않는 사람 중 한 명이 바로 염도였기 때문이다. 염도에겐 비겁을 저지를 만한 주변머리가 없다는 게 세간의 공통된 평이었다.

나지막한 염도의 목소리가 왠지 불길한 울림을 담고 그들의 고막을 울렸다.

과연 염도 노사는 여기서 무슨 대답을 얻길 바라는 것일까?

청혼은 염도의 내심을 전혀 짐작조차 할 수 없었다.

목숨이 두서너 개쯤 넉넉하게 여분이 있다면 마음 놓고 대답하겠지만, 아쉽게도 하나뿐인 관계로 섣불리 대답하지 못했다. 아니, 할 수 없었다. 하나뿐인 목숨을 가벼이 여기고 함부로 내던지는 행위는 용기 있는 자의 행동이 아니라 어리석기 짝이 없는 우행일 뿐이다.

"그게… 저……."

주작단과 문무쌍절은 입이 비단실로 삼백육십 바늘 정도 봉합된 사람마냥 대답하지를 못했다.

사실 자신이 앞으로 어떤 행동을 취해야 할지 갈피를 못 잡기는 염도도 매한가지였다. 그래서 괜히 애들에게 화풀이 하고 있는 건지도 모른다.

이대로 죽으면, 그대로 아무런 수고 없이 치욕적인 제자 신세에서 벗어날 수 있다는 사실을, 그 달콤한 유혹을 거절하기가 힘들었다. 그러나 그런 비겁을 저지를 주변머리의 여유가 없다는 것이 큰 문제였다.

무림의 해악을 이독제독(以毒制毒: 독으로서 독을 제압한다)의 원리로 제거하는 것은 무림을 위하는 일이라고 단정지어버리면 간단한 일인 것을……. 오늘따라 유달리 정의심에 불타는 자신이 미웠다. 좀더 능글능글하고, 융통성과 약삭빠름, 그리고 간사(奸邪)라던가 비겁(卑怯)이라던가 하는 특기가 있었다면 일을 좀더 수월하고 깔끔하게 처리할 수 있었을 것이다.

오늘따라 이성과 감정이 따로 노는 자신이 정말 싫어지는 하루였다.

'으음… 어떡한다? 어떡한다? 어떡한다?

평소에도 부족한 잔머리가 오늘도 예외 없이 영 돌아가지 않았다. 그때 염도의 상념은 한 여인의 말에 의해 깨지고 말았다.

"그래도 가서 구해야겠지요."

염도가 고개를 들어 아름다운 목소리의 출처를 찾았다.

주작단과 문무쌍절이 이렇다 저렇다 말도 많고 의견도 분분할 때, 그리고 염도도 혼자서 자기 생각에 한없이 빠져있을 때, 조용히 자리를 털고 일어난 사람이 있었다. 입술을 꼭 닫은 채 전장을 향해 묵묵히 걸어가는 이는 가냘픈 몸매를 소유한, 이 세상의 것이라고 단정하기 힘든 미모의 여인이었다.

"언니!"

나예린의 느닷없는 행동에 놀란 이진설이 황급히 그녀를 불렀다. 나예린이 시선을 돌려 무심한 눈으로 그녀를 바라보았다.

"넌 따라올 필요 없다."

무심한 목소리로 그녀가 말했다.

"언니!"

놀란 얼굴로 이진설이 외쳤다. 그녀의 말속에 나예린의 행동을 막고자 하는 의지가 확실하게 들어있었다. 그러나 이진설의 말에 행동이 좌우될 나예린이 아니었다. 그녀는 다시 앞을 바라보고 묵묵히 걸어갔다.

"나 소저, 어딜 가시는 길입니까?"

백무영이 얼른 물었다. 그가 그녀의 행동을 저지했다.

"그걸 꼭 말로 해야만 하나요?"

무심한 얼굴로 나예린이 반문했다. 당연한 것을 묻지 말라는 어투였다. 백무영은 순간 뜨끔해지는 마음을 추스르며 말을 이었다.

"그렇다고 꼭 혼자서 위험에 몸을 노출시킬 필요는 없지 않습니까? 주변에 걱정하는 사람도 생각해주셔야죠. 만일 소저 몸에 털올만한 상처라도 난다면……."

그 다음 나올 말은, 너무나 끔찍스런 그 내용 때문에 냉철한 이성의 소유자인 백무영으로서도 차마 입 밖에 낼 수가 없었다. 만일 나예린의 몸에 티끌만한 상처라도 나는 날이면 격렬한 분노에 심장이 파열된 나예린의 광신적인 추종자들이 눈에 불똥을 튀기며 사파로 쳐들어갈 것이 분명했다. 강호는 바로 정사대전의 혈풍에 휩쓸리고 마는 것이다. 상상만으로 끔찍한 일이었다.

"……."

백무영의 말에도 불구하고 그녀는 굳이 입을 열어 대답하려하지 않았다. 그저 앞을 보고 묵묵히 걸어갈 뿐.

"어어어… 소저! 멈추십시오."

다시 한 번 나예린을 저지해보려던 백무영의 행동은 수포로 돌아가고 말았다. 그녀는 손에 잡히지 않는 바람처럼 그의 손을 빠져나갔다.

'나는 왜 지금 이 길을 걸어가고 있는 것인가, 왜?'

이유는 알 수 없었지만 그녀는 자신의 마음이 인도하는 방향대로 발걸음을 옮기기로 했다. 그런 남자 따윈 무슨 일이 일어나도 아무런 신경 쓸 일고의 가치도 없는 일이거늘……. 나예린은 자신의 행동을 아직 이해하지 못했다.

"이런, 이런! 이렇게 되면 뻘쭘하게 혼자 앉아있을 수 없잖아!"

머리카락을 북북 긁으며 노학이 일어났다. 남궁상도 현운도 마찬가지였다. 장홍과 효룡도 가만히 있을 수는 없었다. 험악한 전장에 여인이 앞장서서 걸어가게 만들면 그건 남자 망신이었다. 그런 놈은 사내대장부라 불릴 자격이 없었다.

주작단 모두가 일어났다.

"여자는 위험하니깐 여기서 기다리는 게 어때?"

당삼이 말했다. 그러자 당장에 당문혜가 반박하고 나섰다.

빡!

일단 그녀의 반박은 주먹 한 대를 동반했다.

"당삼! 네가 언제부터 남녀성차별주의가 됐지? 언제부터 여자들을 깔보게 됐어?"

당문혜가 맹독을 품은 독사 같은 살벌한 시선으로 당삼의 전신을 후벼 팠다.

당삼은 주위 상황을 제대로 탐색하지 않고 놀린 자신의 입을 원망하며 와들와들 떨었다. 아직 그는 한번도 이 누이에게 기세싸움에서 이긴 적이 없는 불쌍한 신세였다. 그는 자신의 의지와 관계없이 불쑥 무덤을 판 입을 책망했다. 그러나 이미 엎질러진 물이었다.

"왜 말 못해? 빨리 말해! 언제부터 여자를 얕보게 됐는지 빨리 말해 보라구."

당삼은 한번의 말실수 때문에 식은땀을 뻘뻘 흘리며 어쩔 줄 몰라 하고 있었다.

"아니… 저… 그게… 아니라……."

당삼은 이제 울상이 되어있었다. 천지사방 어디로도 도망갈 길이 없었다.

남자들은 다들 그의 처지를 동정했지만 감히 도움의 손길을 뻗치지는 못했다. 조용히 속으로 애도의 염불만을 외워주는 게 주위의 남자들이 할 수 있는 모든 일이었다.

"왜 아직도 말 못해?"

당문혜의 손톱이 무시무시한 살기를 뿜내며 햇빛에 반짝였다. 당삼은 내년에 제사상을 받아먹고 싶은 생각이 없었다.

"미안해! 내가 잘못했어! 다신 안 그럴게, 누나!"

할 수 없이 당삼은 두 손 모아 지문이 닳도록 싹싹 빌며 자신의 잘못과 패배를 시인할 수밖에 없었다. 모두들 감히 당문혜와 눈을 맞추려하는 이가 없었다. 여자들만이 그녀의 주위에서 그녀의 승리와 여성인권 신장에 축하를 보내고 있었다.

"이길 수 있는 자신은 있느냐?"

어느새 자리를 털고 일어난 염도가, 일어서 있는 모두를 향해 말했다. 모두 다 일어나 버리자 청흔과 백무영도 더 이상 자리 보존하고 앉아있을 수가 없었다.

"자신이 없더라도 해야할 때가 있는 법이죠. 여성이 앞서는데 사내가 꼴사납게 뒤나 쫄래쫄래 따라갈 수야 없는 노릇 아닙니까? 아니면 더욱더 치욕적인 행동의 일환으로 꼬리를 말고 도망치던지요. 평생의 치욕을 남겨 오명 속에 살아가느니 차라리 장렬하게 싸우다 산화하는 쪽을 택하겠습니다."

굳은 신념에 빛나는 눈으로 남궁상이 말했다. 그러자 모두들 그의 의견에 동의한다는 듯 고개를 끄덕였다. 모두의 마음이 어느새 하나로 합쳐져 있었다.

여전히 나예린은 저 앞을 앞장서서 걸어가고 있었다.

번쩍!

"히이이이이잉! 크아아악! 우당탕탕! 뚜둑!"

"저… 저건 뭐냐?"

염도가 물었다.

"그… 글쎄요?"

자신도 모르는 걸 대답할 수 있을 리가 없었다.

"야! 이거 설마 꿈이 아니겠지?"

갑자기 솟구치는 의문!

"그… 글쎄요."

남궁상은 선뜻 대답하지 못했다.

비류연이 있는 현장에 도착한 그들이 목격한 것은 사대질풍을 일격에 두 동강 내는 비류연의 믿겨지지 않는 신위였다. 그래서 그들은 그 자리에 우뚝 못박히고 말았다. 그것은 나예린도 마찬가지였다.

이제 흑천맹은 방금 달려든 네 필의 말들에 대해 더 이상 그 유지비를 신경 쓸 필요가 없게 되었다. 그 말들의 값비싼 먹이라던가 그보다 더 비싼 철갑주를 유지 보수시키는 데 들어가는 모든 공금에 대한 신경을 끊을 수 있게 되었다. 그들의 회계장부에서 지워버릴 수 있는 가장 확실한 근거를 획득하게 된 것이다. 그리고 네 필의 말에 타고 있던 철각비마대원들의 급료와 생명위험수당에 대해서도 신경 쓸 필요가 전무해졌다. 물론 이들 네 명에 대한 조의금을 충분히 지급해야한다는 문제가 아직까지 남아 있기는 하다. 하지만 이것 이외의 지출은 없을 것이다.

왜냐하면 방금 전 비류연의 일격으로, 네 필의 철갑마를 타고 돌진하던 사대질풍이라 불리는 무사들이 전부 수평으로 두 동강 나버렸기 때문이다.

마지막에 이들 사대질풍은 눈을 부릅떠야만 했다. 단 일수에 자신들 네 명을 벤 사람이 있다는 현실에 대한 반항의 표시였다. 그리고 그것은 그들의 얼굴에 나타난 마지막 표정이기도 했다.

천지를 이분하는 듯한 눈부신 섬광에 깨끗이 잘려나가는, 한때는 온전했었을 사람들의 시신! 신(神)의 칼날 같은 섬광이 천지를 이분하자 네 필의 말이 허공에 공중제비를 도는 묘기까지 보여주었다.

그들은 자신들이 이곳에 온 목적을 잊은 채 멍하니 전장을 바라보았다.

그 황량한 벌판의 한가운데에 막대한 병력과 무력을 자랑하는 오십 명의 철각비마대와 대치하는 중에도 비류연의 위풍은 당당하기만 했다.

“도와주는 건 잠시 보류하자!”

마침내 염도는 용단을 내렸다.

아무래도 이게 꿈인지 생시인지 분간하기 위해서는 시간이 필요할 듯했다.

“그… 그러죠.”

얼이 빠진 모두가 고개를 끄덕였다.

“지… 지금 내가 보고 있는 것은 환상인가? 아니면 현실을 집어삼키는 지독한 악몽인가?”

폐부 깊숙한 곳으로부터 새어나오는 떨리는 목소리. 위무상은 지금 진정으로 두려워하고 있었다.

“볼을 대신 꼬집어 줄 수도 있어요. 하지만 해볼 것도 없이 분명한 현실입니다. 더할 나위 없이 진실 되고 올바른 현실! 현실도피는 나쁜 버릇이에요.”

비류연이 타이르듯 말했다.

“난 못 믿는다.”

위무상이 억지를 부렸다. 얼마나 답답했으면 다 큰 어른이 뻔히 눈에 보이는 현실을 두고도 억지 강짜를 부리겠는가! 우린 현재 위무상이 처해있는 심리상태를 이해해 주어야만 한다.

“그럼 할 수 없죠!”

“아악!”

갑자기 위무상은 오른쪽 볼에 극심한 통증을 느껴야했다. 비명은 그 부산물이었다.

"뭐… 뭐냐?"

약속대로 비류연이 그를 대신해 꼬집어 준 것은 아니었다. 불에 덴 듯한 화끈한 통증과 함께 어느새 그의 볼에는 한줄기 붉은 자상(刺傷)이 선명하게 그어져있었던 것이다.

"어… 어느새?"

"악몽인지 환상인지 궁금하다면서요? 아아, 이 얼마나 착실하고 친절하고 상냥한 청년이란 말인가… 나란 인간은……."

분명히 제 정신 박힌 남자라면 맨 정신으로 듣기엔 무척이나 괴로운 말이었다. 그래도 위무상의 현실 인식에는 상당한 도움이 되었다.

'이… 이 일을 이제 어쩌지?'

대책이 서지 않았다. 해결책이 보여야 어떻게든 대책을 세울 수 있을 것 아닌가!

그러나 이번 일은 어느 쪽으로 머리를 굴려도 대책이 서지 않았다. 열심히 연기 나도록 머리를 굴려본 위무상은 자신이 절대 군사(軍師) 체질이 아님을 다시 한 번 뼈저리게 느껴야만 했다. 그는 행동전문이지 두뇌전문이 아니었다. 그래서 그는 다시 한 번 무력행동으로 이 사건을 타개하기로 결정했다.

"철비십이격(鐵臂十二擊)!"

자신의 정신상태가 제정신인지 돈 정신인지도 분간도 못하는 혼란스런 상황에서 위무상은 철비십이격을 불렀다.

철비십이격! 이들은 태어날 때부터 두려움을 모르는 선천적인 전사들이었다. 이들 열두 명이 동시에 펼치는 포위섬멸술(包圍殲滅術)은 방금 전 유명을 달리한 사대질풍의 연환합격술보다 한 차원 더 뛰어난 위력을 지니고 있다는 평판을 듣고 있었다. 원래 이들의 포위공 격술은 다수의 적을 상대하며 펼쳐지는 것이었지만, 오늘만은 단 한 명의 적을 제거하기 위해 펼쳐지게 되었다.

이미 두 번의 거짓말 같은 환상을 본 이후라 그들의 눈빛은 처절할 정도로 진지했다. 그들도 어엿한 학습능력이 있는 이상 깔보는 마음 따위가 있을 리 없었다. 철비십이격은 자신들이 지닌 내공을 전력으로 끌어올려 창끝에 집중시켰다. 바람도 없는데 그들의 몸에서 피어오르는 기세에 의해 그들의 망토가 펄럭거렸다.

"일자정렬(一字整列)!"

열두 필 되는 철갑마들이 일렬로 정렬했다.

"거창(擧槍)!"

척! 척! 척! 척!

전 대원이 일제히 창을 들어올렸다.

그들은 자신들의 마구에 매달고 있는 여러 개의 창 중 하나를 들어올렸다. 이들은 주로 장거리 투창에 의한 공격을 즐겨하기 때문에 그들의 마구에는 여러 개의 창이 걸려있었다. 이들은 그 중 하나를 뽑아든 것이다. 수백 번의 훈련을 거친 자들답게 이들의 동작은 톱니바퀴처럼 일치했다.

"투창세(投槍勢)!"

철컥 소리와 함께 그들의 창이 어깨 위로 들어올려졌다. 기가 창에 주입되어 검에 맺힌 검기처럼 창경(槍勁)이 실체화한 것이다.

"기창(氣槍)인가?"

비류연이 흥미롭다는 표정을 지어보였다.

창술지도 노사인 창군(槍君) 언유규의 시범 때 얼핏 보기는 했지만 직접 상대하는 것은 처음이었다.

원래 창이란 무술병기라기보다는 군사적 병기로 분류되는 경우가 많기 때문에 백도에서는 상당히 외면 받는 병기였다.

"진격(進擊)!"

위무상의 신호에 전마가 일제히 대지를 박차고 앞으로 달려갔다.

"일점집중(一點集中)! 십자투창(十字投槍)! 연사(連射)!"

이들은 자신들의 단련된 힘에 달려오는 말의 속도를 더해 전력으로 창을 던졌다. 물론 목표는 비류연. 철각비마대가 자랑하는, 아직 한번도 빗나간 일이 없는 실패를 모르는 무적의 진형이었다.

쐐애애애액!

눈부신 속도와 엄청난 파괴력을 겸비한 하얀 섬광이 허광을 요란스레 꿰뚫는 파공성을 내며 비류연을 향해 하얀 궤적을 그렸다.

철비십이격의 창격과 투창은 한 뼘이 넘는 철판도 뚫고, 바위도 부술 만큼 무식한 위력을 지닌 일격이었다. 이들의 철비(鐵臂)라는 별호에서 비(臂) 자는 무쇠 같은 팔뚝을 나타내는 글자였다. 그러나 비류연은 제자리에서 미동도 하지 않았다. 물론 자살을 계획한 건 아니었다.

비뢰도(飛雷刀) 독문(獨門) 비전신법(秘傳身法)

봉황무(鳳凰舞) 오의(奧義)

진야(振夜)

스르르륵!

흔들리는 환상의 밤처럼 비류연의 몸이 여러 겹의 잔영을 그리며 흔들렸다.

슈슈슈슈슉!

철비십이격은 물론이고 위무상과 염도를 위시한 천관도들 모두 소매로 자신의 두 눈을 비볐다.

비류연의 몸을 아무런 성과 없이 관통한 창들이 대지에 틀어박혀 거대한 폭발음과 함께 흙먼지를 일으켰다. 이미 비류연의 등 뒤는 쑥밭이 되어있었다. 그러나 비류연의 몸엔 터럭 하나의 상처도 없었다. 모든 공격이 무위로 돌아간 것이다.

모든 투창공격을 뒤로 흘려보낸 줄 알았던 비류연이 제자리에 멈춰 섰을 때 그의 손에는 창 한 자루가 들려있었다.

정면으로 받아내기도 불가능에 가까운 공격이라고 불려지는 철비십이격의 투창을 맨손으로 받아내 버린 것이다. 되도록 지양해야 할 일을 서슴없이 저질러 버리는 비류연이었다. 애초에 두려움이라는 게 없는 모양이었다. 몽땅 피할 수 있음에도 불구하고 보란 듯이 창을 잡아낸 것은 아무래도 과시용인 것 같았다.

마치 '난 이런 것도 할 수 있어… 내가 힘이 없어서 피해버린 게 아냐!' 라고 말하는 듯했다.

"이… 이럴 수가!"

위무상이 다시 한 번 입을 쩍 벌렸다. 아무래도 오늘 그의 턱 관절에 이상이 생길 모양이었다.

철비십이격들도 혼란에 빠진 듯했다. 왜냐하면 잠시 그들의 움직임이 통제에서 벗어난 행동을 보여주었기 때문이다. 그러나 고수들답게 그들은 곧 다시 진형을 갖추었다.

"정신 차려라!"

위무상이 소리치며 그들을 닦달했다. 더 이상의 실패란 존재해선 안 되었다.

믿었던 비장의 공격술인 십자연사투창이 실패로 돌아가자, 즉시 철비십이격의 조장이 새로운 명령을 내렸다.

"돌격세(突擊勢)!"

철컥 소리와 함께 창이 그들의 허리 부근에 굳건하게 고정되었다. 허리춤에서 정면을 향해 창극을 들이민 이들의 창이 새하얀 우윳빛으로 빛나기 시작했다.

열두 명의 철비십이격은 이번 공격이 실패하면 그것이 곧 자신들의 죽음과 직결된다는 사실을 본능적으로 알 수 있었다. 그래서 그들은 전신의 기력을 모두 짜내어 정면으로 부딪쳤다.

"기창충격(氣槍衝擊)!"

마침내 철각비마대 최강의 공격 진세가 만인 앞에 선을 보였다.

두두두두두두!

두 패로 나누어진 철비십이격이 말을 몰아 비류연의 양쪽을 압박해 들어갔다.

열 필의 말이 일제히 대지를 박차며 앞으로 달려 나왔다. 이건 전쟁이 아니기 때문에 단 일인을 포위 공격하는 데 열 명 이상은 방해일 뿐이었다. 동료의 움직임을 방해할 수 있는 위험이 있기 때문이다.

이미 이들은 자신들의 생사를 도외시하고 전력으로 비류연을 쓰러뜨릴 작정이었다. 그러나 비류연은 전혀 두려워하는 기색이 없었다.

오히려 비류연은 이들을 보며 배시시 웃었다. 그의 눈은 황금빛으로 빛났고, 그의 심장은 차갑게 얼어붙었다. 그리고 올올이 풀려져있던 그의 정신은 하나로 꼬여져 날카로운 바늘이 되어 서리발 같은 예기를 뿜어냈다.

철비십이격은 철의 벽으로 장막을 치듯 비류연의 주위를 감싸며 원을 그리듯 포위했다. 그러나 진짜 공격은 원형으로 비류연을 포위한 열 명의 사람들로부터가 아니었다. 왜냐하면 그들은 열 명이었기 때문이다.

"히이이잉!"

천공의 햇살을 등지고 두 마리의 말이 원형의 벽을 뛰어넘어 좌우에서 동시에 비류연에게 창을 찔러 넣었다. 거의 일장(약 3M)에 달하는 어마어마한 높이를 뛰어넘는 엄청난 도약력과 기마술이 아닐 수 없었다. 이 진형을 구축하기 위해 이들의 무장은 다른 이에 비해 훨씬 가벼웠다.

상하좌우 어디로든 피할 길이 꽉 막힌 죽음의 포위망이었다. 그러나 끝내 사신은 비류연의 뒷덜미를 잡아채지 못했다.

비뢰도(飛雷刀) 검기(劍氣) 오의(奧義)

천붕지열(天崩地裂)의 장(章)

뇌격타(雷擊打) 천근뢰(千斤雷)

보이지 않은 거대한 주먹이 두 마리의 말을 뒤로 날려보낸 것처럼 보였다.

두 줄기 섬광이 두 마리 말을 꿰뚫었다.

"쾅!"

아니, 꿰뚫었다기보다는 때렸다고 해야 맞을 것이다. 거대한 힘이 일순간에 부딪히는 소리가 울려 퍼졌다.

날카로운 비도에 부딪혔음에도 불구하고 놀랍게도 공중에 떠있던 말은 2장이나 뒤로 날아가 버렸다. 직접 보지 않았으면 믿겨지지 않았을 광경이었다.

"우당탕탕탕!"

두 명이 저 뒤로 날아간 것은 순식간의 일이었다. 믿었던 1차 공격이 무산되자 철비십이격은 당장 2차 전면공격으로 들어가려 했다. 그러나 비류연은 그것을 용납하지 않았다.

비뢰도(飛雷刀) 오의(奧義) 검기(劍氣)

사신무(四神舞)의 장(章)

봉황(鳳凰)

봉익비상(鳳翼飛上)

좌우 양측에서 비류연을 포위 압박해 들어가려던 열 명의 철비팔격은 봉황의 날갯짓처럼 양 옆에서 뿜어져 나오는 화려한 검기에 휘말려 보기 좋게 난자되었다. 일단 발동된 검기는 얼음처럼 무정하여 사정을 봐주지 않았다.

봉황의 날개짓은 차가운 검날, 수십 개 검영(劍影)이 되어 철비 팔격을 도륙했다. 철의 마갑으로 무장한 철갑마들도 빛나는 봉황의 날갯짓 앞에서는 속수무책이었다. 산산조각 깔끔한 단면을 그리며 잘려져 나갈 뿐이었다. 한 마리의 봉황이 검기(劍氣)의 빛으로 무장한 채 하늘로 날아올랐다.

피할 기회 같은 건 애초에 부여되지 않았다. 그저 날갯짓처럼 좌우로 수십 개의 잔영을 그리며 뻗어 나오는 눈부신 검기가 하늘로 솟구쳐 오를 때까지…, 피의 비가 다시 한 번 대지를 적실 때까지 비류연은 맨 처음 서있던 그 자리에서 미동도 하지 않은 채 홀로 서있었다.

미지에 대한 공포가 철각비마대의 심연(心緣)으로부터 스멀스멀 기어오르기 시작했다.

"믿을 수가 없군!"

여태껏 보고만 있었던 구천학도 감탄을 금치 못했다. 지금 자신의 수하들이 당하는 것에 대한 분노보다 상대의 무공에 대한 경탄이 먼저 터져 나왔다. 무림인들의 나쁜 버릇 중 하나였다. 지금 비류연이 보여준 놀라운 신위는 인간의 것이라고 생각하기엔 도저히 무리가 있었다. 이미 그것은 인간의 경지를 벗어난 것이었다.

그 유명하고 이름 드높은 공포의 대상이자 무력의 상징이던 철각비마대가 매가리도 못 추고 한 소년의 어영부영한 가벼운 손짓에 전멸에 가까운 손실을 입었다는 걸 어느 누가 믿어줄 수 있겠는가. 애초부터 무리가 있는 이야기였다.

정신이 제대로 못 박힌 사람이거나 부실한 마음의 소유자가 아니라면 누구나 그런 생각을 품었을 것이다.

　그러나 비류연이란 녀석은 이 세상에 불가사의(不可思議)하고 불가해(不可解)한 일이 아직도 일어난다는 것을 몸소 증명해 보이기라도 하듯 묘기를 보였다.

　"에잇!"

　지켜보던 염도가 몸을 벌떡 일으켰다. 그는 망설이지 않고 앞으로 걸어가며 애도 홍염을 '턱' 어깨에 걸쳤다. 투지가 끓고 몸이 근질근질한지 자신을 주체하지 못하는 모습이었다. 그도 어쩔 수 없는 태생부터 무인이었던 것이다.

　"젠장, 젠장, 젠장, 젠장, 제에에에엔장!"

　입으로는 젠장, 제길, 쓰불을 연발하면서도 그는 자리에서 일어났다. 그리고 울상을 지으면서 앞으로 걸었다. 자신도 모르게 철각비마대와 대치하고 있는 비류연에게로 그의 발길이 향하고 있었다.

　그곳을 향해 묵묵히 걸어가는 자신의 다리를 베어버리고 싶은 충동을 염도는 가까스로 억눌러야 했다.

　"이건 분명히 말해두지만 가고 싶어서 가는 게 아냐! 절대로 마음 내켜서 행동하는 게 아니라고! 어쩔 수 없이, 정말 어쩔 수 없이 걸어가는 것뿐이야. 알겠냐?"

　끄덕끄덕!

　염도의 박력에 누가 감히 토를 달수 있겠는가.

　"제엔장!"

　그리고는 염도는 열심히 전장을 향해 걸어갔다.

일기승부(一騎勝負)

"비켜라!"
위무상이 말했다.
"내가 직접 나선다."
마침내 위무상은 아랫것들이 해결할 수 있는
수준의 사태가 아니라는 데 수긍하고 말았다.

부하들의 실수를 수습하는 것이 바로 자신의 역할이었다. 더 이상 철각비마대의 신용이 나락으로 떨어지는 것을 수수방관하고 있을 수는 없었다.

"괜찮겠어요?"

철각비마대를 대신해 그의 신변을 걱정해준 이는 다름 아닌 비류연이었다. 위무상은 심한 모욕감을 느꼈지만 사투를 앞두고 있는지라 감히 경거망동하지 않았다. 싫든 좋든, 절대 인정하고 싶지 않지만 이자의 실력은 인정해야만 했다. 그는 그걸 용납할 수가 없었다.

그는 조심스레 자신의 강철창을 꼬나쥐었다. 그의 눈에 거센 투지가 불타올랐다. 역시 부대주답게 투기(鬪氣) 하나만으로도 아래 부하들하고는 월등한 실력차를 보여주고 있었다.

"드디어 아저씨의 등장인가요?"

비류연이 싱긋 웃었다. 위무상이 말했다.

"네놈이 그 건방진 혀를 놀려댈 수 있는 것도 이제 이 순간일 뿐이다. 단박에 네놈의 목구녕까지 관통시켜주마. 두 번 다시 그 불경스런 입을 놀리는 일이 없도록 말이다……."

"… 꿀꺽!"

겉으로는 충분히 사납고 위압적으로 들리도록 신경 썼지만, 그의 목으로는 마른침이 넘어갔다. 지금은 온몸을 감싸던 살기보다는 신중함이 그를 지배하고 있었다. 그의 화급한 성정이 경계심을 느끼고 자신의 본성을 누를 정도로 비류연의 신위에 위무상이 긴장하고 있다는 반증이었다.

이제는 그 자신도 이번의 승부를 점칠 수가 없었다. 조금 전까지 보여주었던 그 무력을 과연 자신이 감당할 수 있을지 장담할 수가 없었다.

그때였다.

"이 싸움 내가 받지!"

비류연은 이 섬세함이라고는 전혀 찾아볼 수 없는 거칠고 투박한 목소리가 누구의 것인지 아주 잘 알고 있었다. 비류연은 고개를 돌려 자신의 등 뒤로 다가오고 있는 염도에게 반가움을 표했다. 염도는 자신의 어깨에 애도 홍염을 걸쳐 메고 터벅터벅 걸어오고 있었다.

"이야! 여기까진 웬일이에요? 모른 척 보고만 있을 작정 아니었어요?"

"무슨 그런 얼토당토않은 말을, 당연히 도우러 왔지요!"

염도는 속으로 뜨끔했지만, 겉으론 정색하며 말했다. 그의 정체를 알아본 구천학의 눈에 이채가 어렸다. 아무래도 오늘 득(得)보다 실(失)이 많을지도 모른다는 느낌이 들었다. 하지만 이대로 물러서기에는 이미 철각비마대의 피해가 너무나 막심했다.

"웬 놈이냐?"

위무상은 여기서 또다시 염도를 못 알아보는 실수를 저지르고 말았다.

염도에 비하면 위무상의 무림서열은 약간의 과장을 보태 말단에 가까웠다. 철각비마대는 대주를 제외하고는 집단으로서 강하지 개인으로서 강한 게 아니기 때문이다.

"웬 놈?"

염도의 쌍심지가 당장에 하늘로 솟구쳤다.

"그러는 너는 웬 놈이냐?"

"이… 이놈이!!!"

위무상이 숨을 씨끈거렸다. 평소 강호인명록 외우기를 소홀히 한 것이 분명했다.

"참아라! 그는 바로 염도(焰刀)다."

당장이라도 달려들 듯한 돌격태세인 위무상을 저지한 것은 구천학이었다.

"설마 저자가 그 유명한 불타는 개차반이란 말입니까?"

"캬하하하하하하!"

비류연은 자지러진 웃음을 터트렸다. 염도의 면상은 야차(夜叉)처럼 변했다.

“뭐야?”

그의 눈에서 불꽃이 튀겼다. 잠시 학관에서 조용히 지내고 있던 사이에 건방진 놈들이 많이 늘어난 모양이었다.

구천학은 고개를 끄덕였다.

“적염(赤髥), 적발(赤髮), 적미(赤眉)! 저처럼 붉은 색 일색의 특색 있는 신체 특징을 가진 이가 염도 외에 강호에 또 누가 있겠는가?”

위무상이 보기에도 확실히 눈에 띌 정도로 특색 있는 원색적 모습이 아닐 수 없었다. 그러나 그의 정체가 그의 투지를 꺾지는 못했다. 구천학도 위무상의 전신에서 뿜어져 나오는 기세로 그것을 짐작할 수 있었다.

“해볼 텐가?”

솔직히 위무상에게 염도는 너무 부담스런 존재였다. 가급적이면 정면대결은 피하고 싶은 게 구천학의 솔직한 심정이었다. 신뢰하는 부하를 함부로 사지에 몰아넣고 싶지 않았던 것이다. 그러나 위무상은 물러날 기미가 없었다.

“맡겨주십시오!”

그의 단호한 의지표명이었다. 염도의 이름을 듣고도 위축되지 않는 위무상의 모습에 구천학은 내심 흡족했다. 더 이상 그는 막을 생각을 품지 않았다.

“저자가 바로 그 정파 오대 도객의 한 사람인 화령염천탈혼도(火靈焰天奪魂刀)라고 해도 말인가?”

“두렵지 않습니다.”

위무상의 시선은 염도와 정면으로 마주친 채 떨어질 생각을 하지 않고 있었다. 염도가 걸어온 길 뒤로는 여섯 필의 철갑마가 그들의 주인과 함께 지글지글 타고 있었다.

"좋아! 좋아!"

염도는 내심 흡족한 미소를 지었다. 그가 철각비마대에서 두려운 것은 그들의 집단합격공격이지 일기(一騎) 승부가 아니었다. 일대일 승부라면 말을 타든 말든, 그 말에 갑주를 올리든 말든 아무런 상관이 없었다. 강호초출도 아니고 말의 몸집에 겁먹을 나이는 이미 지난 지 오래였다.

챙!

첫 번째 내지른 위무상의 창과 염도의 도가 정면으로 부딪쳤다. 염도는 무식하게도 달려드는 말의 돌진력이 더해진 위무상의 거창돌격을 정면으로 받아내었다.

지이이이이익!

마신일체의 돌파력을 감당하지 못하고 염도의 몸이 일장 가까이 뒤로 밀려났다. 그 때문에 일장 길이의 깊은 고랑이 파였다. 그러나 그의 몸이 뒤로 넘어가거나 하지는 않았다.

"쯧쯧! 무식하기는……."

비류연이 그 모습을 보고 혀를 찼다.

충분히 피하거나 흘려보낼 수 있는 실력이 있음에도 불구하고 억지로 오기로써 정면에서 막아낸 것이다. 참으로 염도다운 행동이었다. 그걸 꼭 정면으로 부딪쳐 깨트리려하다니…….

"꽤 하는군!"

양손에 굳게 잡은 도(刀)로 상대의 창을 굳건히 막으며 염도가 말했다. 위무상이 말과 함께 뒤로 펄쩍 뛰었다. 둘 사이의 간격이 창의 간격보다 벌어지자 염도는 이 참에 호흡을 가다듬으려 했다. 위무상이 노린 것은 바로 이 순간이었다.

팍팍팍!

질풍처럼 내질러진 세 번의 연속찌르기! 벌어진 간격을 무시하고 들어온 공격이었다. 염도는 허를 찔리고 말았다.

염도의 양쪽 옆구리는 옷이 헤져 휑하니 맨살이 드러나 있었다. 스쳐 지나간 두 번의 찌르기가 남긴 작품이었다.

"과연 소문의 염도로군. 나의 삼단질풍격(三段疾風擊)을 정면으로 막아내다니……. 하지만 이 간격 차를 어떻게 극복할 생각이신가?"

이번 공격으로 위무상은 어느 정도 자신감을 찾은 모양이었다. 어느새 위무상이 들고 있던 창의 길이가 두 배로 길어져 10척(약 3m)에 달하는 장창으로 돌변해 있었다. 거리로서 간격의 유리함을 얻으려는 전법인 모양이었다.

그러나 곧 그 전법은 무의미한 것임이 판명되었다.

"어? 어? 어?"

순간 위무상은 기겁하고 말았다. 그의 창대를 타고 한줄기 뜨거운 열기가 휘감겨 올라왔기 때문이다. 바로 염도의 검염기(劍焰氣)였다.

"큭!"

손바닥이 불에 익는 느낌이었다. 더 이상 버티다가는 창을 놓쳐버릴 것만 같았다.

"합! 받아라!"

다시 한 번 삼단질풍격의 거친 찌르기가 그의 창을 통해 뿜어져 나왔다. 멀쩡하던 지면에는 동시에 세 개의 구멍이 크게 뚫렸다. 넓지는 않지만 깊이는 무려 반장 가까이 되는 구멍이었다. 위무상의 찌르기가 엄청난 관통력을 지니고 있다는 이야기였다. 창이 관통한 대지는 구멍을 중심으로 소용돌이 모양의 나선이 그려져 있었다. 엄청난 회전력이 대지를 관통했다는 증거였다. 위무상의 찌르기가 속도뿐만 아니라 엄청난 회전력도 동반하고 있다는 이야기다.

그리고 그런 찌르기를 방금 전 염도가 정면으로 막아냈다는 이야기도 되었다. 괴물 판정 위원회는 염도에게 조금 더 손을 들어주었다. 아무리 위력적인 일격이라 해도 맞지 않으면 소용이 없었다.

"같은 수에 두 번이나 계속 당하리라 생각했나?"

그의 목소리는 말안장 위에 앉아있는 위무상의 머리꼭대기 위에서 들려왔다. 어느새 염도는 위무상의 머리꼭대기보다 높은 곳으로 훌쩍 뛰어올라 있었던 것이다.

그리고는 염도는 위무상이 두 번째로 내지른 창대 위에 사뿐히 내려앉았다. 10척(약 3m)에 달하는 긴 장창이었지만, 염도는 그것을 발판 삼아 안정된 자세로 균형을 잡았다.

"짝짝짝!"

비류연은 염도의 묘기에 아낌없는 박수를 보냈다. 염도는 정중하게 이를 개무시했다.

스윽!

염도는 빠르고 가볍게 창대를 타고 위무상에게로 파고들었다. 이미 위무상이 피할 곳은 아무데도 없었다. 다른 창을 뽑아들어 방어할 시간적 여유도 없었다.

그는 두 눈을 질끈 감았다.

'대주! 죄송합니다.'

그 순간 처음으로 위무상은 죽음에 대해 인지하고 그것을 겸허히 받아들였다.

파악!

붉은 한줄기의 섬광과 함께 염도의 홍염이 위무상의 목에 사정없는 일검을 가했다.

원래대로라면 분명히 위무상의 목은 신체와 분리되어 허공 중에 높이 치솟았다가 땅바닥에 떨어져 다섯 번쯤 데굴데굴 굴러야 정상이었다.

그러나 놀랍게도 그런 일은 벌어지지 않았다. 진짜 더더욱 미치도록 놀라운 것은 위무상의 목이 아직 그 자리에 정상적으로 붙어있고, 아직도 제 기능을 원활히 발휘하고 있다는 사실이었다. 그래서, 염도는 정말로 미쳐버릴 뻔했다.

"이건 반칙 아닌가요?"

비류연이 시선을 돌린 곳은 바로 구천학이 서있는 곳이었다. 조금 전까지만 해도 질풍의 마구 뒤에 꼽혀있던 구천학의 애병인 다섯 자루의 오성묵룡창(五星墨龍槍) 중 하나가 비어있었다.

그것은 지금 원주인인 구천학의 한 손에 들려있었다. 그리고 그것이 방금 전 염도의 칼이 위무상의 목을 베는 그 결정적 순간을 방해한 범인이기도 했다.

"미안하군! 하지만 소중한 부하를 죽게 할 수 없었네! 저만한 사람은 또 얻기 힘들지."

"대주!"

위무상은 감격에 겨워 금방 눈물이라도 떨굴 것 같은 태세였다. 그러나 다행이도 그런 꼴사나운 일은 일어나지 않았다.

'이 분을 위해서 언젠가 반드시 목숨을 바치리라!'

위무상은 그렇게 결심했다. 무사다운 낭만적인 생각이다. 여기서의 목숨은 바로 방금 전 염도의 칼에 단숨에 끝장날 뻔한 바로 그 목숨이었다.

"쳇! 김새는군!"

염도가 투덜거렸다. 뭔가 화장실 갔다가 뒤를 안 닦고 나온 사람마냥 뒤가 찝찝했다.

비류연이 말했다.

"아무리 그렇다 해도 반칙은 반칙이에요. 반칙에는 벌칙이 따르기 마련이지요. 반칙의 대가로 무엇을 지불하시겠습니까?"

비류연은 여전히 구천학에게 시선을 고정시키고 있었다. 구천학도 말없이 그 시선을 받았다.

"내기!"

구천학이 말했다.

"내기라……. 그건 무척 흥미로운 이야기로군요. 그리고 꽤 제 구미에 맞는 이야기이기도 하죠."

비류연이 구천학의 말에 흥미를 나타냈다.

"그것 참 다행이군. 만일 거절했다면 둘 중 하나가 전멸할 때까지 붙는 전면전밖에 남아있지 않았다네."

구천학의 말은 진심이 분명했다. 임무의 완수 없이 돌아갈 수 있는 여지를 남긴다는 것은 그에게 있어 엄청난 의미를 지니고 있는 것이었다.

"그럼 어떤 내기죠?"

"일기승부(一騎勝負)!"

구천학의 말을 들은 염도, 나예린, 모용휘, 청혼, 백무영, 장홍, 효룡 그리고 주작단의 얼굴에 놀라움의 색조가 물결처럼 번져나갔다.

일기승부! 다른 말로는 맞짱, 또는 대장전이라고도 불리는 싸움법으로 대표 한 명이 나와 승패의 모든 것을 결정짓는 방식을 말한다. 즉 한 사람의 무력에 전체의 승패를 맡기는 방법인 것이다.

"그것 참 흥미로운 방법이로군요."

비류연은 꽤나 흡족한 듯했다. 구천학이 내건 방법이 꽤나 만족스러운 모양이었다.

"마음에 든다니 다행이군."

"그럼 그쪽은 당연히 당신이겠고… 그렇다면 우리쪽은……."

부대주 위무상까지 당한 이상 이제 철각비마대에 남은 마지막 패는 대주 질풍묵흔 구천학밖에 남아있지 않았다. 외통수였다. 비류연은 주위를 한번 찬찬히 둘러보며 대표를 물색하기 시작했다.

"어딜 보고 있나? 그쪽 대표는 물론 자네일세."

"저요?"

비류연은 떨떠름한 표정을 지었다. 왠지 내키지 않는 표정이었다.

"왜? 무슨 문제라도 있나? 설마 이제 와서 두렵다는 것은 아니겠지?"

"아뇨! 그럴 리가요. 단지 좀 귀찮아서 남에게 떠넘길까 생각 중이었거든요."

씨익!

악마 같은 미소가 비류연의 입가에 번졌다. 그 떠넘김을 받는 사람이 절대로 자기는 되기 싫다고 주작단과 염도는 생각했다. 그리고는 어떻게 하면 유려하게 거절할 수 있는지 고심하기 시작했다. 이유를 한 다섯 개 정도 미리 마련해놓지 않으면 나중에 불리해질 수 있기 때문이다. 청혼과 백무영은 아직 영문도 모른 채 눈만 멀뚱멀뚱 뜨고 있었다. 이들은 아마 비류연이 지금 농담하고 있다고, 편한 마음에 안이한 생각을 한 모양이었다. 그러나 주작단과 염도는 그게 '천만의 만만의 말씀!' 이라는 사실을 잘 숙지하고 있었다.

이들을 위기에서 구출해준 이는 우습게도 구천학이었다.

"다른 누가 자네를 대신한단 말인가? 먼저 우리 앞을 가로막은 이가 자네이니 자네의 손으로 이 일을 마무리 지어야 하지 않겠나?"

구천학의 의지는 확고부동하고 위엄이 넘쳤다. 과연 거물은 거물이었다.

"쩝! 여러분의 성원에 힘입어 정히 그렇다면 할 수 없죠."

비류연이 수긍하자 염도와 주작단들은 안도의 한숨을 내쉬었다.

따각따각!

질풍묵혼 구천학이 드디어 앞으로 나섰다. 태산이 움직이는 듯한 무게감이 느껴졌다.

"휘이익! 좋은 말이로군요."

“묵성(墨星)이라고 하지!”

구천학의 애마 묵성(墨星)은 털올 하나까지 칠흑처럼 검은 갈기로 덮여있었다. 그리고 마치 포효라도 할 듯한 사나운 기세를 전신에서 내뿜고 있었다. 보통 말보다 반 배는 더 커 보이는 거대한 마신(馬身)은 사람들에게 위협을 심어 주는 데는 더할 나위없는 연출효과였다. 게다가 말 주제에 안광 또한 불을 토해낼 듯 사나워 마치 맹수를 연상케 했다. 이쯤 되면 그냥 말이라고 부르기엔 어폐가 있었다.

“드디어 대장의 등장인가요?”

“자네가 나를 이긴다면 이것이 마지막 싸움이 될 것일세. 그러나 만일 그렇지 못한다면 자네가 그동안 기울인 노력은 헛수고가 되겠지. 일기(一騎)로 단판 승부일세.”

구천학은 더 이상의 접전은 쓸모없는 희생이라는 것을 알아차렸다. 이미 그들은 저 앳된 소년의 얼굴을 한 괴물의 분위기에 휩쓸려 버리고 말았다. 그것은 헤어날 수 없는 수렁이었다. 자신도 모르는 사이에 그들은 끝모를 수렁 속에 빠져 허우적거리고 있었다. 그 늪의 바닥을 드러내는 일, 그것을 끊을 사람은 이제 자신밖에 없었다.

덥썩!

백옥보다 하얀 섬섬옥수가 비류연의 팔을 잡아당겼다. 섬섬옥수의 주인은 바로 나예린이었다. 비류연은 의아한 얼굴로 나예린를 쳐다보았다.

그러나 그녀의 얼굴에는 딱히 감정이라고 부를 만한 것의 편린조차 떠올라 있지 않았다. 그리고는 단 한 마디를 남겼다.

“조심해요.”

이 말 한마디로 비류연은 충분히 만족했다. 보통 때의 그녀라면 절대 하지 않을 행동이었다. 지금도 나예린은 자신이 방금 한 행동에 대해 이해도 설명도 할 수 없었다. 알 수 없는 감정이 그녀를 그리하도록 시켰다.

"하하하! 이거 나 소저에게 그런 말을 다 듣다니 오늘은 재수가 좋은데요. 이것만으로도 이번 싸움은 보람이 있겠군요. 걱정 말아요!"

비류연은 활짝 웃으며 말했다. 그러자 그녀가 정색하며 대답했다.

"지금 누가 걱정했다는 거죠?"

"물론 나 소저죠!"

"전 걱정한 적 없습니다."

그녀가 단호하게 선언했다. 하지만 비류연을 실망시키는 데는 실패하고 말았다.

"정말요?"

"정말요."

나예린의 대답에 비류연은 다시 한 번 싱긋 미소지었다.

"그럼 정말이겠죠. 하지만! … 걱정해줘서 고마워요!"

이걸로 충분하다고 비류연은 생각했다. 무심한 사제들이야 나중에 충분한 정신교육으로 군기를 잡으면 그만 아닌가.

비류연은 사지의 힘을 빼고 전신을 편안히 이완시켰다.

결투의 시작을 알리는 무언의 종이 그들 마음속에서 조용히 울렸다. 이제 시작이었다.

파악!

일순간 당겨졌던 구천학의 오른팔이 섬광처럼 앞으로 뻗어나갔다.

파앙!

대기를 관통하는 듯한 우렁찬 굉음! 위력적인 창경(槍勁)에 휘말려 대기가 소용돌이쳤다.

파바바바바밧!

순간 보이지 않는 무영의 창이 허공을 격해 비류연의 왼쪽 귓가를 스치고 지나갔다. 몇 가닥의 머리카락이 무영창격의 위력에 휘말려 허공 중으로 흩어졌다.

요란한 파공음에 귓가가 쟁쟁거렸다.

"무… 무영창(無影槍)! 허공격상(虛功隔傷)!"

염도가 감탄사를 터트렸다. 이토록 완벽한 허공격상을 보는 것은 참으로 오래간만의 일이었다. 십장 거리를 격(隔: 건너뛰어)하여 적을 상하게 할 정도의 공력은 결코 어디서나 볼 수 있는 범상한 공력이 아니었다.

'게다가 전력도 아니었어!'

분명히 손속에 사정을 둔 것이 분명했다. 이렇게 되자 천관도 측도 불안할 수밖에 없었다.

"노사님! 대사형이 이길 수 있겠지요?"

남궁상이 근심어린 어조로 물었다.

"아마도!"

더 이상 말하기도 귀찮다는 듯 염도의 시선이 앞으로 향했다.

씨익!

비류연은 미소를 머금었다.

"호오? 이건 인사 대신인가요? 친절도 하셔라."

일부러 정면을 노리지 않고 약간 빗나간 측면을 노렸던 것이다.

"자넨 인사조차 제대로 받아주지 않는 사람이로군."

나이 어린 후배를 상대로 일격에 정면을 노릴 생각은 없었다. 선배로서의 자존심이 그것을 용납하지 못했다. 그러나 귀 하나 정도는 접수 할까 마음먹었었다. 그리고 비류연은 그것마저도 간발의 차로 피해낸 것이다.

'설마 보였단 말인가?

구천학은 자신의 마음속에 떠오른 의혹을 부정했다.

척!

구천학은 이제 본격적으로 해볼 생각으로 창을 두 손으로 들고 정면을 겨누었다. 방금 전까지는 맛보기에 불과했다. 지금부터가 진짜였다.

대기가 팽팽하게 당겨지는 듯한 느낌, 지켜보는 이들의 심장을 옥죄는 긴장감이 사방을 지배했다.

"푸르륵! 푸르륵!"

기묘한 적막 속에서 묵성의 투레질만이 간간히 들려올 뿐이었다. 점점 더 긴장의 시위가 뒤로 당겨졌다.

"합!"

구천학이 발로 말의 배를 걷어차자 묵성이 질풍처럼 거칠고 사납게 기다렸다는 듯이 튕겨나갔다. 대지가 묵성의 말발굽 아래 찢어질 듯한 비명을 질렀다.

대지의 흙이 거칠게 사방으로 날아올랐다. 인마(人馬)가 일체가 되어 모든 것을 휩쓸어버리는 질풍으로 화한 듯한 모습이었다.

"핫!"

파앙!

구천학이 창으로 대기를 찔렀다. 매서운 파공음과 함께 보이지 않는 무형의 관통력이 비류연을 향해 날아갔다. 무영창의 비기 허공격상이 다시 펼쳐진 것이다. 그러나 그것의 위력 면에서는 현저한 차이가 났다.

조금 전 보여준 것이 하나의 관통력이었다면 지금은 다섯 개의 관통력이라는 게 틀린 점이었다.

무영창(無影槍) 비기(秘技)

허공격상(虛功隔傷) 오성격(五星擊)

그러나 아무리 하나가 다섯 개가 되었다고 해도 한 번 피한 걸 못 피해낼 비류연이 아니었다.

스르륵!

비류연의 몸이 버드나무 가지처럼 흔들리자 다섯 개의 관통력은 속절없이 비류연의 몸을 투과하듯 지나가 애꿎은 맨땅에 부딪혔다.

쾅쾅쾅!

땅이 깊게 파이면서 다섯 개의 거대한 흙기둥이 솟아올랐다. 허공격상(虛功隔傷) 오성격(五星擊)이 무위로 돌아가자 구천학은 재빨리 고삐를 틀어 비류연의 우측, 다시 말해 자신의 오른편에 비류연이 위치할 수 있는 좌측 사선으로 말을 몰았다. 그래야만 자신의 우수가 비류연을 공격하기에 편하기 때문이다.

쉬이이잉!

이번엔 구천학이 창을 횡으로 휘둘렀다. 그러자 마치 창이 채찍이라도 된 듯 길게 늘어나며 창영(槍影)이 물결치듯 출렁거렸다.

콰과과과!

이번에도 비류연은 간발의 차로 구천학의 공격을 피해냈다. 하지만 이번 일격은 참으로 의외의 변화였다. 비류연의 발 앞쪽에 높게 솟구치는 흙벽과 함께 거대한 일자 고랑이 생겨났다.

그러나 아직 방심할 때가 아니었다. 다시 한 번 물결치는 빛의 무리가 비류연을 향해 날아갔다. 이번에는 한 번으로 그치지 않았다.

무영창(無影槍) 오의(奧義)

파랑분쇄격(波浪粉碎擊)

열지(裂地)

파도처럼 밀어닥치는 무시무시한 창 그림자! 기(氣)의 물결!

구천학은 비류연의 주위를 돌며 연속해서 방금 전 자신이 구사했던 기술을 연속 시전 했던 것이다. 열지(裂地)라는 그 이름 그대로 대지가 찢겨지고 갈기갈기 부서져 나가며 비명을 질러댔다.

쾅! 쾅! 쾅! 펑! 펑! 펑!

이제 솟구치는 흙먼지와 창날의 빛 무리에 가려 비류연의 모습은 그들의 시야에서 보이지 않았다. 그것은 맹수조련사의 채찍처럼 사납기 짝이 없는, 숨쉴 틈 없는 맹공(猛功)이었다.

히이이이이잉!

구천학의 애마 묵성이 기분 좋은 투레질을 쳤다. 한 바퀴 원을 그리며 비류연을 포위 공격하던 구천학은 어느새 본래 자신이 있었던 자리로 되돌아가 있었다.

하지만 비류연이 서있던 자리를 완전히 뒤덮었던 흙먼지는 아직도 걷히지 않고 있었다. 구천학은 긴장을 풀지 않은 채 정면을 주시하고 있었다.

'아무런 하자 없는 완벽한 공격이었다. 그런데 이 불안감은 뭐란 말인가?'

알 수 없는 불안감에 구천학은 창을 더욱 세게 움켜쥐었다. 분명히 타격을 받았을 것을 것이다.

"와아아아아!"

벌써부터 철각비마대 곳곳에서는 환호성이 터져 나오고 있었다. 반면 염도를 위시한 천무학관도들의 얼굴은 심각하게 굳어져있었다. 학관도들은 심각한 얼굴로 먼지 구름이 걷히기만을 기다리고 있었다.

그때였다.

"콜록! 콜록!"

흙먼지를 잔뜩 뒤집어쓴 인영 하나가 뿌연 먼지 구름을 헤치고 걸어 나왔다. 그는 연신 기침을 해대고 있었다. 아무래도 자욱한 흙먼지가 그의 기관지를 자극한 모양이었다. 흐릿한 인영은 물론 비류연이었다. 비류연은 그 끈질긴 생명력을 과시라도 하듯 맹공의 지옥 속에서 유유히 걸어 나왔다. 흙먼지를 뒤집어 쓴 것 말고는 안타깝게도 생채기 하나 없었다.

“이런 이런! 이거 여벌의 무복도 별로 없는데 가서 빨아야 되잖아
요.”

비류연은 연신 투덜거리며 자신의 몸에 내려앉은 먼지들을 털어냈
다. 뽀얀 먼지구름이 비류연의 사지에서 앞 다투어 일어났다.

“대단하구나!”

구천학은 진심으로 감탄했다. 그의 내부에 잠자고 있던 무인의 피
가 끓어오르고 있었다. 등줄기를 타고 전율이 일어났다. 이만한 사내
라면 전력을 다해 부딪쳐도 전혀 아깝지 않을 것 같았다.

“과연 너만한 자가 이 세상에 또 있을까?”

“없겠죠.”

비류연의 참으로 뻔뻔스런 대답이었다.

“이번이 마지막 공격이다. 난 이 공격에 나의 전심전력을 다하겠다.
네가 만일 이 공격을 무사히 받아낼 수 있다면…….”

구천학이 잠시 뜸을 들인 후 말을 이었다. 이제 그의 마음은 완전
히 정리된 상태였다.

“… 난 나의 패배를 인정하고 나의 부대와 함께 흑천맹으로 돌아가
겠다. 준비는 되었나?”

구천학의 눈에서 섬광이 번뜩였다.

“언제든지요.”

비류연은 항상 준비가 되어있었다.

진지한 얼굴의 구천학이 양손으로 잡은 창을 마치 상단세를 겨누
듯 들어올렸다. 그의 왼손은 창끝을 움켜잡고 그의 오른손은 가볍게

창의 중단을 잡았다. 마치 한 자루의 칼날이 된 듯한 느낌이었다.

"과연 질풍묵흔 구천학이로군……."

염도가 진심으로 감탄했다. 역시 방금 자신이 싸운 위무상과는 차원이 다른 무공실력이었다. 창을 전혀 창답지 않은 방법으로 쓸 수 있다는 사실이 놀라웠다.

좌앙!

머리 위까지 들어올려진 창이 가공할 속도로 비스듬히 베어졌다.

무영창(無影槍) 필살(必殺) 오의(奧義)

무영인(無影刃)

무형(無形)의 검기가 자신을 노리고 창공의 매처럼 날아오는 걸 비류연은 순간적으로 감지할 수 있었다. 빛처럼 빠른 무형무영(無形無影)의 칼날!

스륵!

그러나 비류연은 치사하게도 필살의 일념이 담긴 이 일격(一擊)마저도 피해버렸다. 대기가 반으로 갈라지는 틈바구니에서도 그는 옷자락이 베이는 정도로 끝났다. 아마 묵룡환을 풀지 않았으면 못 피해냈을지도 모를 일이었다. 그만큼 무영인의 위력은 가공할 정도로 빠르고 무시무시할 만큼 위력적이었다.

필살기는 자신의 생명을 걸고 상대의 생명을 끊는 기술이기에 만일 실패로 돌아가면 본인에게 되돌아가는 정신적 타격이 엄청나다. 자신의 생명이 헛되이 소진되었는데 어느 누가 멀쩡할 수 있겠는가.

망연자실한 구천학을 향해 비류연은 최후의 일격을 펼쳤다.

번쩍!

섬광이 공간을 일직선으로 관통했다.

쩌적!

투구가 반으로 갈라지고 구천학의 머리칼이 바람에 흩날렸다. 풀어헤쳐져 흩날리는 머리카락에 구천학의 시야가 잠시 가려졌다. 다시 열렸을 때 그의 애마 묵성 위에는 어느 순간 올라탔는지 비류연이 무임승차해 있었다. 그리고 어느새 구천학의 목에는 이빨을 드러낸 비뢰도 하나가 서늘한 예기를 발하며 빛내고 있었다. 구천학의 완벽한 패배였다.

"졌다."

그렇게 싸움은 종막(終幕)을 고했다.

이제 해는 서산으로 짙은 황혼을 깔며 뉘엿뉘엿 넘어가고 있었다.

"이걸로 모든 것이 정리된 건가요?"

나예린이 말했다.

"너무 많은 피를 흘렸군요."

이번 싸움에서 비류연은 전혀 사정을 봐주지 않고 가차 없이 손을 썼었다. 피비린내가 짙게 나는 싸움이었다.

"일단 한번 피를 보기로 결정한 이상 전 피를 두려워하지 않습니다. 그것이 제 마음을 지키는 결심의 방패입니다. 피와 살인에 대한 공포로 자신의 정신이 침식당하면 언제나 십이 할의 전력을 발휘할 수 없죠. 물론 전력을 필요로 하는 일도 아니었지만……."

비류연이 담담한 목소리로 말했다. 나예린은 조용한 시선으로 그를 바라보았다. 하지만 입을 열어 무슨 말을 하거나 하지는 않았다. 그저 조용히 지켜보기만 했다.

단 일인의 무력에 밀려 그 이름 높고 강력하기로 유명한 철각비마대가 말머리를 돌려 지평선 끝으로 되돌아가는 모습은 평생 청혼의 머리 속에서 잊혀지지 않을 광경이었다. 청혼과 주변의 모든 이들은 대지를 공허하게 울리는 말발굽소리를 들으며, 흙먼지를 일으키며 지평선 너머로 사라져가는 그들을 하염없이 바라보았다.

하늘과 땅을 사이좋게 공명시키는 말발굽 소리가 귓가를 사정없이 때림에도 불구하고 왠지 모를 적막이 사방 공간 가득히 빽빽하게 들어차 있었다. 때문에 더욱더 그 모습들이 비현실적으로 비춰졌다.

철각비마대 전원이 광활한 평야의 지평선 너머로 사라진 것을 확인한 다음에야 청혼의 시선이 비류연을 향했다. 거짓말처럼 철각비마대가 정말로 되돌아간 것이다. 단 일인의 희생도 없이!

그는 이번 일의 원인 제공자이자 무모함의 화신이자, 돌발행동의 귀재이자 상습범인 비류연을 뚫어져라 쳐다보았다. 안법 수련이 부족하여 해부해서 꿰뚫어 보지 못하는 것이 못내 아쉬웠다.

'도대체 저 사람의 정체는 뭐지?

이 강호에 누가 있어 저런 인물, 아니 괴물이라 불러 마땅할 자를 키워낼 수 있단 말인가?

무적을 자랑하며, 바람보다 빠른 속도를 과시했던 철각비마대의 수족이나 다름없는 철갑마들 십 수마리가 시체가 되어 피모래와 함께 대지를 뒹굴고 있었다. 그리고… 나머지 철각비마대는 말머리를 돌려 자신이 떠나온 시발점으로 돌아갔다.

'지난 삼십 년 동안 철각비마대의 말머리가 돌려진 적이 있었던 가?'

단언하건데 그런 일은 결단코 없었다. 흑천맹 무적 최강의 상징 중 하나인 철각비마대가 지나간 곳엔 승리와 그들이 가져온 파멸, 파괴가 있을 뿐이었다.

그날 청혼은 단 한번의 예외를 목격하는 행운을 얻을 수 있었다. 그것이 행운이었는지 아니면 불행이었는지 확신할 수는 없었지만 말이다.

그리고, 모두들 그날 본 일에 대해서는 약속이라도 한 듯 일제히 함구했다. 비류연의 사제들이자 밥들인 주작단은 물론이고, 장홍, 효룡, 그리고 백무영과 청혼도 마찬가지였다.

함부로 입을 나불거렸다가 주변으로부터 미친놈 취급받으며 손가락질 받고 싶은 생각은 추호도 없었기 때문이다. 천만다행스럽게도 모두들 그런 것에 쾌락을 느끼는 변태는 아니었던 것이다.

"이보게! 이보게! 청혼! 청혼!"

과거를 회상하고 있던 청혼의 상념은 백무영의 부름에 깨어지고 말았다.

"으응? 아! 무영, 자넨가?"

그제야 눈에 초점을 찾은 청혼이 자신의 둘도 없는 친구를 물끄러미 응시했다. 비장한 각오로 따라갔다가 아무런 일도 하지 않고 무사히 돌아온 친구였다.

"무슨 생각을 그리도 골똘히 하고 있는 건가?"

백무영이 물었다.

"아아! 아무 것도 아닐세."

"그때 일을 생각하고 있나?"

역시 눈치나 추리력 하나는 재빠른 친구였다. 청흔은 가타부타 말을 하지 않았지만 백무영이 그의 내심을 짐작하는 데는 어려움이 없었다.

"더 이상 그날 일에 대해서는 생각하지 말게. 별로 정신 건강에 도움이 될 게 없다네."

그날 일만 떠올리면 왠지 자신이 지금 현실 세계 속에 존재하는 건지 아니면 환상 속을 헤매고 있는 건지 헷갈리게 된다. 마치 호접몽(蝴蝶夢)처럼……. 아직도 그날의 일은 그들에게 있어 매우 몽환적이고 비현실적이었다.

"그래, 그게 좋겠군. 당분간 기억 깊은 곳에 봉인해두고 열지 않는 게 좋겠어. 더 이상 신경 썼다가는 미쳐버릴지도 모르니 말일세."

백무영은 그의 생각에 적극적으로 찬동했다.

"탁월한 선택일세. 잘 생각했네! 잘 생각했어!"

정신을 수습하고 다시 주변을 돌아봤을 때 이미 비류연은 어디론가 가버리고 없었다. 청흔은 더 이상 깊게 생각하기를 포기했다.

천무학관의 방문자(訪問者)

"으으… 지루해… 무슨 일 안 생기나?"
하늘은 높고 푸르고, 말은 비만으로 살 빼기에
고민하는 가을의 오후! 무미건조한 정문보초근무!
사지가 물엿처럼 늘어질 정도로 나른했다.

곤륜파의 출신 2년 차 관도 선정성과 이문선은 지겨워 죽을 지경이었다.

"온몸이 나른나른하군. 햇살도 나긋나긋하고… 흐아함……."

길다란 하품이 선정성의 입으로부터 삐져나왔다. 체통을 지키는 것도 쉽지 않았다.

"이보게, 문선!"

"왜 그러나? 정선?"

오늘따라 방문하는 손님도 거의 없었다.

"이 지루함이 나를 질식사시키기 전에 자네가 날 좀 구해주게."

"이보게 정선. 닥치게나!"

선정선의 마음에 위안이 되는 한마디였다.

"자넨 괜찮은가?"

이문선의 고개가 선정성을 향해 돌아갔다. 햇빛이 눈살을 찌푸리게 만든다.

"그럴 리가 있겠나. 이 하품 공세 때문에 입이 찢어질 것 같네. 흐아암……."

벌건 목젖이 보일 정도로 이문선의 입이 벌어졌다. 입술 양쪽이 찢어지지 않는 게 기적이었다. 시간이 세 배 정도 느리게 흘러가는 듯한 느낌이었다. 역시 한가로운 정문 근무만큼 시간의 지루함을 뼈저리게 느끼게 하는 건 없었다.

"이런 날 무슨 사건 하나 안생기려나……."

선정성이 한탄했다.

"그러면 귀찮아지지 않을까?"

이문선이 물었다. 이렇게 생각이 있는 것처럼 행동하고는 있지만 그의 입에선 아직도 연신 하품이 터져 나오고 있었다.

"이렇게 지루할 바에는 차라리 귀찮은 게 훨씬 낫겠네!"

"그렇겠지……."

"그럴 거야……."

둘은 동시에 하늘을 올려다보았다. 구름이 한가롭게 푸른 바다를 흘러가고 있었다. 나른함이 그들의 숨통을 조르고 있었다.

"에휴… 무슨 사건 하나 안 터지려나……."

또다시 둘의 입에서 한숨이 터져 나왔다.

염원이 강하면 그것은 반드시 이루어진다고 한다.

하늘은 스스로 돕는 자를 돕는다 했다.

가을의 햇살을 받으며 잘 닦인 거울처럼 반짝이는 넓고 푸른 파양호(播陽湖)를 끼고 자리한 거대한 무(武)의 성지(聖地)! 웅장하게 우뚝 솟은 그곳의 정문을 향해 한 사람이 걸어왔다.

"오래간만이군!"

천무학관(天武學館)

일필휘지로 적혀있는 용사비등(龍蛇飛騰)한 필체를 보며 중년인은 감회 섞인 목소리로 중얼거렸다. 편액을 한번 일별한 후 중년인은 다시 걸음을 옮겼다.

"누구냐?"

"웬 놈이냐?"

천무학관의 정문을 지키는 임무를 맡은 선정성과 이문선의 입에서 정중함이라고는 쥐꼬리만큼도 없는 목소리가 터져 나온 이유는 중년인이 보초들의 '무슨 용무로 본관을 방문하셨습니까? 라는 물음을 무시하고 성큼성큼 정문을 통과하려 걸어왔기 때문이다. 정문은 낮 시간 때라 모든 사람을 환영하는 기세로 활짝 열려있었기 때문에 만일 아무도 중년인의 발걸음을 저지하지 않는다면 그는 무사히 정문을 지나 천무학관 안으로 들어갈 수 있을 것이다.

용건과 신분만 정확하다면 천무학관은 사람을 가리는 곳이 아니지만 이렇듯 신분과 용건도 밝히지 않고 무단출입하려는 무례한 자를 그냥 둘 만큼 만만한 곳도 아니었다.

근무 중이던 두 명의 무사가 자신들이 들고 있던 창을 침입자에게 겨누어 그의 움직임을 막으려 했다.

천무학관은 정문 보초를 관도들이 돌아가며 선다. 때문에 보초를 잘못서면 학점에 음성적인 영향을 줄 가능성이 컸다. 그런 일을 당할 수는 없는 노릇이었다. 선정성과 이문선은 오후의 나른함을 깨어줄 방문자를 열렬히 환영했다. 그래서 친절하고 상냥하게 대해줄려고 내심 생각하고 있었다.

스윽!

"어… 어라?"

중년인을 향해 창을 겨누던 곤륜파 출신의 2년 차 제자 선정성과 이문선은 두 눈을 부릅떴다. 눈앞에서 다가오던 괴인이 갑자기 흐릿하게 사라졌기 때문이다. 그가 기겁을 하는 것도 무리가 아니었다.

"이곳도 많이 변했군!"

느긋한 중년인의 목소리는 그의 등 뒤에서 들려왔다. 범상치 않은 기도를 흘리는 중년의 검객은 어느새 그들의 뒤에서 한가롭게 학관의 내부 전경을 둘러보고 있었다. 남다른 감회라도 있는 것일까?

선정성과 이문선은 대형사건사고의 예감을 강렬하게 느꼈다.

챙! 챙!

갑자기 천무학관 정문이 소란스러워졌다. 둘이 창을 버리고 검을 뽑았기 때문이다. 보초를 무시하고 어느새 정문안으로 들어온 신원 미상의 불청객에게 정중한 환영인사를 보내줄 수는 없었다.

이들이 창을 비리고 검을 뽑은 이유는 당연히 검이 그들의 주무기이기 때문이다. 창은 그저 관상용일 뿐 위력 면에서는 검에 비해 턱없이 부족했다.

아직도 금일 정문보초근무자인 두 사람의 놀라움은 가시지 않고 있었다. 아무리 낮 시간이라 정문을 열어놨기로서니 자신들이 따라가지 못할 움직임으로 경계를 빠져나가다니……. 모두들 한가락 하는 천무학관의 수재들이기 때문에 그들의 경악은 더욱더 컸다.

일단 불청객을 제압할 마음으로 선정성이 검을 휘둘렀다. 그것이 중년인의 분노를 샀다.

"건방진 놈!"

중년인이 손을 한번 휘두르자 찌르르한 충격이 그의 팔을 덮쳤다. 그 충격에 하마터면 선정성은 검을 떨어트릴 뻔했다. 가벼운 한 수 안에 측량할 수 없는 범상치 않은 기운이 들어있었다. 만일 적이라면 그들은 인생의 생사가 갈리는 사건을 오늘 접하게 될 가능성이 높았다. 그들이 원한대로 어마어마한 사건이 그들 앞에 벌어진 것이다. 그러나 그 사건의 규모가 감당할 수 없을 만큼 컸다.

"이놈!"

불청객을 제압하려던 선정성이 도리어 제압당하자 분개한 이문선이 즉시 빼놓은 검을 들고 달려가려 했다.

"멈춰라!"

그러나 이문선은 자신의 어깨를 잡아끄는 손 때문에 품고 있던 계획을 실행시키지 못했다.

"공운석 노사님!"

이문선의 어깨를 붙잡아 그를 구해준 이는 바로 정문 경비담당인 점창파의 공운석 노사였다.

"넌 물러나 있어라! 너의 상대가 아니다."

"예!"

공운석의 명령에 이문선이 잠자코 물러났다. 공운석은 단박에 이번 손님이 보통 접대로는 돌아갈 사람이 아니란 걸 본능적으로 느낄수 있었다.

중년인이 말했다.

"애들 성격이 많이 급해졌군! 요즘은 인내심 따위는 땅바닥에 내팽개쳐도 아무런 문제도 없다고… 그렇게 가르치나?"

이때서야 선정성과 이문선, 그리고 그 외 한 명인 공 노사는 불청객의 인상착의를 유심히 살펴볼 기회를 얻을 수 있었다. 그의 신분을 알아채는 데는 오랜 시간이 필요하지 않았다.

그의 얼굴엔 단번에 파악할 만한 특징이 있었기 때문이다. 얼굴에 좌우 사선으로 그어진 두 개의 흉터! 그런 흉터에 이만한 실력을 가진 사람은 많지 않았다.

"다… 당신은? 서… 설마!"

공운석은 경호성을 터트렸다. 그의 뇌리를 스치는 한 인물이 있었던 것이다.

얼굴의 정면을 가르는 교차 십자의 상처! 밤하늘처럼 검은 먹빛 검집에 양각(陽刻)된 은빛 용(龍)문양! 이런 신체적 특징을 가지고 이 정도의 검기를 뿜어내는 이는 단 한명밖에 없었다.

흑천맹 십대고수(十大高手)! 흑천맹를 떠받치는 열 개의 돌기둥[十碑], 흑천십비(黑天十碑) 중의 한사람! 검의 귀재(鬼才) 검의 마인(魔人).

검마(劍魔) 초월!

'제… 젠장!'

정문경비담당 무사부 공운석은 인상을 팍 구겼다. 아무래도 잘못

걸린 것 같았다. 일진이 영 안 좋았다.

"무슨 용무로 본관을 방문하셨는지요? 규정에 따라 방문목적을 밝혀주시기 바랍니다."

금세 공운석의 목소리가 한없이 정중하게 변했다. 검마 초월 정도 되는 사람이 함부로 거동할 리가 없었다. 필시 이유가 있을 것이다.

피식!

초월의 얼굴에서 냉소가 흘렀다.

"여긴 손님에게 다짜고짜 검부터 휘두르는 곳인가?"

"본관엔 본관의 규칙이 있습니다. 방문자는 먼저 정문을 들어서기 전에 지위고하를 막론하고 우선적으로 방명록에 자신의 신분을 기재하고 용무를 밝혀야 합니다."

무사부 공운석도 지지 않았다. 그는 상대의 신분에 위축되어 자신의 임무를 망각하는 어리석은 짓은 저지르지 않았다.

"흐흐! 용무라… 물론 있지, 있고말고!"

검마가 싸늘한 목소리로 말했다.

"정말이시오?"

공운석의 물음엔 불안이 서려있었다. 용무가 무슨 용건인지는 모르지만 뿜어내는 기운이 너무 스산했다.

"물론! 그렇지 않았다면 이곳을 방문할 때 피 묻은 검을 들고 왔지, 이런 서신 쪼가리 따위나 들고 오지는 않았을 걸세. 오늘은 전해줄 말이 있어 찾아왔지!"

왠지 으스스한 기운이 느껴지는, 듣는 사람에게 살벌함을 전해주는 목소리였다.

"전해줄 말이란 함은? 누구에게?"

"마 학관주에게!"

공운석의 눈이 휘둥그레졌다.

"저… 전언자는……?"

"흑천맹주(黑天盟主)!"

공운석의 눈은 하마터면 찢어질 뻔했다.

정치는 골 아프다.

주변에 고려해야 될 상황이 너무 많기 때문이다.

정치는 난해하다.

자신의 마음대로 되어지는 게 하나도 없기 때문이다.

'크으… 이런 일을 어쩌란 말인가……'

마진가는 머리가 아팠다. 그의 골은 지금 난해한 시험문제를 눈앞에 둔 학생처럼 골치가 지끈거렸다. 서찰을 쥔 그의 철권이 부르르 떨렸다.

'위협이라는 건가?'

태사의 아래에서 검마 초월은 냉막한 인상으로 분위기를 팍팍 잡고 있었다. 물론 철권 마진가 정도되는 사내가 검마 초월의 기도(氣道)에 눌린다는 것은 있을 수 없는 일이었다. 검마 초월이 아무리 뛰어나고, 이름 높다 해도 천무학관주라는 이름에 비하면 많은 손색이 있었다.

문제는 검마 초월의 팍팍 구겨진 인상이 아니었다. 마진가는 검마 초월쯤 되는 거물을 서신전달용 사신으로 보낸 일련의 행동 이면에 자리한 흑천맹의 의지를 읽은 것이다. 서신 전달자의 신분이 높으면 높을수록 그 서신의 가치와 무게는 증가한다. 흑천십비 중 하나인 검마 초월을 서신 전달자로 보낸 것은 그만큼 흑천맹에서 이 서찰에 대해 큰 비중을 가지고 중차대하게 생각하고 있으니 잘 고려하라는 무언의 압력인 것이다.

"으음……."

마진가는 자신의 손이 왠지 무겁다는 생각이 들었다. 그의 얼굴에 난색이 표시되었다. 그의 손에 들린 것은 단지 한 장의 종이조각에 불과할 뿐이지만, 그 안에 담긴 내용은 그의 손과 그의 마음을 무겁게 하기에 부족함이 없었다.

"후우! 그 정도로 했으면서도 아직 끝낼 생각이 없단 말인가?"

역시 가장 기대하고 자랑해 마지않던 장자의 죽음은 흑천맹주 갈중천에게 측량할 수 없는 어마어마한 충격을 준 모양이었다. 아직도 이대로 사건을 덮을 기미가 전혀 보이지 않았다.

"이건 마치 우리에게 감사를 받으라는 이야기처럼 들리는군! 그렇지 않은가?"

마진가는 날카로운 눈빛으로 사신으로 온 자를 쏘아보았다. 무공 경지가 조화지경에 이른 자신의 눈빛을 받고도 흑천맹의 사신은 낯빛 하나 안 바뀐 채 냉막한 얼굴을 유지하고 서있었다. 그래서 마진가는 약간 장난을 쳐보기로 했다. 그런데도 여전히 검마는 눈썹 하나 까딱하지 않았다.

철권 마진가의 눈에 이채가 떠었다.

'나의 무형지기(無形之氣)를 아무런 저항 없이 흘려보내다니…….'

암중에 발산되는 무형지기를 슬며시 흘려보냈지만 눈앞에 서있는 이 자는 당당하기만 했다. 무형의 압력을 가해 최소한 자신의 불편한 심기를 알려주고 싶었는데 꿈쩍도 하지 않은 것이다.

'과연 거물은 거물이군……. 하긴 저 정도 되는 남자이니 본인 앞에서 저토록 태연할 수 있는 것이겠지! 그동안 쌓아 온 실력에 대한 자신감인가?'

저 정도 되는 남자라면 충분히 자격이 있다고 마진가도 인정했다.

'흑천십비(黑天十碑) 검마(劍魔) 초월!'

흑천맹 십대고수답게 과연 전신에서 풍기는 기도가 보통을 넘었다. 고수는 고수를 알아보는 법. 이런 면에서는 마진가도 아무리 그의 태도가 무례하다 하더라도 무인으로서 감탄할 수밖에 없는 것이다. 과연 40년 전 화산지회의 우승은 거저먹은 게 아니었다.

'역시 흑천맹엔 인재가 많군!'

이런 일은 아무리 감탄 했다 해도 겉으로 내색할 수는 없는 일. 마진가는 의무감에 겉으로는 철저한 무심을 가장했다. 검마 초월은 일개인의 신분으로 이곳에 온 것이 아니라 흑천맹 전체를 대표해 이곳으로 온 것이기 때문이다.

"결자해지(結者解之)의 법도에 의해, 피의 율법까지 내세웠으면서도 아직도 매듭지을 수 없다는 말인가? 철각비마대만으로는 부족했다는 건가?"

마진가는 서찰에서 눈을 떼어 초월을 바라보았다. 시위(示威)라도 하고 싶은 것인지, 초월은 사신(使臣)이면서도 온몸에 죽은 자에 대한 애도를 나타내는 검은색으로 잔뜩 치장하고 있어 마치 상갓집에라도 다녀온 사람 같았다(백도는 죽은 자를 애도할 때 흰옷을 입지만, 흑도는 검은 옷을 입는다).

검마가 말했다.

"철각비마대 건에 대해서도 저희 맹주께서는 의심의 싹을 지워버리지 못하고 계십니다. 아무리 다방면으로 생각해 봐도 의혹이 가시지 않는다는 것이 저희 맹주의 뜻입니다."

"노부는 도통 알아들을 수가 없네! 그게 도대체 무슨 소린가?"

심증적 의혹을 느꼈는지, 아니면 느닷없이 발동한 흥미 때문인지 마진가의 신체가 조금 앞으로 쏠렸다. 초월의 말은 그로서도 처음 듣는 이야기였기 때문이다.

처음엔 초월도 마진가의 질문에 선뜻 대답하지 못했다. 철각비마대 건은 입에 올리고 싶은 소재가 아니었지만, 물어 온 질문을 씹을 수도 없는 처지기에 할 수 없이 대답할 수밖에 없었다.

"돌아온 철각비마대 전원이 약속이라도 한 듯 입에 자물쇠를 달고 입도 뻥긋하지 않고 있기 때문입니다."

"열쇠장이나 철물점이라도 찾아가보지 그랬나?"

마진가의 친절한 조언에 초월은 싸늘하게 웃음 지었다. 이런 식의 냉소는 사신으로서 해서는 안 될 일이었지만 그는 상관하지 않았다. 그에게는 그만한 배짱과 자격이 있었다. 마음에도 없는 거짓된 미소를 지으며, 간이라도 빼줄 듯 해실해실 웃는 것은 그의 천성과 지극히 극단적으로 상반된 이야기였다.

"아무래도 저희 쪽 열쇠장이들은 솜씨가 부족해서 그런지 자물쇠를 딸 수가 없더군요!"

"저런! 그것 참 안된 일이군. 삼가 애도의 뜻을 표하는 바이네."

사실 아직 천무학관 측도 그날 정확히 무슨 일이 벌어졌는지 완벽하게 알아내지 못하고 있었다. 주작단도 염도도, 그리고 그 외의 사람들도 다들 담합(談合)이라도 한 듯 일제히 입을 꾸욱 다물고 있는데 무슨 용빼는 재주가 있어 사건의 전말을 들을 수 있겠는가! 그저 궁금증만이 더욱더 증폭될 뿐이었다.

마진가의 애도에 초월은 싸늘히 겸양했다.

"별 말씀을! 저희 맹주께서는 이쪽의 유명한 열쇠장이에게 무척 기대를 걸고 있습니다. 자물쇠를 채운 쪽도 이쪽인 듯싶으니 자물쇠를 채운 사람이 자물쇠를 푸는 게 세상의 합당한 이치가 아니겠습니까? 백도의 영재들을 모두 끌어 모은 곳인 만큼 실망시키지는 않으리라 믿습니다."

원인제공자는 분명히 백도측에 있으니, 빨랑 자수해서 광명 찾으라는 말을 빙빙 돌려 한 말이었다. 마진가와 주변에서 지켜보는 이들의 안색이 미묘하게 변했다.

"허허허! 너무 추켜 세워주면 부끄럽지 않나! 우리에게 그만한 열쇠장인이 있을지 의문이로군. 노부도 없다고 알고 있다네! 알면 우리 천무학관 정문에 먼저 하나 달았을 걸세. 하지만 없는 걸 있다고 우기는 건 칭찬이 아니라 어린애가 부리는 생떼나 다름없는 억지이지! 안 그런가?"

어린애도 아닌데 유아적 사고를 지닌 채 생떼나 쓰며 사람 곤란하게 만들지 말고, 이제 억지 그만 부리고 어여 돌아가라는 이야기였다. 민폐 그만 끼치고 그만 얌전해지라는 말도 다량으로 함유되어 있었다. 과연 마진가는 늙은 생강답게 노련했다. 그도 일파의 종사답게 무식하게 힘만 쎈 게 아니었던 것이다.

'글쎄… 그건 과연 어떨지…….'

검마는 속으로 생각했다.

갈효봉의 죽음을 둘러싼 의혹은 배제하더라도, 이번에 벌어진 철각비마대의 패퇴 건은 초월 자신도 아직 영문을 모르는 일이었다. 아니, 그 영문을 제대로 아는 사람은 한 사람도 없다 해도 과언이 아니었다.

이 일은 아직도 흑천맹에 풀리지 않는 수수께끼로 남아있었다.

'그때 도대체 무슨 일이 있었기에?

그날, 막중한 임무를 띠고, 맹렬히 전의를 불태우며 백도 전체를 짓밟을 듯한 흉험한 기세로 흑천맹을 떠났던 철각비마대가 돌아왔을 때 흑천맹 사람들은 소매로 두 눈을 비빌 수밖에 없었다. 그들의 간판 같던 흉험하고 폭발적이던 기세는 어디다 단체 매절(賣切)이라도 했는지 자취를 감추었고, 그들의 어깨는 힘없이 축 늘어져있었다. 그리고 인원 또한 대폭 줄어 들어있었다.

"어찌된 영문인가?"

그때, 돌아온 구천학의 어깻죽지를 힘껏 부여잡고 검마 초월은 냉막한 어조로 강경하게 물었다. 당시 그의 시선은 구천학을 꿰뚫듯 바라보고 있었다.

"……."

하지만 구천학은 그의 기대를 보기 좋게 배신한 채 입을 굳게 다물었다.

"내 말이 들리지 않나? 어찌된 영문인가?"

재차 초월이 그의 어깨를 흔들었다.

"……."

그러나 구천학은 물끄러미 자신의 시선을 정면으로 받으면서도, 혀가 화석(化石)이라도 된 듯 묵묵부답 말이 없었다.

"어찌된 영문인가? 대답하게! 질풍묵혼 구천학!"

마침내 참다못한 초월이 소리를 버럭 지르며 울화를 터뜨렸다. 그런 답답한 심정은 생전 처음이라 생경하기만 했다.

"……."

아무리 다그쳐도 구천학의 입은 열리지 않았다. 가장 친한 친분을 유지하고 있던 유일에 가까운 친구인 자신에게마저도 그는 입을 열지 않았다. 그의 입이 열린 것은 단 한번! 대노(大怒)하여 달려온 흑천맹주 갈중천 앞에서였다.

"죄송합니다."

이 한마디를 끝으로 구천학은 두 번 다시 입을 열지 않았다. 죽음을 감내하겠다는 의지가 그의 전신에 선명하게 깃들어 있었다.

갈중천은 지독한 분노로 몸을 부르르 떨면서도 죽음을 내리지는 못했다. 구천학 역시 흑천맹 십대고수 중 한 명이기 때문이었다.

'후우…….'

그때의 암담했던 일을 잠시 떠올리며 초월은 속으로 조용히 한숨을 내쉬었다. 절친했던 친구의 왜소해 보이던 등이 눈앞에 떠올라 마음이 씁쓸했다. 다시 마음이 착잡해졌다.

그러나 언제까지 처량한 마음을 품고 있을 수는 없었다. 그는 지금 해야할 일이 있었다. 양보란 있을 수 없었다.

"저희 흑천맹의 이번 요구는 백 년 전 정사(正邪)가 합의한 정사공동합의문에 의거한 합법적인 절차를 밟은 정당한 요구입니다. 저희 맹주께서는 확실한 대답을 받아오라 하셨습니다. 이 일은 결코 유야무야 간단히 넘길 수 없는 문제라고는 것이 저희 맹주의 생각이십니다!"

'후우!'

이번엔 마진가가 속으로 근심담긴 깊은 한숨을 내쉬었다.

억울한 건 오히려 이쪽이었다. 하지도 않는 범죄의 범인으로 지목받아 철저한 수사와 심문를 당하고 있으니 기분이 좋을 리 만무했다. 아니라고 열(熱)나게 주장하는데도 저쪽은 상황증거를 들어 자꾸만 자신들을 범인으로 단정하고 있었다.

참외밭에서 신발끈을 묶지 않고, 오얏나무 아래에서 갓끈을 고쳐쓰지 않는다고 했는데, 자신들이 바로 그 꼴이었다. 하지만 범행을 반박할 결정적인 증거가 없었다.

'너무 거물이 죽어버렸어!'

세력에서의 의미가 아닌 상징적인 의미로의 거물이 죽어버렸다. 웬만한 자만 되어도 강경하게 나갈 수 있었을 것을 하필이면 하고 많은 사람들 중에 무신마 갈중혁의 손자이자 흑천맹주 갈중천의 맏아들인 갈효봉이라니…… 자식 잃은 부모의 이성을 기대하기란 무척이나 힘든 일이었다. 그가 아무리 흑도의 절대자라 해도 사정은 마찬가지였다.

　피의 대리자로 내세운 철각비마대가 왕창 깨졌는데도 저쪽은 물러날 마음이 없는 모양이었다. 피의 대리자가 패퇴했음에도 불구하고 이번엔 특별진상조사원을 파견하겠다고 저리도 막무가내라니……

　거절하고 싶은 마음은 하늘에 닿은 굴뚝이 되어 있었지만, 절대로 거절할 수 없는 상황이라는 것이 애석할 따름이었다.

　'이 폭풍이 잠잠해지려면 얼마의 시간이 더 필요하단 말인가?

　시간의 요구를 알 수 없는 마진가로서는 답답하기만 한 노릇이었다. 마진가는 마침내 마음을 정리했다.

　"알았다고 전해드리게!"

　처음부터 정해져 있던 대답이지만, 말하는 마진가의 속은 쓰리기만 했다.

　"예! 꼭 그리 전하도록 하겠습니다."

　조용히 적의를 불태우던 검마는 그 자리에서 외교적 인사도 하지 않은 채, 즉 전문용어로 말해서 입술에 침도 안 바르고 무뚝뚝한 인사만 남긴 채 나가버렸다. 그의 무례에 몇몇 노사들이 분노하고 '정식으로 항의해야 합니다' 라고까지 말하는 사람도 있었지만 마진가는 이번 조사원에 신경 쓰느라 그런 항의에 신경을 기울일 여유가 없었다.

　'이제 이 일을 어쩐다……?

　이미 조용히 처리되기는 요원한 일이었다. 게다가 조용히 끝날 수 있는 성질의 것도 아니었다. 흑천맹 쪽에 목소리를 높이려면 이쪽의 결백을 증명하는 수밖에 없었다. 그런 다음에야 전몰한 비영각 추혼대 대원들에 대한 진상규명을 저쪽에 요구할 수 있을 것이다. 비영각 대원들이 갈효봉을 암살하기 위해 파견된 비밀암살부대였으며, 갈효봉을 구하러가기 위해 달려간 천지쌍살의 휘하 부대와의 교전에서 저쪽에 막대한 타격을 입히고, 멋대로 전멸했다고 믿고 있는 저쪽의 의혹을 걷어내기 전에는 항의란 불가능에 가까웠다. 무엇보다 증거가 없다는 것이 분통터지는 노릇인 것이다.

조사관의 신변보호 문제도 신경 쓰이는 문제였다. 자칫 이번에 파견될 조사관의 신변에 무슨 일이 생기면 모든 책임은 천무학관으로 떠넘겨질 게 뻔하기 때문이다.

'누굴 선택한다……'

빈틈없고 성실하고 무공도 강한 믿을 만한 호위가 필요했다. 몇 명의 신상명세서가 그의 머릿속을 스치고 지나갔다.

"좋은 기분은 아니군!"

착잡한 기분, 가라앉은 기분으로 초월은 천무학관주의 일상 업무 장소인 천무전(天武殿)을 나섰다. 뒤통수가 소란스럽고, 귀가 간지러운 것을 보니 자신의 말에 대해 의견이 분분한 모양이었다. 어차피 들어서 좋을 것 없는 말들이 오가고 있을 것임이 분명했다. 임무를 무사히 수행했음에도 불구하고 그의 얼굴은 밝아 보이지 않았다.

시리도록 푸른 하늘과 따가운 햇살이 그의 눈살을 찌푸리게 했다. 왠지 모를 분노가 그의 가슴을 들끓게 했다. 여기가 살인자의 소굴이라 느껴졌기 때문일까…….

"효봉이… 그 아이가… 그렇게 죽다니……."

어려서부터 그 성장을 처음부터 끝까지 지켜보았던 아이였다. 일취월장(日就月將)하는 그 천재성에 얼마나 가슴이 흐뭇했었던가!

처음으로 효봉의 쌍도가 자신의 검망을 헤치고 들어와 일검을 성공시켰을 때 검마는 순수한 마음으로 그의 성취를 기뻐했었다. 언젠가 효봉이 자신을 능가할 성취를 이룰 그날을 기꺼운 마음으로 기다리자… 생각했었다. 하지만… 하지만 이제 효봉은 없었다.

"범인을 찾기만 하면 그자가 누구든 능지처참하고 말리라! 나 검마 초월의 이름을 걸고 맹세하건데!"

설령 백도 전체가 적이 되어도 상관하지 않을 배짱이 그에게는 충분히 있었다. 만일 천무학관이 연루되었다면 전력을 다해 천무학관과 정면으로 부딪칠 준비가 되어있었다. 살아가는 인생의 재미 중 반 이상을 차지하던 존재가 사라져 버렸다. 아들처럼 아끼고 사랑하던 아이가 허무하게 죽어버렸다.

지금도 그는 간신히 솟구치는 살기를 억누르고 있는 중이었다. 그로서는 엄청난 인내력을 소모하고 있는 실정이었다.

그때였다.

"퍽!"

검마의 몸이 한순간 뒤로 휘청거렸다. 그의 굵고 날카롭게 뻗은 검미가 순간 꿈틀거렸다. 그의 사선십자상처가 실룩거렸다. 어떤 거대한 물체가 날아와 느닷없이 그의 몸에 힘껏 부딪친 것이다.

"이런 무례한!"

초월이 대갈성을 터트렸다.

"아?! 이런! 죄송합니다."

감히 자신에게 무모한 투신을 강행해온 이는 아직 어린 소년이었다. 소년의 눈은 긴 앞머리에 가려져 보이지 않았다. 하지만 소년의 말투로 미루어보아 전혀 미안해하고 있지 않다는 것만은 확실히 알 수 있었다. 그 소년은 바로 비류연이었다.

‘자… 잠깐?

초월은 갑자기 한 가지 사실을 돌연 깨닫고는 심장이 목구멍으로 견학(見學)나올 만큼 크게 경악했다. 그 다음 그는 아낌없이 살기를 분출하며 분노했다. 그리고는 다시 어이없어 했다.

‘어… 어떻게 접근했지?

초고수의 반열에 올랐다고 자부하는 자신의 이목을 속이고 지척까지 접근한 존재였다. 아무리 신경을 다른 곳에 쏟고 있었다고는 하지만 절대로 있을 수 없는 일이었다. 설마 흑천십비의 일인인 자신이 생사(生死)의 공간인 자신의 간격 안에 무방비하게 타인의 침범을 허용하다니 절대 일어날 수 없고, 일어나서도 안 되는 일이었다. 애송이 어린애에게 배후도 아닌 정면을 내주다니 꿈에서도 불가능한 일이었다.

‘이걸 베어야 하나?

그의 우수가 살기와 분노로 꿈틀거렸다. 그것은 자기 자신에 대한 책망과 분노이기도 했다.

감히 검객의 어깨에 살짝도 아니고 몸이 뒤흔들릴 정도로 달려들어 부딪치다니……. 그 어처구니없는 부주의함은 참수당해도 변명의 여지가 없는 일이었다. 흑도에서는 몸을 부딪쳤다는 것은 곧 공격을 가할 의사가 있다는 뜻으로 해석될 수 있기 때문에 살짝만 부딪쳐도 생사를 가르는 결투의 사유가 된다.

이 일을 다룬 유명한 시가로, '옷깃만 스쳐도 인연이라는데… 어깨 부딪힘이 무엇이기에, 생사를 가름하느뇨!' 라는 유명무쌍한 시가(詩歌)가 있다. 어깨 부딪힘으로 죽어간 수많은 이의 넋을 애도하는 시가로 무척이나 음률이 감미로운 시가였다. 어깨 부딪힘, 상대에 대한 돌연한 접촉은 곧 한쪽의 죽음으로 직결되니 무림인이라면 누구나 주의를 기울여야 하겠다.

적어도 흑도의 법도는 그러했다. 당연히 단순한 사과 정도로도 가끔 끝날 수 있는 백도의 방식하고는 엄연히 달랐다.

검마는 이놈의 자식을 베어야 할지 그대로 두어야할지, 순간적으로 판단을 내릴 수 없었다. 평상시였다면 재론의 여지가 없는 일이었지만, 그는 현재 사신의 자격으로 여기 천무학관에 와있는 처지이기 때문이다. 쓸데없는 분쟁의 소지를 만드는 것은 사신의 임무가 아니었다. 여기서 피를 보는 것은 불가(不可)했다. 그것이 초월은 못내 아쉬웠다.

'하지만!'

검마 초월의 눈에 기광이 번뜩였다. 그렇다고 정면을 허용하고도 그냥 멀쩡히 내버려둘 수는 없었다.

'상처 하나 정도는 문제없으리라.'

찰각!

그의 왼손 엄지가 검집에서 검을 살짝 밀어 올렸다.

검마 자신은, 그 누군가가 그 누구든지 간에 절대적으로 상관없이 자신이 걸어가고자 결정한 길을, 자신의 의지한 바대로 하늘에 천명하고 걸어가고 있는 행동 그 자체를, 그 누구든지 간에 해당하는 그 어떤 놈이 방해하는, 무례 그 자체인 일을, 생과 사가 뒤집히고 천지 개벽이 다시 한 번 일어나 기우(杞憂)가 실현되어도 용서하고 싶은 마음이 절대적으로, 결단코, 눈곱 반만큼은 고사하고 병아리 오줌 만큼도 없었다.

때문에 그는 자신의 주장을 관철시킬 만한 행동을 할 필요성를 강렬히 느꼈고, 가장 간단하면서도 효과적인 방법의 일환인 무공적 폭력을 행사하기로 마음먹었다.

챙!

은빛 섬광의 방출과 함께 검마의 검이 그의 검집으로부터 뽑혀져 나왔다.

파앙!

공기를 꿰뚫는 듯한 무시무시한 파공음(破空音)!

그리고 한줄기 섬광!

비류연의 뒤를 쫓아오던 사람의 머리카락과 옷자락을 사정없이 펄럭이게 만들 정도로 강맹한 검풍이 사방을 휘몰아쳤다. 풀이 대지에서 잡아 뽑힐 듯 파라락 떨렸다. 뿌연 흙먼지가 길다란 원호를 그리며 솟아올랐다. 그리고… 몇 가닥의 머리카락이 허공 중에 날렸다.

'뭐… 뭐냐?

이마를 수평으로 가르는 반치 깊이의 상처를 교훈의 대가로 새겨 놓으려고 작정했었다. 실핏줄이 잘라져 핏방울이 허공 중에 맺혀야 했다. 그것이 정상이었다.

삼장 이상 떨어진 사람의 머리카락까지 뒤로 날릴 지경의 위력이었다. 바로 지척에 있던 비류연의 처지는 두말할 것도 없었다. 죽지 않는 걸 행운으로 알아야 했다. 그것이 정상이었다.

'실패라니! 다른 누구도 아닌 이 내가 실패라니……'

오늘 초월은 너무 여러 번 경악하는 것이 아닌가 하는 고민에 빠져들었다. 그의 검은 원래 계획했던 의지를 실행하지 못했다. 그의 출수는 무위(無爲)로 돌아갔다. 검의 마인이라고까지 불리는 검마의 검이 개발질을 친 것이다. 그의 명성에 치명적인 흠이 가는 맑고 고운 소리가 온 세상에 울려 퍼졌다.

살랑!

핏발울이 허공을 수놓는 사태는 벌어지지 않았다. 대신 세 가닥 머리칼만이 빈 허공에서 한가롭게 날렸다.

그제야 허공에 떠올랐던 뿌연 흙먼지들이 서서히 바닥으로 가라앉기 시작했다. 비류연의 등 뒤로는 먼지 한 점 없이 깨끗한 일장 길이의 반원 공간이 자리하고 있었다. 검마의 검풍이 남긴 역작이었다.

"뭐, 뭐냐? 그… 그 눈은?"

비류연의 눈을 정면으로 바라본 초월의 눈이 휘둥그렇게 떠졌다. 그는 기겁했다. 항상 냉정을 유지하던 그가 이처럼 동요한 일은 근래에 들어 친자식처럼 아끼던 갈효봉의 죽음 이외에는 결단코 없었다.

"아웅! 이런! 사부가 남한텐 절대 보이지 말라 그랬는데……."

비류연이 투덜거렸다. 잘려나간 세 가닥의 머리카락이 아쉬웠다.

"그… 그런… 제… 젠장!"

초월은 상당히 동요한 모양이었다. 그는 현재 말을 제대로 내뱉지 못하고 있었다. 누가 그의 혀를 움켜잡고 있는 게 아닌데도 불구하고 그런 착각이 일게 만들었다.

"네놈! 백도 주제에 사공(邪功)이냐?! 무슨 놈의 눈깔이 그 모양이냐?"

검마가 분을 못 이겨 목에 핏대를 세웠다. 아무래도 오늘 정도 이상으로 망가진다는 느낌을 지울 수가 없었다. 냉혹무정씨늘로 유명한 평소의 자신은 어디론가 세외도피(世外逃避) 해버린 듯한 느낌이었다. 자기가 자기 자신이 아닌 듯한 기묘한 기분!

일방적으로 당하고 가만히 있으면 그 사람은 비류연이 아니었다.

"쳇! 자기가 넘겼으면서 남에게 뒤집어씌우지 마세요. 왜 내 앞에는 예고도 없이, 묻지도 않고 검, 도, 창을 날리는 사람들이 이리도 많은 걸까요……. 에휴! 생각해보니 참으로 험난한 인생이로군요! 참으로 저처럼 참하고 정직하고 섬세한 미소년의 앞날이 너무나 우중충합니다."

검마 초월의 상태는 신경도 안 쓴 채, 비류연은 풍압에 휘말려 뒤로 넘어간 앞머리를 다시 앞으로 내리며 툴툴거렸다. 일검을 날리려면 최소한 상대의 양해라도 구해야 하지 않는가라는 게 비류연의 지론이었다.

"이… 이놈! 괴이한 술법이나 쓰는 놈이……."

다시 한 번 초월이 이를 갈았다. 아직 그의 몸에 베인 살기는 바람에 씻겨나가지 않고 여전히 짙게 남아있었다.

비류연으로서는 억울한 일이 아닐 수 없었다.

철컥!

다시 한 번 검마의 손이 검수(劍手:검 손잡이)에 닿았다.

이번엔 진심으로 벨 작정이었다. 베지 않으면 안 될 듯한 강박관념이 그의 정신을 지배했던 것이다.

"흡!"

하지만 초월이 비류연을 베어 빙봉영화수호대 전체와 그 열 배는 족히 넘을 뭇 남자들을 기쁘게 해주겠다는 결심은 계속 이어지지 못했다. 그의 시야로 다른 한 명의 청년이 들어온 순간 그는 말을 잊어버렸다.

검마 초월의 시선을 마주대하고 있는 효룡의 얼굴도 창백하게 굳어져있었다.

'아니, 저 아이가 왜 이곳에 있단 말인가?

사람이 있을 장소가 전혀 틀렸다. 마천각에서 지금쯤 열심히 수련하고 공부하고 있어야 할 아이가 느닷없이 천무학관에 나타났으니 그가 놀라는 것도 무리가 아니었다.

'이럴 수가! 전혀 보고받지 못한 상황이거늘!

아무래도 자신이 모르는 흐름이 흑천맹과 마천각 내에 흐르고 있는지도 모른다고 생각했다. 이런 위험한 일에 투입될 아이가 절대 아니었던 것이다. 그러기엔 흑도에서 차지하는 그의 신분이, 그의 신분이 너무 거대했다.

'도대체 무슨 일이 일어나고 있는 건가?

검마는 무척이나 혼란스러웠다.

꾸벅!

백지장처럼 창백하게 굳은 안색으로 효룡은 허리를 숙이며 깍듯하게 인사를 했다. 간신히 마음을 추스른 초월도 묵묵히 고개를 까딱이 며 인사를 받았다. 순간 두 사람은 한가지 감정을 공유했다. 말은 필요 없었다. 효룡은 진심으로 자신을 걱정해주는 초월에게 감사했다. 어릴적 형과 함께 사부처럼, 숙부처럼 따랐던 사람이다. 그리고 아직도 숙부라고 부르는 사람이었다.

툭툭!

검마의 두툼한 손이 고개 숙인 효룡의 어깨를 두드렸다. 가슴 속으로 스며드는 왠지 모를 따스함을 효룡은 느낄 수 있었다. 눈에 눈물이 고이는 느낌이었다.

마음을 추스르는 데는 얼마간의 시간이 필요할 것 같았다.

'너하고 무슨 관계냐?'

초월이 전음(傳音)을 이용해 효룡에게 물었다. 효룡은 즉시 그것이 자신과 비류연의 관계를 묻는 질문이라는 것을 알 수 있었다. 그는 망설이지 않고 대답했다.

'제 친구입니다.'

초월의 눈에 이채가 어렸다. 그리고는 시선을 돌려 비류연을 바라보았다. 비류연은 여전히 싱글거리며 그 자리에 서있었다.

"운이 좋구나!"

효룡의 어깨에서 손을 땐 검마가 말했다.

"글쎄요……. 안녕히 가세요. 다음에 또 뵐지 모르겠네요. 그땐 잘부탁드려요."

비류연이 반갑게 손을 흔들었다.

"다시 만나면… 아니! 그날을 기대하지."

검마는 그 말을 남기고 천무학관을 떠났다.

사중화(邪中花) 은설란(銀雪蘭)

모용휘는 그날 보지 말아야 할 것을 보고 말았다.
하얀 우윳빛 볼을 타고 흐르는 여인의 눈물.
모용휘는 그 눈물에 사로잡혀
자신이 맡은 일을 그만둘 수가 없었다.

흑천맹의 심층부에 자리한 한 채의 웅장한 전각!

천사각(天邪閣)!

현 흑도의 구심점이자 힘의 상징인 흑천맹주 갈중천의 거처가 자리한 곳이다. 사파인이라면 쳐다보는 것만으로도 절로 외경심이 생기는 위엄이 넘치는 엄중하기 짝이 없는 장소!

그 심처 내부에 흑도의 거인을 앞두고 한 여인이 다소곳이 공손한 자세로 앉아있었다. 대략 이십오 세 정도나 되었을까? 활짝 피어난 꽃봉오리처럼 화려한 미태를 전신에 두른 여인이었다. 그러나 그녀가 입고 있는 칠흑처럼 검은 상복이 그녀의 향기를 죽이고 있었다.

항상 남을 앞에 두고 위압감을 뿜어내던 갈중천도 이 여인 앞에서는 부드러운 분위기 조성을 위해 기운을 갈무리하고 있었다. 이 일

하나만으로도 갈중천이 얼마나 여인을 배려하는지 잘 알 수 있는 일이었다.

방금 전 들었던 매우 충격적이고 엄청난 내용 때문에 잠시 공황상태에 빠져있던 여인이 다시 말문을 열었다. 아직도 여인의 말에선 의혹이 완전히 가시지 않고 있었다.

"… 소녀를 그리로 보내신다 함은?"

그녀의 얼굴 또한 놀라움의 잔향이 짙게 남아있었다. 그녀의 얼굴은 경악 그 자체였다.

"그래! 부탁하자꾸나!"

갈중천은 고개를 끄덕이며 소녀의 질문에 대답해주었다. 그녀는 갈중천의 대답으로 자신이 이해하고 있는 사실이 정확함을 확인할 수 있었다. 그것은 솔직히 믿겨지지 않을 만큼 의외였다. 게다가 그녀는 얼마 전 입은 마음의 상처가 아직도 채 아물지 않고 있는 상태이기도 했다.

흑도의 거인이 다시 입을 열었다.

"이번 일은 아무래도 보이지 않는 다른 무언가가 개입되어 있을지도 모른다. 그 아이의 죽음부터가 뭔가 석연치 않아……. 게다가 분명히 백도에 뭔가 보이지 않는 강력한 힘이 작용하고 있는 듯한 느낌을 지울 수가 없구나. 때문에 위험한 것을 알면서도 너를 보내는 것이다. 너라면 저쪽에서도 여자 아이라고 방심할지 모른다. 너의 찬란한 아름다움이 너의 총명함을 얼마만큼은 가려줄 것이다. 그리고……."

갈중천은 호흡을 한번 끊고는 다시 말을 이었다.

"나는 너를 믿는다. 누구보다 총기 넘치는 너의 머리에 나는 무한한 믿음을 보낸다. 너의 가냘픈 어깨에 큰 짐을 지워 미안하구나……."

그녀는 감정이 북받쳐 고개를 푹 숙였다.

"영광입니다."

"부탁한다."

여인은 어깨를 흠칫 떨었다.

"예! 아버님! 제가 기필코 그분의 죽음을 둘러쌓고 있는 흑막을 확실히 밝혀내겠습니다. 제 목숨을 걸고라도……. 하늘에 계신 그분의 영혼에 맹세하며."

"아가야!"

마치 아버지 같은 자상한 목소리로 갈중천이 여인을 불렀다. 흑도의 거인이라 불리는 자의 입에서 이렇게 부드러운 말이 나올 수 있다는 것은 무척이나 믿기 힘든 놀라운 사실이었다.

"예!"

"죽지 말아라! 너마저 죽는다면 난 무척 슬플 거다."

송구스러운 듯 그녀는 고개를 푹 수그렸다. 눈물이 맺힐 정도로 자상한 목소리였다.

"예! 아버님!"

"그리고, 참으로 미안하구나. 끝내 너희들을 혼인시켜주지 못하고 그 녀석을 그냥 보내버리다니……."

그의 목소리엔 아득히 깊은 후회가 서려있었다.

"아닙니다. 아닙니다. 아버님!"

그녀의 눈에 어느덧 눈물이 맺혔다. 복 받치는 슬픔을 자기 속으로 모두 감내할 수 없었던 것이다.

사실 그녀에게 갈효봉은 어릴 적부터 이미 내정된 약혼자였다. 하지만 무공 익히기를 밥 먹기보다 좋아했던 갈효봉은 그녀를 여인으로서 대한 적이 한번도 없었다. 항상 친동생 대하듯 그녀를 대했다. 둘의 사이는 약혼한 연인 사이가 아니라 사이좋은 의남매에 가깝다 할 수 있었다.

앳되던 그녀가 나이를 먹음에 따라 점점 아름다워져 가도 마찬가지였다. 그리고 그녀의 아름다움이 꽃을 피워 절정에 이르렀을 때, 그리하여 흑도의 오대 미인으로 칭송받기 시작했을 때, 애석하게도 갈효봉은 그 자태를 볼 수 없었다. 그때 이미 그는 미쳐서 천마뢰(天魔牢)에 감금되었기 때문이다.

그녀에게 있어 혈류도 갈효봉은 이상 속의 남자였다. 그리고 최고의 남자이기도 했다. 막연한 동경을 품고 있던 그가 자신의 약혼자임을 알게 되었을 때 얼마나 뛸 듯이 기뻐했던가! 그날의 가슴 저린 감격은 두 번 다시 맛볼 수 없을 것이다.

그러나 이제 그는 없다.

"그런 무정한 녀석은 그만 잊어버려라! 아비보다 먼저 가버린 무심하고 못난 녀석이다. 이번 일만 무사히 끝나면 좋은 혼처자리를 알아봐 주마. 너도 그런 자식 말고 좋은 남자를 만나야지……."

갈중천의 목소리에 회한(悔恨)이 묻어나왔다. 듬직한 맏아들이 있었기에 그는 다음 대를 걱정하지 않았었다. 누구보다 총명하고 누구보다 뛰어나던 최고 중의 최고인 아들이었다. 모든 희망을 맏아들에게 걸었건만… 맏이는 그의 가슴에 대못을 받고 먼저 저세상으로 가

버렸다. 지워지지 않는 회한만을 남긴 채…….

"흑흑흑!"

희뿌연 수막이 그녀의 눈앞을 가로막았다.

그녀는 조용히 슬픔과 외로움을 속으로 집어삼켰다. 절대 약한 모습을 보여줄 수는 없었다.

그녀는 속으로 수없이 외쳤다.

'웃어야해! 웃어야해! 어떤 일이 있어도 항상 밝고 활기차게 웃어야해!'

항상 밝게 웃고 활기차게 행동하며 자기 자신을 잃지 않을 것! 그것은 바로 이제는 죽어 자신의 곁에 없는 갈효봉이 광기(狂氣)에 빠지기 전 남긴 마지막 부탁이었다.

여인이 물러난 후 갈중천이 조용한 목소리로 말했다.

"자네 거기 있나?"

스르륵!

아무도 없는 어두운 공간에서 한 명의 인영이 나타나 그 앞에 부복했다. 흑천십비의 일인인 비영무혼이라 불리는 어둠 속 최고의 은자! 그것이 바로 그가 가진 칭호였다.

"속하 여기 대령했습니다. 하명(下命)하십시오."

"그 아이가 방금 떠났네. 효봉이가 죽어 상심이 클 텐데 너무 가혹한 일을 시킨 건지도 모르겠네. 이것으로 저쪽의 시선은 그 아이에게로 쏠릴 거야. 항상 화제를 몰고 다니는 아이이니 문제는 없을 걸세."

"아가씨는 미끼라 그 말씀이십니까?"

‘미끼’ 라는 말에 갈중천의 눈썹이 잠시 꿈틀거렸다.

“그 아이는 그 아이 나름대로 자신의 역할을 잘 해낼 걸세. 누구보다 총기 넘치는 아이이니 자신의 몸 처신 정도는 문제없이 해낼 걸세! 이번 조사 잘 부탁하네. 내 자네만 믿지! 그리고…….”

잠시 뜸을 들인 갈중천이 말을 이었다.

“그 아이에게 만일 무슨 일이 생기면 난 자네를 용서할 수 없을 거야……. 물론 저쪽은 말할 것도 없고…….”

갈중천은 한다면 하는 사람이었다. 이번 일을 결심하는 데 그가 얼마나 고민에 고민을 거듭했는지 사람들은 모른다. 그런 만큼 각오 또한 대단했다.

“맡겨만 주십시오!”

그자가 힘차게 대답했다.

“그럼 부탁하지.”

이 일에 가장 적합한 일을 할 사람은 눈앞에 부복하고 있는 이 사람 밖에 없다고 갈중천은 굳게 믿었다.

“존명(尊命)!”

어둠 속으로 몸을 숨기기 전 비영무흔이 힘 있는 목소리로 대답했다.

그리고 다음 날!

한명의 여인을 태운 마차가 여러 기(騎)의 호위를 받으며 사신의 깃발을 세운 채 흑천맹의 정문을 나섰다. 그때 흑천맹의 외곽 성벽 위에는 그 떠나가는 일행을 유심히 뚫어져라 바라보는 사람이 한 명 있었다.

“드디어 떠났군!”

드디어 자신의 임무를 수행할 때가 왔다.

그가 새피리를 불자 그의 가죽토시 위로 ‘푸드득’ 소리를 내며 전서응 한 마리가 내려앉았다. 그는 긴급통신을 알리는 표시를 전서통에 달고는 다시금 전서응을 날려보냈다. 그의 이런 행동은 다른 누구의 의심도 사지 않았다. 그것은 원래부터 그가 담당하고 있는 일이었기 때문이다.

바람을 타고 전서응이 향하는 곳에는 마천각이라 불리는 곳이 자리하고 있었다.

“드디어 떠났군. 떠나지 않았으면 좋았을 것을…….”

부랴부랴 달려온 사영뇌(邪影腦) 치사한의 보고를 묵묵히 들은 후 대공자가 내뱉은 첫 마디였다. 피의 율법을 천명했으면 결과에 승복할 줄도 알아야 하지 않는가! 흑도의 지도자쯤 되는 이가 한 입으로 두 마디를 했다는 그 사실이 대공자는 마음에 들지 않았다.

“어떻게 하면 좋겠습니까?”

“글쎄요? 그런 걸 대신 생각하는 게 군사의 역할이 아닐까요?”

대공자의 조용한 목소리에 치사한은 찔끔 할 수밖에 없었다. 왠지 자신을 질책하는 듯한 분위기를 그 속에서 느낄 수 있었기 때문이다.

아무리 여러 번 얼굴을 마주 대해도 대공자에게서 풍기는 알 수 없는 미증유의 위압감에는 익숙해 질 수가 없었다. 희석되지 않는 그 위압감은 언제나 그의 심장을 공포로 감싸 쥐었다.

“현재 천지쌍살(天地雙殺)은 행방불명으로 처리해 두었지만, 진상이 파헤쳐지다가 무슨 잘못이라도 생기면 그 사태는 걷잡을 수 없을 만큼 커지리라 보입니다. 큰불이 나기 전에 미리미리 예방하는 게 좋을 듯싶습니다. 무엇보다…….”

“무엇보다?”

치사한은 숨을 한 번 가다듬고는 계속해서 말을 이었다.

“무엇보다 백도 측에는 그 사건의 생존자가 너무 많습니다. 아니, 그 천무학관 비영각 추혼대 대원들을 제외하고는 희생이 전무합니다. 아무래도 보이지 않는 어떤 힘이 배후에서 작용하고 있는지도 모릅니다.”

“우리들 말고도 제 삼의 힘이 작용하고 있다는 건가요?”

대공자의 눈빛이 날카로웠다. 치사한의 심장이 좀 전보다 조금 더 빨리 쿵쾅쿵쾅 뛰기 시작했다. 등줄기가 왠지 서늘했다.

“어디까지나 가정이지만 이번 철각비마대 건만 해도 수상한 점이 한둘이 아닙니다. 그 용맹이 지나쳐 난폭하기까지 하던 그들이 이토록 쉽게 거세된 수말처럼 얌전히 말머리를 돌려 돌아오다니 그 사이에 아무 일도 없었다고는 생각하기 힘듭니다.”

“그렇다면 그 제 삼의 힘이란 것도 알아내야겠지요. 무슨 수를 써서라도! 세상에서 우리가 알지 못하는 어떤 미지의 힘이 작용하고 있는 것만큼 불쾌한 일은 없으니깐 말입니다.”

모든 위험요소는 사전에 제거해야 한다. 거사를 준비하는 데 있어 어떠한 저해요소도 용납할 생각은 없었다. 이미 가장 큰 장애물 중 하나가 넘어갔다. 이건 아직 시작에 불과했다.

“파견된 조사관은 모두 백도 측의 잘못으로 일이 진행되도록 손을 쓰겠습니다."

"모든 것은 가장 은밀한 방법으로! 절대 우리가 개입되었다는 사실을 눈치 채지 말아야 합니다. '빛 속에 뿌리내린 어둠' 의 사용을 허가합니다."

"사… 삼십 년 동안 한번도 사용되지 않았던 그들을 말입니까?"

치사한의 몸이 전율로 부르르 떨렸다. 그만큼 대공자의 발언은 엄청난 것이었다.

"모든 것을 가장 완벽한 형태로 처리하세요!'

"존명(尊命)!'

지금 치사한의 머리는 구체적인 실행계획들로 인해 눈코 뜰 새 없이 바쁘게 돌아가고 있었다.

흑천맹의 조사관 파견은 천무학관 측에도 큰 골칫거리였다. 조사관이 오면 신경 써야 할 것이 하나둘이 아니었다.

물론 백 년 전 천겁혈세 이후 맺어진 정사공동합의문에 분명히 상호 조사관 파견을 수용하는 항목이 수록되어 있는 것만은 확실하다. 상호 간의 협력을 긴밀히 하고 피를 적게 흘리기 위한 방법 중 하나로 채택된 방식이기도 했다. 서로 간에 쌓인 오해를 무력보다는 우선 말로 해결해 보자는 좋은 취지를 가진 항목이기도 했다. 그런데 조사관이 파견되면 신경 쓸 일이 한두 가지가 아니라는 게 문제라면 문제였다.

조사관이 오게 되면 신경 써야 될 일이 십 수 가지가 넘는데, 그 중 가장 중요한 일 하나가 바로 신변보호 문제였다.

조사관이 파견되었는데 '우리는 여기서 편안하게 쉬고 있을 테니 열심히 조사해보세요' 하고 내버려 둘 수는 없었다. 일단 조사관이 파견되어오면 신변보호의 책임 또한 백도 측으로 넘어온다. 조사관의 신변에 무슨 일이 생겼을 경우 모든 책임을 백도가 져야하는 것이다. 만일 조사관의 신변에 무슨 일이라도 생기면 괜히 죽도록 고생만 하고 덤터기 쓰는 꼴이 될 수도 있는 것이다.

부담이 만만치 않은 일이었다. 게다가 이번 무당산 참변 정도로 큰 사건이면 양측 모두 호락호락 넘어갈 리가 없는 것이다. 자칫 잘못하면 정사대전(正邪大戰)으로까지 비화될 수 있는 어마어마한 비중을 지닌 사건이었다. 감히 티끌만한 소홀함도 있어서는 안 되는 일이었다.

"역시 그 사람밖에 없나⋯⋯."

천무학관을 떠맡고 있는 사내 철권 마진가는 오랜 시간 숙고를 거듭했다. 또한 신중에 신중을 기했다. 그리고 마침내 결단을 내린 마진가는 한 사내를 불렀다.

"내가 자네를 부른 이유를 알고 있나?"

마진가가 조용한 목소리로 물었다.

"아직 잘 모르겠습니다."

모용휘는 솔직히 대답했다. 사실 전혀 감이 잡히지 않았다.

"허허허! 뭐 나쁜 일 저질러서 불려 온 것도 아닌데 너무 긴장하지 말게."

찻잔을 놓고 마주 앉아있는 모용휘의 태도가 아직도 딱딱하게 긴장상태를 유지하고 있는 것을 보고 마진가가 말했다. 긴장을 풀고 편안히 있으라는 의미였다. 그런데 모용휘는 그의 말뜻을 전혀 못 알아들은 모양이었다.

"괜찮습니다."

여전히 그의 대답은 딱딱하기 그지없었다. 모든 것이 깔끔하고 규칙적인 모용휘에게 있어서는 천무학관주 마진가와 같은 평상에 앉아 마주보고 있다는 것 자체가 큰 부담이었다. 천무삼성 중 한 명인 검성의 손자라고는 도저히 여겨지지 않는 태도였다.

"이런, 이런! 전혀 내 말을 못 알아듣고 있군. 마음 편히 가지고 긴장을 풀라는 의미라네."

마진가의 긴장이완 유인작전에도 불구하고 모용휘는 넘어가지 않았다. 그의 자세는 여전히 자로 잰 듯 정확했다. 만나서 자리를 같이한 후 꽤 시간이 지났지만 마진가는 모용휘가 자세를 푸는 것을 한번도 보지 못했다. 만나지 한 식경(약 30분) 가량 지났지만 그동안에 모용휘가 보여준 움직임은 눈 깜빡임과 짧게 말할 때의 입술 움직임뿐이었다.

"용건을 말씀해 주십시오!"

여전히 모용휘는 긴장을 풀지 않았다. 이쯤 되자 오히려 마진가 자신이 불편해지기 시작했다.

"정말 자네의 무뚝뚝함은 소문 이상이로군."

더 이상 공기가 어색해지기 전에 얼른 용건을 마치자고 마진가는 결심했다.

"자네도 이번에 흑천맹 측에서 무당산 참변 진상조사위원이 온다는 사실을 알고 있겠지?"

"예!"

물론 모용휘도 알고 있었다. 이미 학관 내에 소문이 파다하게 난 사실이었다. 개중에는 흑도 측의 일방적 조사관 파견 문제 때문에 분노하는 이들도 많이 있었다. 억울하다는 것이 그 이유였다. 그 문제의 진상 해명이 필요한 무당상 참변이라면 모용휘도 솔직히 가슴 찔리는 게 있었다.

혈류도 갈효봉과 마지막까지 검을 나누었던 이가 바로 자신이었던 것이다. 마지막까지 전력을 다하고도 꺾지 못했던 갈효봉은 존경할 만한 훌륭한 무인이었다. 모든 규칙에 항상 칼 같은 그도 아직 모두 말하지 않은 게 남아있었다. 자신조차도 이해할 수 없는 일이었다. 그러나 일단 염도와 맹세한 이상 맹세를 지켜야만 했다.

"젊은이들 측에서는 이 건에 대해 여러 불만의 목소리가 높다는 걸 알고 있네. 혈기왕성한 청년들이니 그럴 수도 있지. 하지만 어쨌든 규약에 따라 조사관 파견에 합의한 이상 조사관의 신변보호는 우리 천무학관의 책임일세."

친절하게 일일이 설명해주지 않아도 모용휘도 익히 잘 알고 있는 사실이었다. 그러나 버릇없게 끼어들어 마진가를 곤란하게 만들지는 않았다.

마진가가 계속해서 말을 이었다.

"조사관에게 위해가 가해지면 솔직히 매우 귀찮아지지! 쓸데없는 오해를 불러일으킬 수 있고, 그것이 또 곧바로 분쟁으로 이어질 수 있다는 사실을 수재인 자네도 잘 알고 있을 걸세. 억울하게 죄를 뒤집어쓰지 않으려면 철저한 호위를 해야할 필요성이 있다네."

"그런데 그런 이야기를 왜 저한테?"

모용휘가 의문을 가득담은 채 반문했다.

"이번 일은 수상한 점이 한둘이 아닐세. 어쩌면 엄청난 음모가 연루되어 있을지도 모른다네. 보이지 않는 어둠의 세력이 그녀를 노릴 가능성이 커! 노부는 최악의 상황까지 염두에 두고 있다네. 가장 끔찍한 방식으로 발생할 악몽까지도 말일세."

"최악의 상황이라 하심은……?"

"아직은 거기까지만 알고 있게. 아직 자네에게 말해줄 단계는 아니니깐… 그래서 말인데, 이번 조사관의 호위를 자네가 맡아주었으면 좋겠네."

"예?"

모용휘가 경악하여 입을 벌렸다. 오늘 마진가 앞에서 처음 보여준 감정 표현이었다. 마진가가 계속해서 말을 이어갔다.

"우리들도 비영각 추혼대가 몰살당한 일 때문에 손아귀가 찢어질 정도로 분하긴 하지만… 하지만 어쩔 수 없는 일일세! 분하긴 하지만 이쪽의 의혹이 벗겨지기 전에는 정식으로 저쪽에 항의할 수도 없네. 그렇다고 화풀이로 사신 자격으로 오는 사람을 방치해둘 수도 없으니 믿음직한 자네에게 부탁하는 것일세. 잘 부탁하네!"

마진가는 명령이 아니라 부탁이라는 말을 썼다. 그러나 그것은 더욱더 거절을 불가능케 하는 말이었다.

"어찌 제가 감히 그런 일을… 그런 일이라면 전문가들도 많이 있을 텐데요?"

자신은 아직 학생의 신분이었다. 수신호위(守身護衛)라는 것은 가당치도 않았다.

"아닐세! 노부가 보기엔 자네밖에 없어. 오히려 학생신분인 자네가 호위를 맡는 게 저쪽의 경계를 누그러뜨릴 수 있을 거야. 전문가들은 왠지 자신이 감시받는 느낌을 줄 수 있지. 잘 부탁하네."

모용휘가 맡아야할 일은 호법 겸 감시자였다. 항상 조사관의 일거수일투족을 놓쳐서는 안 되는 일이었다. 그러나 그 감시관찰자의 일은 절대로 겉으로 티가 나서는 안 될 일이었다. 그 두 가지를 동시에 수행하는 데는 모용휘가 제격이었다. 좀 융통성이 부족하다는 게 큰 문제이긴 했지만 말이다.

"저에게 그런 막중한 임무를……!"

모영휘의 책임감이 뜨겁게, 뜨겁게 불타오르기 시작했다. 책임감과는 담을 쌓고 있는 비류연과는 정반대되는 매우 모범적인 모습이었다. 자신의 어깨에 천무학관의 미래가 달려있다는데 어떻게 감히 그의 책임감이 불타오르지 않을 수 있겠는가.

"부탁하네!"

"맡겨주십시오!"

결연한 목소리로 모용휘가 말했다.

"그렇게 말하니 노부도 좀 안심이 되는군!"

마진가가 흡족한 미소를 지었다. 가장 신경 쓰이던 문제가 일단 해결된 것이다.

"그런데 이번에 오는 조사관은 어떤 사람입니까?"

일단은 상대를 알아야 마음에 준비를 할 수 있지 않을까 하는 생각에 모용휘가 물었다.

"글쎄… 누가 올지는 아직 통보받지 못했다네. 아마 닳고 닳은 노마(老魔)를 보내오겠지. 이런 중대한 일에 어린 소녀 따위를 보내올 리가 없지 않겠나? 저쪽도 생각이 있는데……. 이번에 오는 사람은 상당히 깐깐하고 치밀한 성격을 가진 매우 귀찮은 노친네일지도 모르지. 허허허! 그럼 자네가 좀 고생하겠군!"

긴장을 풀고 웃으라고 한 이야기였다. 하지만 정말로 마진가는 그렇게 생각하고 있었다. 전혀 틀린 구석은 어디에도 없는 정론이었다.

"그렇군요. 알겠습니다."

누구인지 모르고 기다리는 것도 재미일지 모른다. 약간은 흥분된 마음으로 모용휘는 조사관의 방문예정일을 기다렸다.

그리고, 그는 미리 마음의 준비를 해 놓지 않은 것에 대해 뼈저리게 후회해야 했다.

"당장 동지들 전원을 집합시키게!"

비연태가 열혈로 불타오르며 소리쳤다.

한 대의 마차가 관내로 들어서자마자 갑자기 천무학관 소속 동호회 애소저회(愛少姐會), 통칭 여인천적(女人天敵)이라 불리는 여자들의 공적이 숨 가쁘게 돌아가기 시작했다. 수많은 정보가 교환되고 다시 진위여부가 가려지고 중요도에 따라 분류되어 정리되었다.

오래간만의 큰 건수라 그런지 모두들 활기가 넘쳐흐르고 있었다. 흐르는 활기와 타오르는 열기가 지나쳐 자칫 잘못하며 광기(狂氣)로 비화될 조짐마저 보이고 있었다.

왁자지껄! 시끌벅적! 야단법석!

이렇게 바쁘게 움직이면서 몸을 부딪치지 않는 게 오히려 신기할 지경이었다, 하지만 아는 사람들의 눈으로 보기엔 그것이 당연했다. 이들은 모두들 움직임에 보법을 이용하고 있기 때문에 부딪칠 듯 하면서도 서로를 교묘하게 피해나가고 비껴나가는 묘기가 가능한 것이다. 보법까지 쓰면서 타인과 신체적 접촉을 강행한다는 것은 얼간이나 하는 짓이었다.

"왜들 이렇게 바쁘죠?"

손발이 보이지 않을 정도로 빠릿빠릿하게 움직이는 사람들을 본 비류연의 소감 한마디였다. 그는 친구들과 오래간만에 부실에 오는 길이었다. 다들 무지무지 바쁘다는 핑계를 무언중에 내비치며 아무도 비류연의 말에 대답해주지 않았다. 그의 말은 반향 없는 메아리가 되어 버리고 말았다. 그리고 무저갱에 빠진 돌멩이처럼 공허했다.

"여기 사람이 이렇게 많았었나?"

비류연이 신기한 얼굴로 주위를 둘러보았다.

"나도 무척이나 의외일세! 별일이로군!"

효룡도 무척이나 의외인 모양이었다. 그의 놀람은 그의 얼굴에 여실히 드러나 있었다.

애소저회 부실 안은 사람들로 바글바글 거리고 있었다. 보통 때의 한산하기만 하고 여유 넘치던 모습은 자취를 감추고 보이지 않았다. 퀴퀴한 퇴폐가 흐르고, 게으름과 나태가 뿌리내린 것만 같은 분위기를 연출하던 평소의 모습과는 너무도 다른 모습이었다.

궁금증을 오래도록 참으면 병이 된다는 말이 있다. 철저한 자기관리가 신념인 비류연은 병에 걸리고 싶은 마음이 추호도 없었다.

"무슨 일이에요?"

마침내 아는 얼굴을 발견한 비류연이 그의 어깨를 잡고 고개를 틀어 자신의 눈과 맞춘 다음 물었다. 이렇게라도 하지 않으면 또다시 자신이 대답 없는 메아리를 지를 것만 같은 위기감을 느꼈기 때문이다.

"어라? 류연, 자넨가? 오래간만이로군."

대답한 사람은 바로 거대한 덩치의 사내, 통나무처럼 굵은 팔다리의 소유자, 붕곤(崩棍)의 고수, 진성곤(震星棍) 임성진이었다.

"오래간만인 건 좋은 일이죠. 영영 헤어지지 않았다는 증명이니깐요. 그런데 도대체 무슨 일이에요? 일단 알고 시작하는 게 정신건강에 좋을 것 같아서요."

궁금증은 최단 시간 안에 해결하는 게 정신건강에 가장 좋은 방법이었다.

"자네 아직도 모르나? 대사건이라네! 대사건!"

"대사건요?"

비류연은 전위적인 방법으로 자신의 무지를 드러냈다. 하지만 비류연만을 탓할 문제는 아니었다.

"아니? 자네 아직도 모르고 있었나?"

마치 '어떻게 모르고 있을 수 있나!' 라고 추궁하는 듯한 느낌이었다.

"당연히 모르고 있죠. 제가 똑똑하기도 하고 별걸 다 알기도 하지만, 아무리 천재라도 가끔은 모르고 싶은 때가 있는 거라구요."

흰소리를 더 이상 듣지 않기 위해서라도 임성진은 이유를 말해줄 필요가 있었다.

"이번에 조사차 흑천맹에서 파견된 조사관이 말일세… 누군지 아나?"

"알 리가 없죠. 수 번에 걸쳐 내가 모르고 있다는 사실을 강력히 주장한 것으로 알고 있는데요? 시간 너무 끄는 거 아니에요?"

쓸데없는 소리를 한 줄이라도 더 써 분량을 늘리고 싶은 소설가처럼 임성진은 말이 많았다. 비류연이 대답을 재촉했다.

"아주… 아주… 아아아주우우 엄청난 미인이라네."

"엥? 미인?"

비류연은 순간 벙~찐 표정을 지어보였다. 머리카락에 가려 전면의 얼굴 표정은 파악할 수 없지만 한계까지 벌어진 입 모양만으로도 현재 상태를 충분히 예측 가능했다. 그것은 허탈함과 어이없음이 혼욕(混浴)된 입벌어짐이었다.

"겨우 그런 일이었어요?"

겨우 정신을 추스르며 정신적 공황(恐慌)에서 벗어난 비류연이 대수롭지 않은 투로 말했다.

그런 일이니 당연히 알 리가 없었던 것이다. 원래 모르는 게 정상이었다. 아직 마차가 도착한 지 한 시진도 채 지나지 않은 시간이었던 것이다. 누가 흑천맹에서 파견된 조사관이 묘령의 여인이라고 상상이나 할 수 있었겠는가!

그 짧은 시간 안에 어느새 이 많은 인원을 모았다는 것이 놀라울 따름이었다. 이들은 여자, 특히 미녀가 얽힌 일이면 너무 지나치게 빨라지는 게 탈이었다.

"겨우? 겨우라니! 무슨 그런 천벌 받을 말을! 미인은 모든 상황과 인명에 우선한다는 애소저회 회칙도 자네 모르나? 그 때문에 지금 원래 있던 자료들을 찾아 정리하고 있는 거라네."

솔직히 말해 비류연은 애소저회의 회칙 따위는 단 한 자도 암기하고 있지 않았다.

"그런데 누구길래 이런 대대적인 인원을 동원해서 자료를 정리해야 하는 거죠?"

단 한사람의 자료 정리치고는 동원된 인원이 너무 많았다.

"아아! 다름 아닌 흑도 오대 가인(佳人) 중 한사람이야! 마천각의 남자 삼분지 일 이상을 추종세력으로 거느리고 있다는 절세의 미녀라구! 이 정도의 자료는 당연한 거지. 게다가 그쪽 흑도 쪽에서 들어오는 정보들은 너무 산만하고 너저분해서 손이 많이 간다네. 좀더 교류를 터야 되겠어. 이대론 너무 번잡해… 손만 많이 가고……."

임성진이 투덜투덜 거렸다. 아무래도 비슷한 취향을 가진 변태들의 모임이 흑도 측에도 있는 모양이었다. 역시 사내들의 한계란 눈에 빤히 보이는 것이다.

"평소에 정리 해놨으면 이런 일은 없지 않습니까!"

여태껏 지켜만 보던 장홍이 한마디 했다. 정보란 언제나 가장 열람이 간편한 상태로 정리되어 있어야 한다는 게 그의 평소 지론이었다. 정리 안 된 너저분한 정보들만큼 끔찍한 건 없었다.

"응? 정리란 무슨 큰일을 앞두고 한꺼번에 몰아서 하는 거 아닌가?"

임성진이 두 눈을 말똥거렸다.

“무슨 말도 안 되는 소리를! 정리란 매일매일 평소에 지저분함이 방을 침범하지 않도록 하는 일련의 행동 과정이라구요.”

무슨 사람들이 이리도 나태하고 헬렐레할 수 있단 말인가! 장홍은 언성을 높여 이 화상들의 평상시 나태함을 책망했다. 자신의 옆에 정리정돈의 화신, 청소의 귀재, 결벽증 환자 모용휘가 없는 게 무척이나 아쉬웠다. 그러나 장홍은 너무 안이했다. 이 정도로 애소저회 회원들을 굴복시킬 수 있으리라 여긴 것 자체가 어불성설이었다. 임성진은 검지 손가락을 장홍의 눈앞에서 좌우로 흔들어보았다.

“쯧쯧! 아직 멀었군! 멀었어! 우리 애소저회의 회칙 둘! 일은 닥치기 전에 하지 않는다. 알겠나?”

처음 들어본 회칙이었다. 웃기지도 않는, 기도 안 차는 회칙이었다. 망하기 딱 좋은 회칙이기도 했다. 장홍은 주섬주섬 백기를 들어 항복의 물결을 일으켰다.

“그래서 그 이름 높은 미인이 누군데요? 잡스러운 건 다 이야기해주고 정작 가장 중요한 이름은 얘기 안 해줬는데요?”

아무리 관심이 없다 해도 이름 정도는 알아놓는 게 예의라고 생각한 비류연이 물었다.

“그건 말이야…….”

쿠당탕탕탕탕!

부실 한 쪽 켠에서 요란하게 책상을 뒤엎으며 사람이 구르는 소리가 들렸다. 너무 지나치게 열심히 일하다가 보니 게으름과 나태에 찌들어있던 육체가 거부를 일으킨 모양이었다.

“… 일세!”

"헉!"

순간 효룡의 얼굴이 사색이 되며 발을 휘청거렸다. 그의 안색은 염을 한 시체처럼 창백해져있었다. 핏기 한점 찾아볼 수 없는 얼굴이었다.

"자네 괜찮나?"

효룡의 갑작스런 반응에 장홍이 걱정스런 얼굴로 물었다. 현재의 효룡은 마치 주화입마에라도 빠진 사람 같은 반응이었다.

"괘… 괜찮네! 괜찮아! 아… 아무렇지도 않네! 그냥 가벼운 빈혈일 뿐이야."

효룡은 손을 저으며 자신이 아무렇지도 않음을 주장하려했다.

"절대 괜찮지 않다는 말을 너무 어렵게 돌려 말하지 말게! 자네가 한 달에 한 번 달거리하는 여자들도 아니고, 무공고수 주제에 빈혈이라니 그게 가당키나 한 소리인가?"

"으음!"

비류연과 임성진은 장홍의 의견이 옳음을 인정하고 동의한다는 듯 고개를 끄덕였다.

"난 정말 괜찮네! 걱정 끼쳤다면 미안하군!"

이제는 효룡의 얼굴에 식은땀까지 흐르고 있었다.

"잠시 가서 쉬게나! 당분간 별일 있을 일은 없을 테니깐 말이야."

장홍이 진심으로 걱정했다.

"그게 좋겠군!"

임성진도 찬성했다.

"그럼 가서 좀 쉬다오겠습니다."

주위의 권유에 못이긴 척 효룡은 발길을 돌렸다. 그에겐 지금의 엄청난 정신적 혼란과 심리적 공황 상태에서 벗어나기 위한 휴식이 절실히 요구되고 있었다. 오기를 부리고 있을 여유 따윈 어디에도 없었다.

돌아서는 효룡을 바라보는 장홍의 눈빛은 보도(寶刀)처럼 날카롭게 빛나고 있었다.

"잘해봐!"

비류연이 모용휘의 어깨를 툭툭 두드리며 응원했다.

"???"

영문을 알 수 없는 모용휘는 두 눈만 멀뚱멀뚱 떴다. 언제나 이 친구들과 있으면 정신이 혼미해지는 환상에 빠지곤 한다. 역시 자신이 이해하지 못하는 존재들이 옆에 붙어있다는 것은 고달픈 일이었다.

"부럽네! 부러워!"

장홍도 마찬가지로 다가오며 그의 등을 토닥거렸다. 장홍은 볼썽사납게도 아저씨 주제에 너무 밝히는 것 같았다. 그는 부러움을 감추지 않고 진심을 폭출시키고 있었다.

"뭐가 말인가?"

모용휘는 여전히 영문을 알 수 없는지라 답답하기만 했다. 그로서는 참을 수 없는 답답함이었다. 이렇게 보면 사람 하나 바보 만드는 건 무척이나 손쉬운 일이 아닐 수 없었다.

"응? 자네 그 소문 못 들었나?"

비류연과 장홍이 뜨악한 표정이 되어 반문했다. 그러나 사실 그들도 방금 전 애소저회에 가서야 겨우 알아 온 소문이었다. 이것은 일종의 생색이었다.

"무슨 소문 말인가?"

모용휘가 물었다.

"벌써부터 천무학관을 떠들썩하게 만들고 있는 그 유명한 소문을 못 들었다니 자네 귀는 너무 본연의 임무에 소홀한 듯한 기분이 드는군!"

비류연의 말에 장홍은 주저치 않고 고개를 주억거렸다.

"내 귀는 노사님들의 고귀한 가르침을 듣기 위해 존재하는 것이지, 학관 내를 떠도는 허황되고 경망된 유언비어나 가벼운 뜬소문 같은 것을 듣기 위해 달려있는 게 아닐세. 착각하지 말아주었으면 고맙겠군!"

너무나 철저한 바른생활 사나이, 정진정명한 모범청년다운 말에 장홍은 순간 질린 표정이 되었다가 금세 안색을 회복했다.

"자네, 보면 볼수록 천년을 버틴 화강암보다 딱딱하군. 게다가 앞뒤가 변비 걸린 대장보다 꽉 막혀서 보기만 해도 숨이 막힐 정도일세. 존경스러울 정도군."

어떤 교육적 환경에서 자랐는지 장홍 자신이 궁금해질 정도였다. 그러나 모용세가의 직손들 중에서 이만큼 별종인 사람 이야기는 들어본 기억이 없었다. 그렇다면 이것은 환경이라기보다 천성에 가깝다고 할 수 있었다.

"별로 받고 싶지 않은 존경일세. 원한 적도 없는데 굳이 마음대로 존경하지 말게. 그런 쓸데없는 존경이나 받고 있을 만큼 난 한가하지 않네. 아직도 읽어야할 책이 서른 여섯 권이나 남아있네. 이제 용건이 끝났으면 나의 공부를 그만 방해해 주지 않겠나?"

장홍은 얌전히 두 손을 머리 위로 들어올려 항복을 표시했다. 그러나 말은 계속했다. 어쨌든 해주고 싶은 말은 꼭 해야하는 사람이었다. 설령 모용휘가 듣기 싫어하더라도 마찬가지였다.

"다 들어두면 피가 되고 살이 되는 말일세. 책을 통한 공부만이 진정한 공부라고는 절대 말할 수 없지. 휘, 자네 이번에 진상조사관의 수신호위를 맡게 되었다고 하지 않았나?"

"그렇네만, 그게 그 소문이랑 무슨 상관인가?"

의아한 얼굴로 모용휘가 반문했다. 장홍은 회심을 미소를 지었다.

"역시 자넨 모르고 있었군. 이번에 흑천맹에서 파견된 조사관이 '여~자' 라는 소문이네! 그것도 아주 아주 젊은 여자!"

모용휘의 주변머리로는 분명히 못 들었을 것이라 장홍은 확신했다. 장홍의 예상은 맞아 떨어졌다. 게다가 무척 놀라는 모습까지 보여주었다. 이것은 큰 수확이었다. 이 정도 반응은 있어줘야 소문을 퍼트리는 보람이 있는 것이다. 항상 도박면상(賭博面像:포커페이스)인지라 감정의 변화를 거의 발견할 수 없는 모용휘의 얼굴로서는 매우 이례적인 일이라 할 수 있었다.

"농담이겠지?"

모용휘가 정색하며 물었다. 장홍은 능글맞은 아저씨 같은 표정을 지어보이며, 무언으로 승리의 환호성을 질렀다.

"아닐세! 정진정명한 사실일세! 게다가 아주 아주 미인이라는 소문이야. 벌써부터 그녀의 미모에 대해 수군거리는 사람이 한둘이 아닐

세! 때문에 자네에게 이렇게 축하의 말을 전하는 것 아닌가. 이제야 자네 친구들의 절친한 우정을 깨달았는가?"

장흥의 말을 들은 모용휘의 표정은 묘하게 변해있었다.

"난 진심으로 그 소문이 허황된 유언비어이기를 비네. 나에게 여자는 맞지 않아……."

모용휘는 한숨을 내쉬었다. 예전부터 그에게 있어 여자란 불가해한 존재였다. 여기저기서 수백 명의 여인이 달라붙었지만 마음을 준적은 한번도 없었다. 가벼운 기분으로 심심풀이로 생각한 적은 더욱 없었다. 모용휘는 분명 여성도 하나의 존경받을 인격체라고 충분히 생각하고 있었다. 그리고 그렇게 행동했다. 하지만 대다수의 여성들이 자신에게 보이는 과잉반응은 그의 머리로는 이해 불가능한 불가사의한 현상이었다.

그래서 그에게 있어 여성은 대하기 힘든 존재였다.

"누가 알겠나? 혹시라도 돌비석 같은 자네가 그 미녀 조사관을 보고 한눈에 반할지. 안 그런가?"

장흥이 짓궂은 미소를 지으며 계속 모용휘를 놀렸다.

"그건 하늘이 두 쪽 나도 있을 수 없는 일일세!"

모용휘는 호언장담했다.

"앞으로의 일이 걱정이군."

장흥이 고개를 가로저었다.

조사관의 호위는 천무학관주 철권 마진가가 영광스럽게도 직접내린 부탁 겸 명령이었다. 모용휘도 확실히 전심전력으로 수행할 각오가 되어있었다. 그런데 조사관이 여성인데다가 자기 나이 또래고 더더군다나 미인이라는 사실은 정말 상상하지 못한 의외의 사건이었다. 가장 비현실적이고 불가능하리라 여겨졌던 가정이 돌연 현실이 되어버린 것이다. 길을 가다 갑자기 뒤통수를 얻어맞은 듯한 느낌이었다. 방심으로 인해 드러난 허점에 칼을 맞은 꼴이었다.

그 미모의 여인을 어떻게 대해야 할지 벌써부터 머리가 지끈지끈 아파지는 모용휘였다. 그에게는 확실히 달갑지 않은 일인 게 분명했다.

그러나 피할 수 있는 것도 아니었다.

그리고 운명의 순간이 들이 닥쳤다.

첫인상!

사람들의 사귐에 있어 첫인상이 차지하는 비중이 무척이나 크다고 한다. 가장 처음 뇌리에 각인되는 느낌이기 때문일지도 모른다. 어떤 이는 이 첫인상이란 놈이 인생 전체를 좌우한다고도 한다. 특히 남녀 관계에서의 첫인상은 일생을 좌지우지할 만큼 치명적일 경우가 많다. 그런데 그녀에 대한 모용휘의 첫인상은 꽤나 복잡미묘한 것이었다.

"아름답다!"

모용휘는 자기가 중얼거린 말에 스스로가 화들짝 놀라고 말았다. 그것은 마진가가 자신을 그 묘령의 조사관에게 처음 소개하는 장소에서였다.

그것은 말로는 설명하기 힘든 묘한 느낌이었다. 그는 자신이 그녀의 어디와 어디를 구체적으로 아름답다고 생각했는지 말로는 설명할 수가 없었다. 영혼이 끌어당겨진 듯한 느낌이랄까……. 그것은 태어나서 처음 경험해보는 불가사의한 경험이었다.

"예?"

그러나 다행스럽게도 모용휘의 말은 그녀에게 전해지지 않은 모양이다.

"아! 아무것도 아닙니다."

모용휘는 얼른 변명했다. 모용휘가 여자를 아름답다고 느껴본 건 이번이 처음이었다. 한 여인이 인간으로서가 아니라 이성으로서 인식되기는 생판 처음이었다. 모용휘는 오늘따라 자신이 매우 이상하다는 느낌을 지울 수가 없었다.

그녀와 만나기 전에 여자에 대해서라면 학을 떼던 모용휘였다. 그동안 시달린 전적이 꽤 있었던 것이다. 특히 극성인 여자는 극도로 싫어하는 모용휘였다.

'어디 아픈 게 아닌가?'

그가 생각해낸 가장 타당하고 합리적인 생각이었다. 모용휘에게는 이것이 정상적인 사고였다.

사중화(邪中花) 은설란(銀雪蘭)!

사파(邪派)의 꽃이라 불리는 여인답게 천무학관에서도 그녀와 미(美)를 견줄 사람은 세 손가락 안에 꼽을 수 있을 것이다.

그러나 좋았던 그녀와의 첫인상도 다음에 이어진 은설란의 말에 의해 산산이 부서지고 말았다.

"어머! 이런 미인(美人)이 곁에서 호위해 주신다니 영광이네요. 호호호!"

은설란은 백만 송이 꽃이 활짝 피어나는 듯한 웃음을 지으며 말했다.

"네?"

재차 주위를 한번 빙 둘러보며 자신의 주위에 여자가 한 명도 없음을 확인한 모용휘가 인상을 굳히며 물었다.

"누가 미인이라는 이야깁니까?"

"어머 화났나요?"

그녀가 '어머, 뜨거!' 하는 표정을 지어보였다. 그러나 반성은 안 한 모양이었다.

"호호호! 하지만 그런 화난 얼굴도 귀엽네요."

모용휘는 갑자기 세상이 어지럽다는 느낌을 받았다. 세상이 혼돈 속에 빠져 빙글빙글 돌고 있는 것도 아닌데 왠지 혼란스러웠다. 은설란의 돌발적이고 예측을 불허하는 언행에 모용휘는 어떻게 반응해야 되는지 갈피를 잡을 수 없었다.

그리고, 굉장히 불안해지기 시작했다.

"정식으로 인사드립니다. 소녀는 흑천맹의 은설란(銀雪蘭)이라고 합니다. 사람들은 보통 저를 사중화(邪中花)라 부르지요. 앞으로의 호위 잘 부탁드려요."

방금 전까지 경박했던 모습은 거짓말이라고 느껴질 정도로 그녀의 인사에 기품이 넘쳐흘렀다. 모용휘는 그녀의 본성에 대해 갈피를 잡을 수 없었다. 모용휘도 얼른 포권하며 답례했다.

"처음 뵙겠습니다. 모용세가의 모용휘라고 합니다."

모용휘답다면 모용휘다운, 가장 간단하고 단조로운 인사였다.

"어머! 소협께서 흑도의 여인네들에게까지 명성이 자자한 그 칠절신검 모용휘 공자로군요. 만나 뵙게 돼서 영광이에요.”

은설란도 모용휘의 신분을 알고는 깜짝 놀랐다. 천무학관 측에서도 상당히 막강한 패를 준비해 놓고 있었던 것이다.

둘은 이 자리에 서고서야 겨우 상대의 신분을 알 수 있었다.

서로가 대면한 자리에서 서로를 소개하려고 마진가가 소개를 미뤄왔던 것이다. 마진가의 기대대로 은설란은 깜짝 놀랐다. 빈말이 아니라 칠절신검 모용휘의 명성은 흑도에서도 자자했다. 특히 여인들 사이에서는 특히나 높은 인기를 구가하고 있었다.

“허허허! 모용휘의 명성이 저 반대편 흑천맹에게까지 미치는 모양이구만.”

마진가가 홍소를 터트렸다.

“그럼요. 여자들 사이에서 얼마나 인기가 높은데요. 웬만한 흑도의 후기지수들은 감히 이름도 못 내민답니다. 그리고 보면 그 유명한 절세귀공자 칠절신검 모용 소협에게 호위를 받을 수 있다니 전 무척이나 행운아라고 할 수 있겠네요. 감사드립니다. 마 관주님!”

은설란이 애교 있게 인사했다. 어떤 목석같은 이라도 그런 애교만점의 인사를 받고 넘어가지 않는 사람은 없을 것이다.

“허허허! 별말을! 저 아이야말로 소저 같은 절세미녀를 호위하게 된 것을 영광으로 알아야지.”

“어머! 절세미녀라니… 과찬이시어요.”

애교 섞인 앙증맞은 은설란의 목소리에 마진가의 웃음소리가 더욱 커졌다. 마진가에게 은설란은 보면 볼수록 호감이 가는 여인이었다. 마치 손녀딸같이 편안한 느낌이었다.

모용휘는 전혀 기쁘지 않았다.

'휴우… 여자들이란…….'

그녀를 보고 있자니 더더욱 여자에 대해 알쏭달쏭하게 된 모용휘였다. 모용휘는 마침내 눈앞의 여인이 자기 혼자 감당할 수 없는 상대란 걸 인정할 수밖에 없었다. 게다가 여인의 몸이다 보니 자신이 항시 곁에서 지키기도 민망스러웠다. 그리고 마침내, 모용휘는 모든 주변상황을 따져보았을 때 아무래도 자신은 이번 일의 적임자가 아니라는 결론에 도달했다.

천관주 마진가도 조사관이 어린 여자 아이인 걸 보고 무척이나 놀랐었을 게 분명했다. 길가다 뒤통수라도 한대 후려 맞은 듯한 느낌이었을 것이다. 물론 지금은 사람 좋은 웃음을 만면에 띠고 있지만 말이다.

'나보다 더 적임자가 있을 거야!'

마침내 모용휘는 이 자리를 사퇴해야 된다는 결론에 도달했다. 그것이 가장 최고이자 최선의 선택이라 그는 생각했다. 그러나 인생이란 게 무척이나 변덕스럽고 꽤나 얄미운 녀석이라 얌전히 생각대로 따라주지 않았다.

처음에 모용휘가 수신호위로 거론된 것은 성실하고 실력도 겸비하고 있을 뿐만 아니라, 그 뛰어난 능력과 모범적인 모습으로 인해 조사관에게 좋은 인상을 심어줄 수 있다고 생각했기 때문이다. 물론 호위니깐 방도 바로 옆방을 사용할 예정이었다. 그런데 설마 흑천맹에서 일부러 사람 뒤통수 후려갈기지 못해 안달이라도 난 사람처럼 이십오세 정도밖에 안 되는 어린 여성을 보내올 줄 누가 상상했겠는가!

은설란처럼 나이 어린 처녀를 보내오리라고는 천무학관의 날고 긴다는 두뇌들도, 그리고 마진가 자신도 미처 예상치 못했던 일이었다. 게다가 은설란은 성격이 매우 쾌활하고 활달하고 명랑하기까지 한데다가, 넘치는 애교로 살갑게 굴기까지 하고 있어 의심을 어느 정도 털어내고 있었다. 때문에 그녀에 대한 심리적 방어기제가 늦게 작동하고 있었다. 이대로는 거의 무방비 상태나 다름없었다. 마진가가 보기에 이건 위험했다.

어쨌든 다 큰 남녀를 계속 붙여둘 수도 없는 노릇이었다. 그래서 바꿔야 되나, 고민도 했었다. 그러나 은설란은 그럴 필요 없다고 말해주었다. 아니, 매우 만족하고 있다고까지 말해주었다. 하지만 그렇다고 해서 주위의 시선도 있는데 둘만 붙여놓을 수는 없었다. 그리기엔 주위의 잡음이 너무 많았다.

몇몇 모용휘의 광적인 추종자들은 벌써부터 숨 넘어 갈 듯한 비명을 지르며 마진가의 귓가를 시끄럽게 만들고 있었다. 그것은 무척이나 정말이지 진짜진짜로 사람이 할 짓이 못되었다.

그래서 마진가는 남녀 균형을 맞추기 위해 또 한 사람을 호위로 붙이기로 결정했다. 물론 이번 호위는 당연히 여자였다. 잘 생각해보면 위기상황이 닥쳤을 때 한 명보다는 두 명이 훨씬 나을 것 같았다. 그렇다면 '과연 관도 중에서 누가 이 일에 가장 적합한가?' 마진가는 생각했다. 그런데 이상했다. 아무리 생각하고 또 생각하고, 가끔 딴 생각도 하다가 다시 생각해도 그의 머리 속에는 한 사람밖에 떠오르지 않았다. 다른 사람을 떠올리려 해도 도저히 불가능했다.

빙백봉(氷白鳳) 나예린!

특히 어둠 속에서 날아오는 칼날에 대해서는 나예린만큼 믿음직스런 이가 없다는 사실을 누구보다 잘 아는 마진가였다.

왜냐하면 그는 무림맹주 나백천과의 오랜 친분으로 인해 예전부터 예린이의 선천적 능력을 알고 있는 몇 안 되는 사람 중 한사람이었던 것이다. 후천적으로 길러진 것이 아니라 선천적으로 얻어진 영적인 힘!

용안(龍眼)!

수상쩍은 기운을 느끼는 데 그녀보다 적합한 이는 없었다. 게다가 같은 여성이기 때문에 마음도 통할 수 있을지 모른다는 아주 사소한 기대도 있었다. 하지만 나예린의 성격으로 미루어 볼 때 선뜻 허락을 득하리라 기대하기는 힘들었다.

그래서 지금 마진가는 체면 따위는 집어치우고 이렇게 나예린에게 호소하고 있는 것이다.

"예린아! 미안하지만 부탁하자꾸나. 설마 널 어릴 때부터 귀여워해 준 이 숙부의 청을 냉정하게 거절하는 건 아니겠지? 응?"

숙부라는 권위를 이용해 정(情)에 호소하는 금단(禁斷)의 기술까지 동원할 정도로 마진가는 나예린의 도움이 절실했다.

이 모습의 어디에서 천무학관주 철권 마진가의 위엄을 찾을 수 있단 말인가?

나예린은 고민에 빠질 수밖에 없었다.

나예린과 사중화 은설란의 만남!

나예린은 왜 자신이 갑자기 여기에 오게 되었는지 잠시 고민해봐야 했다. 단지 가장 확실한 것은 그녀가 차마 마진가의 부탁을 거절을 하지 못했다는 것이다.

왜 그때 단호하게 거절하지 못해 여기까지 오게 된 것일까? 갑자기 후회가 물밀 듯 밀려들어왔다.

"어머! 정말 아름다운 분이네!"

나예린을 처음 본 순간 은설란이 내뱉은 순수한 감탄사였다. 감정의 가감(加減)이 전혀 없는 진실성 십이 할의 감탄사! 누가 보더라도 나예린의 아름다움은 인정하지 않을 수 없는 것이지만, 은설란도 무척이나 감정에 솔직한 여자였다.

"이봐요, 이봐요? 그렇지 않아요?"

은설란은 자신의 호위로 배정된 모용휘에게 옆구리를 사정없이 쑤시며 물었다. 모용휘는 막 자신이 여전히 은설란의 호위를, 그것도 그 유명한 나예린과 함께 맡아야 한다는 소식을 전해 듣고 절망감에 빠져 있던 차였다.

그러니 좋은 대답이 나올 리 만무했다.

"그렇군요."

모용휘의 대답은 변화 없이 무뚝뚝하기만 했다. 그의 태도는 마치 깎아지른 절벽처럼 굳건하게 주위의 모든 변화를 거부하고 있는 것처럼 보였다. 하지만 굳건함과 꽉 막힌 것에는 생사의 경계만큼이나 큰 차이가 있었다. 그리고 아무래도 모용휘는 후자 쪽이라는 혐의를 벗을 수 없었다.

"어머, 정말 풍류를 모르는 사람이군요. 이런 기막힌 미인을 두 사람씩이나 눈앞에 두고도 안색 하나 바꾸지 않다니 그것은 크나큰 실레라구요."

샐쭉해진 표정으로 은설란이 말했다.

"그럼 전 이만!"

모용휘는 다짜고짜 몸을 빼려했다. 그의 태도는 막무가내였다. 그제야 은설란은 자신의 말이 모용휘에게 씨알도 먹히지 않았음을 알 수 있었다. 이 남자는 상당히 강적이라는 그런 느낌이었다.

"어딜 가요?"

단호히 물러나려는 모용휘를 은설란이 붙잡아 세웠다.

"이제 나 소저가 왔으니 전 이만 물러가려 합니다."

그것이야 말로 모용휘가 바라마지 않는 일이었다. 절세미녀 두 명의 곁에 머물러 있어도 모용휘는 남성 특유의 기쁨을 얻지 못했다. 오히려 그는 이성의 여자들이 옆에 있다는 사실이 매우 껄끄럽고 부담스러웠다. 자연히 몸이 굳을 수밖에 없었다. 그렇다고 그가 무슨 동성애 취향이 있는 것은 아니니 오해하지 말기 바란다.

은설란은 모용휘의 결심을 용인하지 않았다. 그녀가 뽀로통한 표정을 지으며 약간 과장된 동작으로 울먹이며 말했다. 그 내용을 살펴보면 거의 반 강제적 협박이나 다름없었다.

"어머! 너무하신 도련님이네! 미인 둘만 위험지역에 놔두고 혼자서만 몸을 뺄 작정인가요? 사지(死地)에 여자 둘만 내버려두고도 양심의 가책을 안 받을 자신이 있나보죠? 무림 제일 기재가 겨우 그 정도의 남자였나요?"

유수처럼 유창한 은설란의 언변과 그 터무니없는 박력에 모용휘는 대답할 말을 잊었다. 그의 정직하고 순박한 머리로는 그녀의 언변에 반박할 만한 변명거리를 끄집어낸다는 것 자체가 불가능했다. 사실 그녀의 말이 틀린 말은 아니었다. 만일의 사태가 불시에 터졌을 때 여자 둘만으로 그것을 수습한다는 것은 무척 어려운 일이 될 것이다. 지금 당장 안전하다 해도, 만에 하나 벌어질지도 모를 유사시를 대비하는 것이 바로 수신호위의 역할이었다.

모용휘는 꿀 먹은 벙어리가 되어버렸다. 그제서야 나예린은 모용휘가 여전히 자신과 함께 은설란의 수신호위 역할을 수행해야 한다는 사실이 적힌 공문서를 무뚝뚝한 얼굴로 전해주었다. 그것을 본 모용휘는 더욱더 깊은 절망감에 빠져버리고 말았다. 그것은 그의 의견이 끝내 기각되고 말았다는 사망통지서(死亡通知書)였다.

"휴우! 할 수 없군요."

마침내 모용휘는 백기를 올렸다. 어쩔 도리가 없었다. 하지만 껄끄러운 것은 여전히 변함이 없었다. 여지껏 불편하던 관계가 단숨에 편안한 관계로 돌변한다는 것은 결단코 불가능에 가까웠다.

"이봐요!"

"예?"

땅을 향해 깊은 한숨을 내쉬는 모용휘를 은설란이 다시 불러 세웠다. 아무래도 그녀는 이 남자를 이대로 두면 안 된다는 사명감에 불타고 있는 듯했다.

"미인 두 사람을 앞에 두고 한숨이라니! 그것은 큰 실례라구요. 만일 그 한숨을 다른 각도로 해석해 마음의 상처라도 받아서 우울증이라도 걸리면 책임지실 거예요? 항상 유념해 두시길 바래요. 여자는 항상 그런 사소한 곳에 민감하다는 것을!"

다시 한 번 은설란은 숙맥이나 다름없는 모용휘에게 엄청난 속도의 언변으로 주의를 주는 친절함을 잊지 않았다. 모용휘는 고개를 푹 숙인 채 묵묵히 그녀의 말을 경청했다.

은설란이 싱긋이 우아한 미소를 지으며 나예린에게 인사했다.

"소저가 그 유명한 정도제일화 천상화(天上花) 빙백봉 나예린이군요. 만나서 정말 반가워요."

꾸벅!

나예린은 별다른 감정의 표현 없이 고개를 끄떡였다. 순간 은설란은 이 두 사람이 남매가 아닌가 하는 착각이 일었다.

이렇게 해서 사중화 은설란의 수신호위는 남자 한 명에서 남녀 두 명으로 되었다.

이제 새로운 인연이 한군데서 얽혀 새로운 이야기가 시작되려 하고 있었다. 운명의 실은 서로 다른 운명을 한 자리에 불러 모아 하나의 인연으로 묶어 새로운 이야기의 직물을 짜내려 하고 있었다.

사건은 의외로 생각보다 일찍 터졌다.

5일이란 시간은 짧으면 참으로 짧다고 할 수 있지만 사람을 사귀는 데 있어 서먹함 정도는 없애 줄 수 있는 시간이었다. 그러나 은설란, 나예린, 모용휘 이 세 명의 관계는 해가 뜨고 기울기를 다섯 번이나 했음에도 불구하고 여전히 서먹서먹하기만 했다.

무척이나 싸늘냉막한 나예린과 무뚝뚝 목석 모용휘를 그저 지켜만 보는 것은 은설란의 성격에 맞지 않는 일이었다. 그녀가 5일 동안 이들 두 사람의 호위를 받으며 알게 된 사실은 모용휘와 나예린 두 사

람 모두 지극히 비(非) 사교적인 사람들이라는 사실이었다. 5일이 넘
도록 두 사람과 나눈 대화는 손에 꼽을 정도였다. 그녀는 누가 부탁
하기만 하면 그동안 나눈 대화들을 몽땅 입으로 읊어줄 수도 있었다.
이런 답답한 현실을 은설란은 도저히 참을 수 없었다. 그래서 어떻게
든 관계를 개선시키고야 말겠다고 그녀는 작정했다.

그러나 갈 길은 멀고 험하기는 첩첩산중(疊疊山中)이었다. 관계 개
선은 우선 대화를 통해 이루어진다. 사교의 기본은 대화인 것이다.
그러나 이 두 사람을 상대하면 이 대화부터가 쉽지 않았다.

만일 대화를 나누고 싶은 충동이 생기면 은설란 스스로가 나서서
말을 걸고 대화를 이끌어 나가야 했다. 이번에도 그런 경우였다.

"저기요, 예린!"

은설란이 조용히 나예린을 불렀다.

"무슨 용건이 있으신가요?"

무척이나 사무적인 어투에도 은설란은 실망하지 않았다. 그것은
이미 각오한 바였다.

"저기… 남자친구는 있어요?"

은설란이 스스럼없이 물었다. 볼을 선홍빛으로 물들인다든가 하
는 행동은 없었다.

"없습니다."

나예린이 단호하게 대답했다.

"정말 같은 여인인 제가 보기에도 당신은 아름답군요. 한숨이 나올
정도로……."

일단 여인의 주 관심사 중 하나인 아름다움을 화제로 대화를 끌어

가기로 했다. 그러나 나예린의 반응은 냉랭했다.

"겨우 아름답다는 이유만으로 남들의 관심을 끌고 싶은 생각은 추호도 없습니다."

화제의 선택이 잘못된 것일까? 대화는 자꾸만 삐꺽삐꺽 난항(難航)을 겪고 있었다.

"하긴 당신같이 아름다운 분이 움직이기만 하면 나라 하나쯤 기울어지는 건 일도 아닐 것이라고 여겨지는군요. 예로부터 당신 같은 아름다움을 가리켜 경국지색(傾國之色: 나라를 무너트릴 수도 있는 아름다움)이라 칭했다지요?"

"전 남자들에게 아양이나 떨며 삶을 영위해 나가고 싶은 마음이 추호도 없습니다."

수긍이 간다는 듯 은설란은 고개를 끄덕였다.

"맞아요. 뭐 남자들이야 아직 철이 덜든 어린애에다가 기본적으로 늑대니까요. 우리 같은 미인들의 사명은 남자들을 치마폭에 가두고 손바닥 위에서 가지고 노는 일이에요."

은설란이 진심을 담아 싱긋 웃었다. 모용휘의 귀에 그녀의 말은 절대 농담으로 들리지 않았다.

"과격한 사상이군요."

나예린의 대답은 그것으로 끝이었다. 은설란은 자꾸만 공중을 헛치는 자신의 손바닥이 민망했다. 그러나 그녀는 포기하지 않았다.

"정말 만년빙정처럼 차가운 분이시군요. 과연 당신의 마음을 얻을 분이 누구일지……. 당신을 차지하기 위한 남자들의 처절한 사투와 끊이지 않는 결투와 질시와 질투, 그리고 이런 혼란의 소용돌이 속에서 이루어질 피의 길이 보이는 군요. 너무 뛰어난 아름다움은 죄죠."

"당신도 아름다워요!"

나예린의 말은 진심이었다. 거짓말이 아니라 은설란의 아름다움도 가히 절세가인이라 할만 했다. 괜히 흑도 오대가인이라 불리는 게 아니다.

"어머! 정말요? 기뻐라!"

은설란은 매우 기뻐하며 팔짝 뛰었다. 지나치다 싶을 정도로 그녀는 명랑쾌활했다. 아무래도 은설란 자신이 모르는 새 나예린과 진척이 있었던 모양이었다.

그녀는 좀더 나예린이라는 이 소저와 사귀고 싶다는 생각을 했다. 그녀가 지닌 백절불굴의 정신은 여성에게 도전하는 뭇 남성들이 본받을 만했다.

"우리 옷 사러 나가요, 네?"

그것은 느닷없는 제안이었다. 이 돌발제안의 원안자는 바로 은설란였다.

"옷이요?"

나예린에게 있어 옷이란 움직일 때 편하고, 바람을 막고 비를 피하며 몸을 가릴 수 있다면 그걸로 족했다. 물론 살 필요도 없었다. 왜냐하면 주변에서 보내져 오는 화려하기만한 옷들이 셀 수 없이 많았기 때문이다. 하지만 갖가지 장신구가 주렁주렁 달려있는 오색찬란한 비단옷들은 그녀의 마음을 충족시키는 데는 부족함이 있었다. 그런 옷들은 보통 돌려주는데 몇몇은 받기도 했다. 그것은 그 옷이 마음에 들었기 때문이 아니다. 보통 그런 경우는 다음과 같은 경우다. '받아만 줘도 만대의 영광이니 제발 거절치 말아 달라!' 이거나 '만일 되돌려 주면 그냥 콱 이 자리에서 혀 깨물고 죽어버리겠습니다!' 식의 사소한 일에 목숨 거는 상황, 보통 이 둘 중 하나다. 물론 후자가 가장 골치 아픈 경우고, 이보다 더 골치 아픈 경우는 그 옷을 한번 입어주지 않으면 입에 칼을 물겠다는 과격분자와 헤헤실실 음흉한 웃음을 지으며 딱 한번이라도 좋으니 입어나 보고서 돌려달라는 이상한 부류의 사람들이었다.

"가요! 가요! 가요! 절대로 가요! 반드시 가요! 그러니 갈 거죠?"

이 천무학관에 들어온 이후 한 첫 번째 부탁이었다. 억지강요에 가까운 은설란의 부탁을 나예린은 차마 거절할 수 없었다.

그렇게 해서 사중화 은설란의 첫 나들이가 시작되었다.

"평화로운 곳이군요."

"물론입니다. 이곳에서 사사로운 싸움이 일어나는 경우는 아직 한 번도 없었습니다."

물론 어제까지는 그랬다.

남창(南昌) 번화가(繁華街)에 자리한 꽤 유명하고, 덕분에 돈 잘 버는 주루(酒樓), 오성루(五星樓)!

총 5층으로 이루어진 초거대 주루인 이곳 3층에서 지금 두 사람의 남자가 거나하게 술을 마시고 있었다. 술과 거창하게 차려진 안주를 마치 멸절시키기라도 하듯 맹렬하게 먹어치우는 사람은 아직 나이 어린 20대의 청년이었고, 청년의 엄청난 식욕을 멍하니 지켜보는 쪽은 40대의 중년인 쪽이었다. 중년인은 특이하게도 전신이 붉은색으로 도배한 듯한 인상의 도객이었다. 두 사람은 바로 염도와 비류연이었다.

냠냠쩝쩝! 우걱우걱! 꿀꺽꿀꺽!

감히 범인은 흉내도 낼 수 없는 놀라운 식욕! 인간의 식욕이라고는 믿기지 않을 정도로 먹어치운 주제에 살도 하나 찌지 않다니, 도대체 그 많은 음식들은 어디로 사라지는 것일까?

또 비류연 이 작자의 위는 도대체 우주(宇宙)라도 되는 것일까? 보면 볼수록 염도는 신기할 수밖에 없었다. 벌써부터 비류연의 한켠에는 모든 것이 깨끗하게 비워진 안주 접시들이 수북하게 쌓여있었다.

도대체 자기 돈이 들지 않는 상황에 처하면 어느 정도까지 먹어댈 수 있다는 것인가? 염도는 절대로… 절대로… 죽었다 깨어나도 그 끝을 보고 싶은 마음이 없었다.

염도는 무시무시한 눈빛으로 비류연을 응시했다. 손에 든 술잔은 자신의 본분을 잊은 듯 비워질 생각을 하지 않고 있었다.

"왜요? 무슨 걱정거리라도 있나요?"

잠시 먹는 걸 멈춘 비류연이 물었다.

"아… 아닙니다."

입으로는 아니라고 했지만, 염도는 자꾸만 늘어나는 계산서의 금액표기 숫자가 걱정되어 견딜 수가 없었다. 아무래도 비류연은 자신을 경제적 파산상태로 몰아넣고 싶어 안달이 난 모양이었다.

그렇지 않아도 쓰리던 속이 이제는 용암처럼 부글부글 끓기 시작했다. 위에 구멍이 나지 않는 게 신기하기만 했다.

'젠장 또 지다니…….'

지지만 않았어도 여기서 이렇게 자기 돈 날려가며 비류연을 배불리 먹이는 사태는 일어나지 않았을 것이다.

이제 육 개월 동안은 꼼짝없이 이 지긋지긋한 제자 노릇을 해야만 하게 생겼다. 그것이 염도는 억울하고 분하고 원통했다.

사부와 제자의 대결
-제자연장결정전(弟子延長決定戰)

작일(昨日) 저녁!
별들마저도 잠든 야심(夜深)한 시각! 인기척이라고는 찾아볼 수 없는 실내
연무장에 두 남자가 마주섰다. 그들은 바로 염도와 비류연이었다. 미묘한
긴장감이 두 사람 사이의 공기를 팽팽하게 당기고 있었다.

"약속했어요!"

비류연이 말했다.

"물론입니다."

염도는 결연한 얼굴로 고개를 끄덕였다.

"각오는 되어 있겠죠?"

"물론!"

염도는 이제 더 이상 물러설 곳이 없었다. 벌써부터 그의 몸은 흥
분을 주체할 수가 없었다.

"그럼 내일 술값은 걱정 없겠군요."

비류연은 벌써부터 군침이 도는 모양이었다. 그는 현재 떡줄 사람
입장은 전혀 고려하지 않고 있었다.

“그건 해봐야 아는 겁니다.”

“오오! 대단한 자신감!”

짝짝짝!

비류연이 감탄하며 박수를 쳤다. 염도는 전혀 기쁘지 않았다.

“그동안 놀고 있은 적은 일각도 없었으니까요.”

염도는 비류연을 향해 우물에서 숭늉 찾지 말라고 말하고 싶었다. 그도 지난 육 개월 동안 놀고만 있었던 게 아니다. 그에게 있어 주작단은 좋은 연습상대였다. 그동안 한시도 만족하지 않고 수련에 전념해 왔었다. 그런데도 비류연은 자신을 너무 호구로 보는 것 같았다. 이제 염도는 온몸으로 자신이 밥이 아님을 주장할 예정이었다.

“세상엔 안 해보고도 알 수 있는 일이 여럿 있지요.”

비류연이 싱긋 미소지었다.

세상의 모든 생물에겐 진짜 천적이란 것이 있는 모양이다. 이 철저하고 냉정하며 잔혹하기까지 한 먹이사슬은 인간이라고 해서 벗어날 수 있는 것이 아니었다.

인간에게도 그들 개개인의 힘의 역학 관계에 의한 천적이란 것이 확실히 존재했다.

염도는 자신의 천적은 이 세상에 얼음땡이 빙검 한 놈뿐인 줄 알았다. 하지만 그에게 더욱더 무서운 천적이 존재한다는 사실이 밝혀진 것은 겨우 이 년 남짓밖에 되지 않은 짧은 시간이었다. 얼추 이 년이 다되어 가는 그날은 바로 염도가 비류연과 처음 만난 바로 악몽의 그날이었다.

이번의 천적 앞에서 염도는 뱀을 앞에 둔 개구리처럼 철저한 약자

신세를 면치 못했다. 염도는 자신이 도시락이 아니라고 말하고 싶었지만 그의 주장은 전혀 먹혀들지 않았다.

빙검과는 처절한 대치와 심리적인 싸움으로 인해 팽팽한 긴장관계를 유지했다면, 비류연에게는 일방적으로 당하기만 했다고 할 수 있었다.

그것이 자존심 강하고 성질 급한 염도로서는 도저히 참을 수 없는 일이었다. 너무나 부끄럽고 치욕스러워, 감히 다른 누군가의 타인에게 꺼내기조차 불가능한 이야기였다.

그 이야기를 끝내기 위해 그동안 얼마나 많은 노력을 기울였던가…….

'기필코 오늘은 반드시!'

나의 생명을 걸고서라도 '탈제자'의 기치를 높이 올리고야 말리라.

'두고 봐라!'

앞서의 싸움은 3전 3전패(全敗)였지만 그동안 염도도 놀고 있지만은 않았다.

오늘에야말로 반드시 눈앞에 있는 웬수를 꺾어 시한부 제자 인생을 끝내고야 말리라고 염도는 굳게 다짐했다.

아직 도집 속에 머무르고 있는 애도 홍염의 도병(刀柄: 검자루)을 잡은 염도의 눈빛은 신중하기만 했다.

육 개월마다 한 번씩 제자연장기간을 두고 펼쳐지는 둘만의 정기전(定期戰), 그것은 원래부터 비류연과 염도 사이에 맺어진 약속의 일환이었다. 도주로를 완전 봉쇄하면 어디로 튈지 모르는 염도이기에 비상대책으로 마련해둔 비류연의 탈출구였다. 그 약속은 이러했다. 만일 염도가 육 개월 동안 성심성의껏 제자로서의 임무를 완수한다면 비류연과 싸움으로 제자 연장기간여부를 결정할 수 있다는 것이 이 약속의 골자(骨子)였다. 즉 제자 관두고 싶으면 주먹으로 해결하라는 이야기였다. 그리고 일년 반 동안 치러진 세 번의 싸움! 이 세 번의 싸움으로 염도는 확실히 한 가지 사실을 인정해야만 했다. 자신이 실수로 비류연에게 진 것이 아니라 실력으로 졌다는 끔찍한 사실을 비통한 마음으로 인정해야만 했던 것이다. 그 일이 있은 후 염도는 더욱더 수련에 맹진했다. 그의 수련 대상 겸 화풀이 대상이 된 주작단과 윤준호만 죽어나는 일이었다.

염도는 속이 탔다.

첫 번째 도전에서 맨 처음과 마찬가지로 홍염을 뽑기도 전에 당해 얼마나 허망했던가……. 그 분풀이를 당하는 화풀이 대상 주작단의 몸만 고달파졌었다. 모든 화가 애꿎은 그들에게로 모조리 쏟아졌던 것이다. 그렇다고 그 다음과 그 다음다음의 결과가 좋았던 건 아니다. 만일 그 두 번의 싸움이 결과가 좋았다면 지금 염도가 여기서 비류연과 싸움질을 하고 있을 리가 없지 않은가. 떠올리기도 싫은 악몽의 연속이었다. 그런데 역시 2년짜리 악몽은 길어도 너무 길었다.

'만일 이러다가 또 지기라도 하는 날에는…….'

시한부(時限附) 딱지가 떨어지고 영구(永久) 제자 딱지가 붙는다면 차라리 칼 물고 확 죽어버리는 게 마음 편할 것이다, 허나 염도의 성격을 어떻게 알았는지 제자동의각서(弟子同意覺書)에 자살금지 조항까지 넣어놓은 현 염도의 임시 사부 비류연의 주도면밀함은 가히 절세무쌍(絕世無雙)이라 오한이 일고 치가 떨릴 정도였다.

　염도는 일생일대의 대적(對敵)을 만난 것 마냥 신중에 신중을 기하며 전력을 끌어올리고 있었다. 이제는 전력을 다해 최상의 상태에서 최고의 힘으로 덤비지 않는다면 절대 승리를 되찾아올 수 없다는 사실을 몇 번의 실패를 거울삼아 어머니 삼아 신물이 날 정도로 뼈저리게 알고 있었다.

"이번에는 너무 시간 끄는 거 아닌가요? 너무 신중하네요. 체질에 맞지 않는 신중은 독이 될 수도 있어요."

　비류연이 대치 상황 중에서도 염도를 걱정해주는 척했다. 고맙게도 혀를 놀리는 데는 돈이 들어가지 않는다. 때문에 비류연은 이 정도 여유를 보여줄 수 있었다.

"당할 만큼 충분히 당했다고 생각합니다. 감언이설에 속아넘어가는 것도 한두 번이죠. 지금까지 어지간히 정도껏 당했어야죠. 그만하면 쌓인 교훈은 넘칠 만큼 충분하다고 생각됩니다."

　아무리 자신의 성격이 화급하다고는 하나 학습능력 정도는 충분히 가지고 있다는 염도의 선언이었다.

"아아! 그 학습 능력 때문에 세 번이나 패배의 쓴잔을 들이킨 것이군요. 내가 무심해서 미처 몰랐었네요!"

"큭!"

　비류연의 말을 들은 염도의 얼굴은 기괴한 곡선을 안면에 새기며 일그러졌다. 가슴이 시큰했다. 아니, 뜨끔했다.

3전 전패의 전적을 자랑하고 있다보니 염도가 그동안 쌓은 경험도 만만치 않았다. 자신이 얼마나 속도에 취약한지 말하지 않아도 그동 안에 얻은 아픔만으로도 충분했다. 그동안 부족한 속도를 보강하기 위해 얼마나 절치부심(切齒腐心) 노력을 가했던가…….

앞에 있었던 3패(三敗) 역시 비류연의 순간돌파를 견뎌내지 못했기에 당한 어이없는 단발승부였다.

염도는 그 웬수덩어리이자 악연덩어리인 관철수에게 당했을 때도 이렇게까지 피나는 수련을 쌓았던 적은 없었다.

'이번에야말로 반드시! 절대로 반드시!'

반드시 승리를 손에 거머쥐어 이 한심하고 절망적인 제자 신세에서 해방되고 말리라 굳게 다짐했다.

염도는 이미 비류연의 강함을 너무 확연히 알아버리고 말았다. 어째서 저따위 놈이 저런 괴물 같은 강함을 지니고 있는지 이해는 가지 않는 일이었지만, 실력은 실력. 염도는 그것을 인정하지 않을 수 없는 자신의 존재 자체에 염증을 느꼈다.

그동안 염도는 오로지 속도를 기르는 데만 전념했다. 현재의 속도로는 인간 같지 않은 비류연의 속도를 따라잡는 데 무리가 있다는 사실을 뼈저리게 느꼈기 때문이다. 저린 뼈에 멍이 빠지는 데는 한 달이 걸렸다. 교훈은 그것을 발판삼아 새로운 도약을 하기위한 것이다.

지난 일년간은 눈코 뜰 새 없이 바빴던 염도였다. 주작단과 윤준호를 가르치는 데 여념이 없었기 때문이다. 주작단에 대한 지도는 그에게 의외로 뜻하지 않은 많은 도움을 주었다.

어느 날부턴가 주작단과의 대결은 그에게 있어서도 가장 능률적인 수련의 일환이 되었다. 때문에 항상 그의 가르침은 과격할 수밖에 없었다. 매번 덤벼드는 상대를 비류연으로 가정하고 무공을 펼쳤기 때문이다. 그리고 가끔은 분풀이 대상으로 삼기도 했다.

귀신이나 유령이 사촌하자고 할 법한 비류연의 괴물 같은 속도를 능가하지 않는 한 승리로의 길은 열리지 않는다.

"크으으으……"

아직 그의 홍염은 뽑히지 않았다. 피가 날 정도로 도병(刀柄)을 움켜진 그의 허리가 휘어지고, 어깨가 부서질 듯한 엄청난 중압감이 그의 전신을 짓눌렀다. 손가락 하나 까딱하기 힘든 심리적 압박감! 왜 이렇게 저 녀석 앞에서 쫄아야 되는지, 본능적으로 움츠러드는 그런 자신을 용서할 수 없는 염도였다. 자꾸만 비류연 앞에만 서면 자기 자신을 잃는 듯한 느낌이 강하게 들었다.

그동안 비류연 옆에서 항상 같이 지내며 너무 심하게 오염된 모양이었다.

"합!"

번쩍!

공간을 가르는 홍광이 대기를 갈랐다.

전광석화(電光石火) 같은 발도술(拔刀術)이었다. 이전과는 비교도 할 수 없는 빠름. 그러나 궁극적인 목표인 적을 베는 데는 실패했다. 간격을 분명히 맞추었는데도 무위로 돌아가고 말았다. 홍광이 그의 몸을 두 토막 내기 전에 비류연이 아슬아슬하게 몸을 뒤로 뺐던 것이다. 찰나의 빠름이 그의 목숨을 살렸다.

'쳇! 실패인가…….'

염도는 아쉬웠지만 긴장을 늦추지는 않았다. 그동안의 경험으로 미루어볼 때 첫 공격이 실패로 돌아갔을 때 날아드는 비류연의 반격이 가장 무섭고 위력적이라는 사실을 잘 알고 있었기 때문이다. 염도는 방어태세에 전력을 쏟아 부었다.

파앙!

뒤로 한 발짝 물러났던 비류연의 몸이 궁신탄영(弓身彈影: 몸을 활처럼 휘었다가 튕겨지듯 앞으로 쏘아져 나가는 신법의 한 수법)의 수법으로 화살처럼 빠르게 앞으로 쏘아져 나갔다.

수십 발의 잔영을 그리는 비류연의 주먹이 염도를 향해 퍼부어졌다.

"핫!"

파바바바밧!

염도가 맹렬히 도를 휘둘러 도막을 형성해 비류연의 무식한 주먹으로부터 몸을 지켰다.

펑! 펑! 펑! 펑!

붉은 도막은 침입하는 비류연의 주먹을 단 한 발도 용납하지 않았다. 세 번 당했으면 그걸로 충분했다. 네 번은 너무 많았다.

"호오! 좀 빨라졌는걸요!"

비류연이 진심으로 감탄했다. 저번과는 비교도 되지 않을 정도로 장족의 발전이었다. 굼벵이가 개미만큼이나 빨라진 것이다. 비류연은 내심 흡족한 미소를 지었다.

"저도 그동안 놀고만 있지는 않았으니까요!"

염도는 애써 여유 있는 미소를 지으며 손이 저리도록 떨리는 것을 억지로 감추었다.

염도가 홍염을 고쳐 쥐었다. 중단세를 취한 채 몸이 곧게 서도록 만들었다. 염도는 이 짧은 순간에 도(刀)와 몸이 하나가 되는 신도합일(身刀合一)의 상태를 이루고 있었다. 이미 그의 전신은 한 자루의 칼과 같았다. 오의를 쓸 작정인 것이다.

진홍십칠염(眞紅十七炎) 오의(奧義)
검염기(劍焰氣) 대염노(大炎怒)

너울거리는 불꽃의 환상이 염도의 전신을 휘감았다. 염도의 눈이 홍옥처럼 붉게 빛나기 시작했다.

"이런! 갈 때까지 가보자는 건가요? 너무하잖아요."

비류연이 탄성을 터트렸다.

원래 대염노란 부동명왕이 이 세상의 모든 사기(邪氣)를 불태운다는 전설 속의 불로서 일체를 정화시키는 힘이 있다고 전해지고 있다. 물론 염도의 도법에 그런 힘이 깃들어 있을 리는 만무하지만 그렇다고 해도 그 위력은 무시할 수 없을 만큼 가공 그자체이다.

쾅! 콰과과과쾅!

역시나 무식하기 짝이 없는 기술이었다. 불꽃의 손톱이 사정없이 할퀴고 지나간 대지는 너덜너덜하게 변해있었다.

비류연은 재빨리 대염노의 사정권을 벗어나는 데 신경을 집중했다. 저런 무식한 기술에 휘말리면 재미없기 때문이다.

"휴우! 겨우 살았네……."

비류연이 안도의 한숨을 내쉬었다. 자칫 잘못하면 머리카락을 몽땅 그슬릴 뻔했던 것이다. 위험하기 짝이 없는 순간이었다. 요즘 자꾸만 자신의 머리카락이 수난을 당하고 있는 듯한 느낌이 들었다. 자신의 아름다운 머릿결에 원망을 품고 있는 사람이 많이 있는 듯했다.

비류연도 이제 마무리를 해야할 필요성을 느꼈다. 정말 이대로 가다가는 자칫 잘못하면 인명사고가 일어날 수도 있었다. 비류연은 아까운 제자를 사고로 잃고 싶지는 않았다.

비뢰도(飛雷刀) 독문신법(獨門身法)

봉황무(鳳凰舞) 오의(奧義)

비경(秘鏡)

슈욱!

비류연의 몸이 공간의 투명한 거울에 비춰진 것처럼 둘로 나뉘어졌다.

파앗! 팟!

비류연의 몸에서 나뉘어 진 두 개의 분신이 염도의 양쪽을 공략해 들어왔다.

"헉!"

염도는 기겁했다. 방금 전 많은 기력을 소모했더라도 이대로 멀뚱히 당하고 있을 수만은 없었다.

염도는 자신의 우수에 들린 도로 왼쪽의 분신을 찌르고, 좌수로 홍

염장을 일으켜 그의 우측을 노리고 달려든 비류연의 분신에 일장을
가했다.

스륵!

"헉!"

도로 찌르고 일장을 가했음에도 불구하고 아무런 느낌이 없었다.
허깨비를 친 듯한 느낌이었다.

"허상(虛想)!"

퍽!

순간 염도는 눈앞이 캄캄해지는 것을 느꼈다. 뒤통수에서 엄청난
충격이 그의 뇌리를 뒤흔들었다. 둘인 줄 알았던 분신은 사실 미끼였
던 것이다. 둘 중 어느 것 하나 실체가 아니었다. 진짜는 따로 있었
다.

'뒤……'

그 생각을 마지막으로 태산만큼 큼직한 혹과 함께 그는 바닥에 얼
굴을 묻었다.

'그리고 깨어나 보니 침대 위였지.'

염도는 절망의 한숨을 내쉬었다.

아직도 뒤통수가 불룩한 것이 들어갈 기미를 안보이고 있었다. 지
금도 뒤통수가 화끈화끈하고 얼얼했다.

'다음엔 기필코……'

염도는 이제 다시 앞으로 남은 181일 후를 기약하며 손가락을 꼽
아야 하는 신세가 되었다.

맹수의 표적(標的)
-미인 둘과 떨거지 남자 하나의 위기

열심히 보다 많이 보다 빠르게 보다 맛있게
음식을 먹고 있던 비류연이 그 암습자에게
시선이 간 것은 너무나 주변과는 다른
그 움직임 때문이었다.

비류연은 본인이 원하던 원하지 않던 가만히 앉아만 있어도 시선이 미치는 모든 것의 정보가 한눈에 분석되고 판단된다. 그것은 의식한다고 되는 것이 아니라 그냥 있으면 자연스럽게 느껴지는 것이었다.

"저놈들은 뭐죠?"

열심히 먹다가 말고 비류연이 물었다.

"누구가요?"

염도가 어리둥절한 얼굴로 반문했다. 오늘의 술값은 당연히 염도가 제공하기로 결정되어 있었고, 비류연은 단순히 공짜로 얻어먹는 처지였다. 그래서 비류연이 젓가락을 놀리면 놀릴수록 염도의 전낭(錢囊)은 점점 더 가벼워져 갔다.

"저기요! 냠냠얌냠… 봐요, 사냥감을 찾는 맹수 같잖아요."

저기라고는 말해도 손가락으로 가리키는 친절은 보여주지는 않았다. 여전히 비류연의 손가락은 안주거리에 젓가락을 옮기는 데 여념이 없었다. 그리고 그의 입은 그걸 산산조각 씹어 없애는 데 주력하고 있었다.

"그러니깐 그 저기가 어디의 저기란 말입니까?"

염도는 투덜투덜거리며 주위를 둘러보기 시작했다. 자신 정도되는 사람이 새파랗게 어린 소년에게 그런 질문을 한다는 것 자체가 부끄러운 일이었던 것이다. 아무리 자신이 지금은 그의 제자인 신세라고 해도 그의 자존심이 용납하지 않았다. 아까 전에 무의식적으로 반문한 것부터가 실수인 것이다.

안력을 돋우어 유심히 사방을 살펴본 염도는 곧 비류연이 말한 저기 저놈이 어떤 놈인지 알아챌 수 있었다. 게다가 또 한 가지 알아챈 사실은 저기의 저놈이 한 놈이 아니라 여러 놈이란 사실이었다.

처음에는 그것들은 단순한 흥미거리로써의 그냥 술 안주거리에 불과했었다. 그래서 비류연도 그러려니 하고 별로 상관할 생각이 없었다. 하지만 그 존재가 한둘이 아니기에 서서히 신경이 쓰이기 시작했다. 누가 감히 천무학관 앞마당에서 자객영업을 개시(開始)하려는지 흥미가 생겼던 것이다.

저들은 자신들이 은밀하다고 철통같이 믿고 싶을 것이다.

그러나 저렇게 티 나게 움직이는데 눈치 채지 말라고 해도 눈치 안챌 수가 없는 일이었다.

"뭣들 하는 놈들일까요? 자객일까요? 감히 천무학관의 앞마당에서 자객질이라니 간댕이가 부은 놈들이군요. 서로 원형으로 포위를 이루며 중심을 향해 움직이고 있어요. 그 중심에 놓여있는 건 당연히 맛있는 먹이겠죠?"

비류연의 흥미도가 점점 높아지기 시작했다.

"얼마나 맛있는 먹이길래 저렇게 많은 맹수가 몰려들까요?"

염도도 궁금증이 이는 모양이었다.

"이런! 이런!"

탁!

비류연이 들고 마시던 술잔과 집어먹던 젓가락을 내려놓았다.

"왜 그러십니까?"

염도가 의아한 얼굴로 물었다. 금전적 이득이 발생할 확률이 없는 일에는 거의 움직임을 보이지 않는 비류연이 자객의 목표를 돕기 위해 일어날 리가 없다고 생각했기 때문이다. 그러나 염도는 틀렸다. 비류연이 일어난 이유는 자객의 목표 때문이 맞았다.

"애석하게도 계획 변경입니다."

"어떻게 말입니까?"

염도가 반문했다.

"술잔을 부딪치는 것에서 미인 구출로 말이죠."

"미인(美人)?"

"맹수가 노리는 먹이가 매우매우 아주아주 엄청난 미인이거든요. 당연히 전 무림의 이익을 위해서라도 구해줘야죠. 물론 쉽사리 당할 만큼 연약한 미인은 아니지만 말이에요."

'그러면 그렇지!'

그제서야 비로써 염도는 납득했다. 그러나 또 다른 의혹이 그의 마음속에서 고개를 치켜들었다. 그것은 마음속에 꼬불쳐 둘 수 만은 없는 의문이었다.

"목표가 보인단 말입니까? 다섯 명의 자객들말고도 말입니까?"

엄청난 안법 수련을 하고 내공이 화경에 오른 염도로서도 별개의 움직임을 보이는 자객들을 잡아내는 게 겨우였다.

솔직히 이 다섯 명을 잡아내느라 염도는 눈알이 빠지는 줄 알았다.

"다섯 명이라니요?"

무슨 헛소리를 그렇게 정중하게 하시냐는 얼굴로 비류연이 반문했다.

"어? 아닙니까?"

염도는 놀라워하며 자신이 발견한 자객들을 일일이 지적해 보였다. 그러자 비류연은 고개를 설레설레 저었다.

"무슨 말씀을 하시는 겁니까? 다섯 명일 리가 없잖아요. 최소한 다섯 명, 최대한 열 명 가까이 될지도 모릅니다. 저기 만두집 앞에서 수상쩍게 서성이는 봇짐꾼 녀석도 우선 있잖아요. 티 나게 움직이는 애가 다섯이지, 나머진 어디서 튀어나올지 몰라요."

그 만두집이라는 게 지금의 그들이 앉아있는 오성루 3층 창가 술상으로부터 이백오십 장 이상 떨어진 곳에 위치한 곳이었다. 게다가 수많은 인파들이 한꺼번에 지나가는, 현재 가장 사람이 붐비는 곳이기도 했다.

"어? 지금 내가 거짓말 한다고 생각하는 거예요?"

묘한 눈빛에 의심을 가득 담아 흘겨보는 염도의 시선을 비류연은 잠자코 무시할 수가 없었기 때문이다. 이것은 사부의 권위에 대한 도전이기 때문이다.

"가보면 알겠죠!"

이미 비류연은 저만치 걸어가고 있었다. 먹을 걸 다 먹지도 않고 자리를 뜨다니 평상시라면 천재지변이 일어나도 불가능한 일이었다. 급하긴 급한 모양이었다.

"매번 감사합니다. 매화주(梅花酒) 세 병! 모태주(茅苔酒) 두 병! 검남춘 한 병! 죽엽청 한 병! 안주로 오향장육 하나, 북경오리 셋, 담가채(譚家菜) 한 접시, 삼황계(三黃鷄) 하나, 청탕양육면(清湯羊肉面) 하나! 합계 총 액수가……"

계산대의 점원이 깍듯하게 인사하며 잔인하게, 가차 없이 계산액수를 불렀다. 염도는 자신의 귀를 틀어막고 싶었다.

"… 입니다."

크윽! 염도는 비통한 마음으로 얼른 계산을 하고 비류연의 뒤를 따랐다.

절대 그 봇짐꾼은 자객이 아니어야 된다고 외치면서…….

자신의 전낭이 깃털보다 가볍게 느껴졌다.

은설란이 옷가게 안으로 발랄하고 경쾌한 발걸음을 과시하며 들어간 이후 모용휘는 주변 기물과 지형부터 우선적으로 살폈다. 전문적인 경호 교육을 받지는 않았지만 교양시간에 확실히 기초이론과 기본기는 습득한 터였다.

사람이 많은 곳에서 평소보다 세 배 이상 주의를 기울이는 것은 기본 중의 기본이라 할 수 있었다. 당연하게도 사람이 없는 곳보다 인파가 넘치는 곳에서는 암습의 기회가 수십 배로 늘어나기 때문이다. 게다가 지나가는 사람들의 물결 때문에 신경이 분산되기 때문에 빈틈은 더욱더 커진다.

호위들이 가장 피를 말리는 경우가 바로 이런 시장통에서 보호대상이 무방비 상태로 노출되는 경우이다.

"피를 말리는군!"

두리번! 두리번!

모용휘는 긴장을 풀지 않았고 경계도 늦추지 않았다. 언제나 투철함 사명감과 책임감이 그의 전신을 갑옷처럼 감싸고 있었다. 지금도 마찬가지였다. 왜 옷 구매를 허락했던가. 울먹일 듯한 얼굴로 애원하는 그녀의 부탁을 차마 거절할 수 없었던 자신의 감정이 싫었다.

"응?"

맨 처음 주변의 미세하게 감도는 이상한 낌새를 눈치 챈 사람은 나예린이었다. 왠지 모르게 자신들을 옥죄어 오는 보이지 않는 살기라는 이름의 손길! 평소 그녀의 주위를 빽빽하게 차지하고 있던 남자들의 한심스러운 욕망이나 선망 어린 시선과는 확실히 달랐다. 그 차이가 그녀에게는 확연하게 느껴졌다.

그녀의 용안이 그녀에게 확실한 경고를 보내주고 있었다. 그것은 신변의 위협을 알리는 소리였다. 알려고 하지 않았는데도 알 수 있는 힘! 이 힘 때문에 마진가도 자신에게 사중화의 신변보호를 맡긴 것이다.

나예린은 좀더 신중하게 주변을 경계하기 시작했다. 정신을 집중하자 그녀는 좀더 많은 것을 명확하게 느낄 수 있었다.

"아무래도 불청객이 찾아온 듯합니다."

그녀의 말에 긴가민가하던 모용휘도 살기의 원천을 확신할 수 있었다. 그러나 왁자지껄하며 지나가는 행인들이 너무 많았다. 이런 사람의 물결 속에서 자객을 찾아낸다는 것은 모래사장에서 바늘 찾기라 할 수 있었다.

원래 암습은 기습 선제공격일 때만 의미가 있는 것이다. 백주 대낮에 살행(殺行)을 계획하다니 간 큰 녀석들이었다. 실력에 대한 확신 없이는 이런 일을 벌이기가 거의 불가능했다. 모용휘와 나예린은 전신의 감각을 열고 주위를 살폈다.

찰칵!

그녀의 놀랍도록 발달된 경이적인 청각은 요란 법석한 군중 속에서 뽑히는 발검 소리를 놓치지 않았다. 소리를 바탕으로 그녀의 오감이 적의 위치를 감지해냈다. 그녀의 손이 눈부시게 빠른 속도로 발검했다.

휙!

느닷없이 군중 속에서 나타난 검이 그녀를 향해 날아들었다. 그러나 이미 속도에서 나예린은 우위를 점하고 있었다.

스팟!

나예린의 검이 휘둘러지고 암습을 시도하던 자객은 그녀 검에 제물이 되었다. 자객은 어딜 보나 평범한 노인의 모습을 하고 있었다. 다만 틀린 점은 노인이 짚고 있는 지팡이에 검날이 달려있다는 사실

하나였다.

평범한 길을 가던 노인으로 변장하고 있던 자객의 무기는 바로 짚고 있던 지팡이였다. 만일 암습을 눈치 채는 게 조금만 늦었어도 치명상을 입었을 지도 모른다.

"무슨 일이에요?"

밖의 소란을 눈치 챈 은설란이 달려 나왔다. 나예린과 모용휘는 재빨리 그녀의 좌우를 경계했다.

"자객입니다. 조심하세요."

나예린이 은설란에게 경고했다. 그러나 은설란의 눈에는 두려움의 빛이 보이지 않았다.

공격은 곧바로 이어졌다.

자객들은 자신들의 암습이 항상 상대가 예측하지 못하는 의외의 곳에서 날아와야 한다는 강박관념이 있는 모양이었다.

노인의 죽음을 발견한 한 아낙이 놀라며 머리에 이고 있던 쟁반을 던졌다.

휘리릭! 쌔애애앵!

공기를 세차게 휘감는 소리와 함께 쟁반이 무시무시한 속도로 허공을 날아갔다. 본래의 본분을 잃고 허공을 나는 건방진 쟁반의 둘레에는 어느새 사방으로 날카로운 칼날이 튀어나와 있었다. 사람의 목을 따기에는 부족함이 없는 예리함과 속도였다. 게다가 더욱 치사한 것은 그 철 쟁반이 하나가 아니라 무려 세 개씩이나 된다는 사실이었다.

피할 수도 있지만 나예린은 매섭게 회전하며 날아오는 세 개의 철 쟁반 암기를 베어 떨어트리기로 결정했다. 저렇게 주변을 맘대로 휩쓰는 무기는 주변의 죄 없는 백성들에게 피해를 입힐 수 있기 때문이다.

나예린이 허공에 갈지(之) 자를 그리며 교차해 날아오는 철 쟁반에 신경을 집중하고 있는 그 순간을 자객들은 놓치지 않았다.

슈슈슈슉!

지나가던 문사의 소매에서 갑자기 십 수개의 비도가 튀어나왔다. 그 순간은 너무나 절묘해 나예린이 동시에 쌍방향의 공격을 막기에는 무리가 있었다. 그러나 나예린은 허공 중에 갈지자를 그리며 어지럽게 날아오는 철 쟁반에 집중한 신경을 흐트러뜨리지 않았다. 그녀는 모용휘의 실력을 믿기로 한 것이다. 그의 실력은 무당산 합숙훈련 동안 익히 보아 온 터였다. 그는 믿고 뒤를 맡길 수 있는 인재였다.

모용휘는 나예린을 실망시키지 않았다.

파바바밧! 챙챙챙챙! 땅!

어느새 비도와 나예린 사이를 막아선 모용휘가 검을 맹렬히 휘둘렀다. 별빛 같은 검기와 함께 매서운 속도로 날아오던 비도가 모조리 두 동강이 나며 땅바닥에 떨어졌다. 그중 하나는 두 배의 속도로 빠르게 시전자에게로 날아가 주인의 목을 사정없이 꿰뚫었다.

나예린은 안심하고 검을 휘둘렀다.

슈앙!

그녀의 의지는 그녀의 검을 통해 단숨에 발현되었다. 그녀의 백색 검기에 철 쟁반은 단번에 두 동강이나 땅바닥에 처박혔다. 아직도 두 사람을 노린 암습은 계속되고 있었다. 주변 사람 모두가 자객이 아닐까 하는 의심마저 들 정도였다.

길을 가던 한 농부가 느닷없이 들고 있던 낫을 던졌다. 분명 무공 요결에 따라 허공을 갈지자로 움직이는 투겸술(投鎌術:낫을 던지고 받는 기술)이었다.

어디서나 볼 수 있는 아이를 업고 가던 아낙이 바느질에나 쓸 바늘을 무시무시한 속도로 허공에 뿌렸다. 암기수법 중에서도 무섭기로 유명한 폭우비(暴雨飛)의 수법이 틀림없었다.

은설란을 노린 한 수였다. 저 정도 침이면 두 사람의 방어 정도는 쉽게 뚫을 수 있으리라 생각한 모양이었다.

평범한 아낙의 손에서 이불이나 옷을 꿰매며 임무 완수에 여념이 없어야 할 바늘의 끝에는 황소 열 마리도 너끈히 죽일 수 있는 맹독(猛毒)이 발라져 있었다. 수단과 방법을 가리지 않겠다는 의지 표명이 분명했다.

은하유성검법(銀河流星劍法) 오의(奧義)
은하밀밀(銀河密密)

눈부신 우윳빛 광망와 함께 철벽을 능가하는 촘촘한 검기의 벽이 공간 중에 펼쳐지며 무서운 속도로 날아오는 독침의 진로를 방해했다.

후두두둑!

황소 열 마리는 거뜬히 잡을 수 있는 독이 묻은 독침도 모용휘의 검막(劍幕) 앞에서는 맥을 추지 못하고 모두 나가 떨어졌다. 완벽한 방어 초식이었다.

항상 학관 내에서 규칙에 얽매인 정당한 대결만을 고집했다면 모용휘는 이들의 갑작스럽고 변칙스러우며 은밀하기까지 한 감쪽같은 암습에 당하고 말았을 것이다. 하지만 짧지만 농도 짙은 강호 비무행과 비류연 일행과 어울리면서 겪은 수많은 변칙, 반칙들 덕분에 훌륭하게 자객 집단의 암습에 대처하며 그들의 암습에서 은설란을 지킬 수 있었다. 그동안 쌓아놓았던 지긋지긋한 경험이 없었다면 아마 이렇게까지 완벽한 방비는 불가능했을지도 모른다.

"절대로 고맙다는 말은 하지 말자."

모용휘는 조용히 결심했다.

"나 소저! 조심하시오!"

아직 자객들의 암습 러시는 끝나지 않았다.

나예린과 모용휘, 그리고 이들의 표적이 되고 있는 은설란는 전혀 경계의 끈을 늦출 수 없었다.

사람들의 빈틈, 의외를 찌르는 암습! 전문적인 수업을 받은 이들이 분명했다. 그들의 실력은 절대 푼돈 받고 어설픈 살인을 저지르는 어중이떠중이와는 달랐다.

아까 전엔 길 가던 노인네이더니 이번에는 금슬 좋아 보이는 노부부였다. 백발이 희끗희끗한 왜소한 체구의 노부부가 펼치는 합격공격은 정말 의외였다. 이들의 변장술은 정말 타의추종을 불허할 만큼 뛰어난 것이었다.

　가짜로 위장한 노부부의 소매에서 날카로운 칼날이 손등 위에서 튀어나왔다. 피를 부를 만큼 날카로운 예기였다. 그러나 이 두 쌍의 칼날은 목적을 도모하지는 못했다. 노부부로 위장한 자객들의 병기는 그들의 손목과 함께 사중화의 신체에 닿기도 전에 모용휘에 의해 가차 없이 잘려져 나갔다. 살인 따위에나 사용되는 자객의 손목에는 아무런 가치가 없다는 듯 단호한 일격이었다.

　"크아아아아악!"

　비명소리가 요란하게 울려 퍼졌다.

　나예린의 검은 사방으로부터 기습적으로 쉴새없이 찔러 들어오는 보이지 않는 칼날을 방어하느라 눈코 뜰 새 없이 바빴다. 그녀는 지금 경험이 아니라 감각적으로 자객들의 암습에 대응하고 있었다.

　나예린은 현재 용안을 이용해 사방에서 쳐들어오는 악의에 반응하고 있었다. 때문에 돌연한 기습에도 이처럼 수월하게 방어가 가능했던 것이다.

　나예린이 가장 상대하기 힘들었던 사람은 사람 안에 사람이 들어 있는 쌍신잠행(雙身潛行)의 수법을 쓰는 놈들이었다. 처음엔 나예린도 그자가 한 사람인 줄 알았다. 그는 겉보기에 매우 평범한 장정의 모습을 하고 있었다. 원래 진정한 자객은 얼굴에 개성이 있으면 안 된다. 남의 뇌리 속에 기억되기 쉽기 때문이다.

　그 남자가 쌍도를 내지를 때만 해도 나예린은 그렇게 생각했다. 체구도 보통 사람과 비슷한 체구였다. 그런데 이자가 내지르는 쌍도는 오직 한 가지 역할만을 위한 것이었다. 그것은 오직 상대의 병기를 봉쇄하는 목적으로만 사용된다.

그 자객의 쌍도가 나예린의 검을 꽉 물었다.

그 순간! 불쑥 그의 배로부터 앙상하게 마른 나뭇가지 같은 손이 튀어나왔다. 그 손에는 비수가 들려 있었고, 나예린으로서도 미처 예측하지 못한 일격이었다.

앙상한 나뭇가지와 같은 손에 들린 날카로운 비수가 그녀의 몸을 꿰뚫으려고 하는 바로 그때!

슈욱! 챙!

어디선가 날아온 뇌전 같은 섬광이 비수를 저 멀리 튕겨내 버렸다. 거친 쇳소리가 울려 퍼졌다.

그자의 눈이 경악으로 부릅떠졌다. 이 순간을 놓치지 않고 나예린은 검에 한상옥령기를 일으켜 단번에 그녀의 검을 붙잡고 있는 쌍도와 함께 그자의 몸을 베어버렸다.

그자는 미처 그녀의 검을 벗어나지 못하고 검하고혼의 신세를 면치 못했다. 바닥에 쓰러진 그의 갈라진 옷 안쪽에서 도저히 사람 같지 않은 앙상한 몰골을 한 인영 하나가 흘러나왔다. 그자 역시 이미 죽은 상태였다. 비장의 수가 실패한 순간 그들의 비참한 말로는 정해진 것이나 다름없었다.

이들은 살인청부조직인 백인회(百人會)에서도 유명한 이인일체(二人一體)의 쌍귀 형제로 이들에게 그동안 청부살해 당한 피해자만 해도 기백은 넘는다는 암살의 귀재였다. 그러나 백 번의 청부를 완수한 백인살(百人殺)이란 피의 업적을 이룬 이들 형제도 오늘 상대를 잘못 만나 허무하게 인생을 마감하고 말았다. 하지만 그 유명한 천하오대

검법의 하나인 검후의 한상옥령신검(寒霜玉靈神劍) 아래 죽을 수 있었으니 영광이라 할 수 있었을 것이다.

파삭!

그녀의 검 끝에 맺혀있던 붉은 얼음이 조그만 소리를 내며 부서져 나갔다. 나예린의 검에는 피가 흐르는 법이 없다. 왜냐하면 검신 전체를 감싸고 있는 한기에 단숨에 빙정으로 화해 얼어버리기 때문이다. 남들은 이것을 검후의 적빙루(赤氷淚)라고도 부른다. 나예린은 그것을 충실히 재현해내고 있었다.

이런 혼란의 와중에도 은설란은 비명 하나 지르지 않았다. 오히려 그녀는 냉정한 시선으로 나예린과 모용휘의 움직임과 대응을 차분히 지켜보고 있었다. 그것은 자신의 몸은 자신이 충분히 지킬 수 있다는 자신감이 있기에 가능한 일이었다.

그러나 아직 은설란은 실력을 감춘 채 손을 거들지 않고 있었다. 게다가 그녀의 행동은 이 기회를 통해 모용휘와 나예린의 실력을 가늠해 보겠다는 의미도 다분히 포함되어 있었다. 은설란의 눈빛은 차갑게 가라앉아 있었다. 아직도 공기 중에 가득 들어찬 살기는 가시지 않고 있었다.

그리고 문제의 만두집 앞 봇짐꾼이 자신의 봇짐에서 장사할 물건 대신 극독(劇毒)을 잔뜩 바른 독검(毒劍)을 꺼내 들었을 때였다. 아무래도 이 독검은 살인청부라는 특수한 목적을 위해 만들어진 한정비매품(限定非賣品)인 듯했다.

비류연(飛流連) 등장(登場)

"잠깐! 남의 물건에 손대기 전엔 항상
주인의 허락을 받아야 한다는 기본적인 상식도 모르나요?"
봇짐꾼으로 변장한 자객의 몸이 뒤로 확 잡아당겨졌다.
어느새 다가온 비류연이 자객의 뒷덜미를 잡아끌었기 때문이다.

여기에서 '남의 물건'이란 물론 비류연이 자기 멋대로 소유권을 주장하는 나예린을 의미하는 것이었다.

"누… 누구냐?"

백인회의 회주 관살(貫殺) 백탄저는 기겁하며 말을 더듬었다. 암습 잠행의 대가 신분으로 아차 하는 순간에 뒤를 잡혔으니 이제 영업 간판 내리라는 거랑 다를 바 없는 이야기였다. 물론 이번 암습의 실패로 핵심 전문가들이 거의 죽어버렸으니 어차피 내려야 될 운명의 간판이기도 했다.

"글쎄요? 누굴까요?"

비류연의 몸에서 뿜어져 나오는 기운은 알 수 없는 위압감을 담고 있어 그를 흠칫하게 만들었다. 비록 등 뒤에 있지만 백탄저는 확실히 느낄 수 있었다. 살모사를 눈앞에 둔 쥐의 신세에 왠지 모를 동질감이 느껴지는 백탄저였다. 돈에 눈이 멀어 괜한 청부를 맡았다는 후회감이 물밀 듯이 밀려들었다.

"크윽! 합"

슈욱! 번쩍!

비류연이 그의 뒷덜미를 한번 끌고는 놓아주었기 때문에 검을 뽑을 기회는 있었다. 청부자객답게 그의 검은 짧고 날카로웠다. 게다가 스치기만 해도 사람을 손쉽게 죽일 수 있는 극독까지 발라져 있었다. 그리고 어둠의 암습에 유리하게 하기 위해 암광처리를 한 탓에 검신은 칠흑처럼 검었다.

짧은 검은 급소를 찌르지 못하면 단번에 목표물을 즉사시킬 수 없기 때문에 일의 능률을 위해 독을 발라두는 것이 이쪽 업계에서 일상다반사로 일어나는 일이었다.

"흠! 꽤 좋은 물건인 것 같네요. 고가(高價)의 냄새가 느껴지는 걸요."

한때 대장간에서 수년 간을 굴러먹은 데다가 검장(劍匠)의 자격까지 지니고 있는 비류연은 한눈에 백탄저가 든 검은색 독검의 가치를 읽어낼 수 있었다. 아직 백탄저는 경계심 때문인지 섣불리 덤벼들지 못하고 있었다. 애석하게도 그의 경계심은 그의 마지막 남은 반격의 기회마저 앗아가 버리고 말았다.

"그런데 어쩌죠? 더 이상 그 검은 휘둘러질 일이 없을 것 같군요!"

"무… 무슨 소리냐?"

"이런 소리죠!"

비류연이 살짝 미소지었다.

서걱!

한 번 더 독검을 휘두르기로 내정되어있던 백탄저의 손목은 번쩍이는 섬광과 함께 깨끗이 절단되어 얌전히 신체와 분리되었다. 그것은 너무나 느닷없는 일격이었다.

"크아아아아악!"

이제 두 번 다시 오른손으로 젓가락질을 못하게 된 비운의 자객 백탄저가 찢어질 듯한 비명을 내질렀다. 그의 팔목에 이제 막 생긴 절단면으로부터 피가 샘솟듯 솟구쳐 나와 대지를 붉게 적셨다.

"그런데 남의 물건이라니, 뭐가 당신의 것이라는 거죠?"

비류연의 스쳐지나가는 문제 발언에 싸늘한 어조로 이의를 제기한 이는 바로 나예린이었다. 그녀는 희로애락을 짐작케 할 수 없는 눈으로 비류연을 바라보고 있었다.

"글쎄 그게 뭘까요?"

비류연은 양손을 하늘로 향한 채 어깨를 으쓱이며 시치미를 뗐다.

채앵!

나예린의 검이 등 뒤에서 그녀를 찔러오는 한 자객의 비수를 막아냈다. 시선은 비록 비류연을 향하고 있지만, 그녀의 육감은 확실히 삼십육 방위를 손바닥 들여다보듯 들여다보고 있었다. 자신의 간격 안에 흙탕물을 튕기며 들어온 불쾌한 살의를 읽지 못할 만큼 그녀는 미숙하지 않았다.

스윽!

나예린의 검이 암습자의 비수를 반으로 부러뜨린 다음 그의 몸에 냉혹한 심판을 가했다. 뼛속까지 얼어붙을 한기가 자객의 몸을 강제 침범해 그의 생명유지 활동을 끊어버렸다.

"너 자객 아니지, 그렇지?"

염도는 비류연에게 손목이 잘린 불쌍한 봇짐꾼을 넘겨받은 후 인상을 팍팍 쓰며 협박조로 말했다. 백인회의 자객두(刺客頭:자객들의 우두머리) 백탄저는 어처구니가 없었다.

이렇게 간단무쌍하게 실패하다니 자유청부 자객 중에서는 그래도 명성을 떨치던 백인회의 우두머리로서 이 얼마나 황당한 일인가.

"하하하… 그… 그럼요. 제가 무슨 자객 같은 무시무시하고 끔찍한 일을 하겠습니까."

일부러 어눌한 척 보이려 했다. 그러나 염도는 백인회주 백탄저의 전신을 제압한 손을 풀어줄 생각을 하지 않았다.

"그래! 그럼 그렇지! 넌 자객이 아니야! 그렇고 말고! 너의 허리 뒤춤에 꽂혀있는 검은 자객용 단검이 아니야. 저기 떨어진 검도 네 꺼 아니지?"

염도가 가리킨 독검에는 백탄저의 손목이 아직 고스란히 달려있었다. 백탄저는 헤픈 웃음을 지어보였다.

"그… 그럼요. 저게 제 꺼일 리가 있나요. 헤헤헤……."

바보도 아니고 저게 자신의 것이 아닐 리 없었다. 그러나 염도의 몸에서 피어오르는 이상한 박력에 백탄저는 감히 다른 말을 하지 못했다.

"전 자객이 아닙니다. 억울합니다. 저걸 빼든 것도 강도가 제 짐을 노리는 줄 알고 호신술을 펼친 것뿐입니다. 믿어주세요!"

눈물을 펑펑 쏟으며 백탄저가 빌었다.

"그럼! 그럼! 난 처음부터 알고 있었어."

염도가 고개를 끄덕였다.

'알면 이제 그만 놔주란 말이야……'

백탄저는 속으로 절규했다. 그러나 놔줄 기미는 전혀 보이지 않았다.

"그런데… 다 좋은데 말이야."

염도가 조용히 말을 이었다.

"예?"

백탄저가 의아한 얼굴로 염도를 쳐다보았다. 왠지 느낌이 수상쩍었다.

"왜 그런데도 불구하고 자객이냔 말이야!"

또각!

"크아아아악!"

백탄저는 자신의 손목이 염도의 무지막지한 손아귀에 의해 '똑' 부러진 채 갈대처럼 꺾이고, 가혹한 분근착골의 수법 아래 전신의 근육이 비틀리고 난 다음에야 그는 염도가 자신을 이미 자객으로 단정 짓고 있었음을 깨달았다. 뻔히 자객이라고 알고 있으면서도 여태껏 쓸데없는 질문만 퍼부으며 말을 빙빙 돌렸던 것이다. 즉 염도는 내심 으론 백탄저의 정체를 알고 있음에도 불구하고 겉으로는 굳이 아니 라는 듯이 행동하고 싶었던 것이다. 그냥 다 큰 어른의 어린애 같은 투정이었던 것이다. 백탄저만 괜히 잔대가리 굴리며 용을 썼던 것이다.

"끄아아아아!"

다시 한 번 백탄저의 처절한 비명성이 하늘에 울려 퍼졌다.

"왜 당신이 여기 있는 거죠?"

학원 내도 아니고 사람들이 바글바글 거리는 시장 한가운데였다. 비류연이 이곳에 있을 이유가 없었다.

"우연이에요. 우연!"

"흐음……."

의심스럽다는 태도가 분명했다.

"좀더 반가운 반응을 보여주면 안 되나요? 이거 너무 섭섭한데요. 우리 사이에……."

비류연이 뻔뻔스런 얼굴로 능글맞게 말했다.

"우리 사이에 뭐가 있었나요?"

나예린이 싸늘한 어조로 비류연의 말을 받았다. 냉기가 펄펄 날리는 말이었다.

"아잉! 그런 건 부끄러워서 제 입으로는 말 못하죠."

갑자기 눈앞에서 몸을 비비꼬는 비류연을 보는 것은 나예린에게 고역이었다. 필연적으로 그녀는 먼저 고개를 돌릴 수밖에 없었다.

"그럼 이만!"

나예린은 더 이상 할 이야기가 없다는 태도였다.

"잠깐만요!"

비류연이 돌아서는 나예린을 불러 세웠다.

"무슨 일이죠?"

마지못해 나예린이 돌아보았다. 비류연이 말했다.

"그래도 조력자인데 도와준 사람으로서 감사 정도는 받을 자격이 있는 게 아닐까요?"

말꼬리를 잡고 늘어지는 걸보니 아직 대화를 계속하고 싶다는 의사 같았다. 외면되어졌던 나예린의 얼굴이 다시 비류연을 향했다. 그녀의 깊은 야명(夜明)의 호수 같은 눈이 그를 물끄러미 쳐다보았다. 비류연은 이럴 때의 나예린이 좀 부담스러웠다.

"전 도움 받은 기억이 없는데요."

이때 나예린 앞으로 하늘에서 검은색 덩어리 하나가 떨어졌다.

쿵!

나예린과 모용휘, 그리고 은설란의 시선이 동시에 그 검정 덩어리를 향해 모아졌다. 그것은 시체였다. 그것도 한눈에 자객이라는 것을 확연히 알 수 있는 시체였다. 그것을 보고도 비류연은 여전히 싱글벙글 웃고 있었다.

"그럼 이 자객들이 설마……."

비류연이 웃으며 고개를 끄덕였다.

"설마 좀 전에 절 도와줬던 그 섬광의 주인이……."

그제서야 나예린은 쌍귀 형제의 암습을 막아내 준 한줄기 섬광을 기억해냈다.

"물론 나의 한 수였죠."

그렇다면 그녀는 비류연에게 생명을 구원받은 거나 다름없는 이야기였다.

“가… 감사해요! 이제 됐나요?”

나예린의 감사의 인사는 무척이나 딱딱했다. 비류연은 부족함을 느낄 수밖에 없었다.

“그런 딱딱한 감사는 처음 받아보는군요. 전 지금 무척 슬퍼요.”

비류연이 난감함을 표시했다.

그때 봄바람이 살랑거리는 듯한 여인의 아름다운 미성(美聲)이 들려와 비류연의 귀를 간지럽혔다.

“구해주셔서 감사합니다, 공자. 아니, 이제는 생명의 은인이라고 불러야 하나요?”

목소리의 주인공은 바로 사중화 은설란이었다.

“아! 그 폭풍 같은 소문의 주인공인 절세미녀시로군요!”

비류연은 인사의 답례로 포권지례를 취하며 말했다.

은설란에 대해서는 애소저회에서 귀가 따갑도록 들었기에 비류연도 확실히 알고 있었다. 요즘 그녀 때문에 애소저회는 눈코 뜰 새 없이 바빴다. 새로운 세계와의 만남이라나…….

“어머! 절세미녀라니 별말씀을, 소녀는 사중화 은설란이라고 합니다. 도움을 주신 데 대해 소협께 다시 한 번 감사드려요.”

미인의 미소 섞인 깍듯한 인사를 받는 걸 싫어하는 놈이 있다면 그놈은 분명 미친놈이거나, 동성애자이거나 변태임이 틀림없을 것이다. 다행히 비류연은 변태가 아니었기 때문에 마음속으로부터 그녀의 감사에 기뻐할 수 있었다.

“뭘요. 사해는 동도라는데 남이 곤경에 빠졌을 때는 돕는 게 당연하죠!"

비류연은 만면에 미소를 지으며(그래봤자 코 아래 밖에 보이지 않지만) 말했다. 그를 아는 다른 사람이 들었으면 기가 막히거나 급체했을 이야기였다. 저 비류연이 남을 위해 공짜로 나서는 경우란 가뭄에 콩 나는 듯 빈약하다는 것을 모두들 익히 잘 알고 있기 때문이다.

"어머 듬직한 말씀을! 이름 높은 천무학관의 관도답게 협(俠)이 뭔지를 아시는 분이시로군요!"

"그럼요!"

입에 침도 안 바르고 비류연은 가증스럽게도 서슴없이 대답했다. 강호의 협사들이 모두 혀 깨물고 죽을 만한 이야기라고 옆에서 지켜보던 염도는 생각했다. 왜 어쩌자고 어제 비무에 져서 오늘 이런 꼴을 보고 있는 것인가. 못 볼 걸 본 사람이 되어버린 염도는 지금 똥 씹은 표정이었다. 후회가 물밀 듯이 밀려왔다. 전신의 닭살이 파라락 일어났다.

"어라? 여어! 휘, 안녕?"

미인들과의 사교적인 인사를 모두 마친 비류연은 그제야 모용휘의 존재를 발견하고 반갑게 인사를 했다.

"……."

그러나 인사를 받는 모용휘는 전혀 안녕하지 못했다. 그는 전혀 반갑지 않았다. 모용휘의 안색은 잔뜩 굳어진 채 풀릴 기미를 보이지 않고 있었다.

"저 친구가 좀 무뚝뚝하죠."

어쩔 수 없다는 듯 비류연이 고개를 저었다. 미인의 곁에 있어도 변하는 게 하나도 없는 친구였다.

"어머! 원래 그런가요?"

은설란이 기다렸다는 듯이 물었다.

"저 친구 태생이 원래 그래요. 저 무뚝뚝함과 병적인 결벽증은 이미 오래전에 불치병 판정을 받았죠. 획기적인 기적의 치료법이 나오기 전엔 당분간 치료는 불가능할 것으로 보인다는 게 공통된 의견이죠. 요즘은 거기다가 여자 기피증이라는 터무니없는 병명도 추가된 것 같은데… 아직 초기 증상이지만 그게 사실이라면 무척이나 심각하죠!"

비류연이 팔짱을 낀 채 심각한 얼굴로 고개를 끄덕였다.

"어머! 그건 정말 큰일이네요!"

은설란은 비류연과 죽이 잘 맞는지 바로바로 맞장구를 쳐주었다. 두 사람은 이미 모용휘의 반응 따위는 신경 한쪽 구석에 처박아 버린 모양이었다. 은설란은 문득 모용휘를 가지고 놀고 싶다는 충동을 느낀 모양이었다.

"노총각으로 늙어 죽을 필사의 각오가 아니라면 정말 큰일이죠. 저래가지고 연애나 할지 모르겠어요."

"난 정략결혼으로 결혼할 거니깐 그런 일은 없을 거야."

모용휘가 버럭 소리를 질렀다. 확실히 동요하긴 동요한 모양이었다.

"저 봐요! 통나무처럼 뻣뻣한 녀석이죠? 저 녀석은 농담이 이 세상 언어가 아닌 줄 알아요."

"남의 인생사와 언어체계에 너무 관심이 지나치군! 더 이상의 관심은 사양하고 싶네."

모용휘가 북해의 빙풍처럼 싸늘한 목소리로 말했다.

"아아… 이럴 수가……. 이제는 인간불신증과 인간기피증까지 덤으로 걸린 듯 하군요."

정말 모용휘의 내면을 감싸고 있는 갑옷과 쌓아놓은 성벽이 너무나 터무니없이 두터운 녀석이었다.

"정말 절친한 친구이신가 봐요? 그렇게나 상세하게 알고 있다니 말이에요."

갑자기 모용휘가 구토할 듯한 표정을 지어보였다. 도대체 누가 '절친한 친구'라는 지독히 개인적이고 주관적인 기준에 부합된단 말인가? 그로서는 절대 이해하지 못할 감각이었다.

"그냥 같은 방을 쓰고 있는 친구일 뿐입니다. 소저께서 시간 나실 때 저 녀석의 여인기피증이라도 좀 고쳐주세요. 옆에서 지켜보는 가장 가까운 사람으로서 걱정이 크거든요."

요즘 들어 많이 능글능글해진 비류연이었다.

"쓸데없는 관심이 지나치군. 더 이상 내게 관심을 쏟는다면 나도 이제는 참고만 있지 않겠네."

모용휘는 이제 인내심이 한계 수위에 다다랐는지 곧 검이라도 뽑을 기세였다. 더 이상 놀리는 건 신변의 위협을 감수해야 한다는 의미였다. 자신의 신변 정도는 지킬 자신이 있었지만 비류연은 그만 놀리기로 했다. 어떤 훌륭한 장난감이라도 너무 심하게 가지고 놀다보면 부서질 수가 있기 때문이다. 사탕도 맛있는 건 아껴가며 빨아먹어야 오래가는 법이다.

"보세요! 강함만 있고 부드러움이 없어요. 더 이상 했다가는 칼부림이라도 일으킬 듯하군요. 농담의 묘미를 모르는 녀석이라니깐요."

비류연은 고개를 절레절레 젓는 것으로 모용휘에 대한 화제를 끝마쳤다. 그런 비류연을 보고 은설란은 방긋 미소지었다.

"이제 용무를 모두 마쳤으니 돌아가야 하지 않나요?"

눈보라가 몰아치는 것 같은 싸늘한 목소리!

은설란과 화기애애한 모습을 연출하고 있던 비류연의 말과 행동은 나예린이 끼어듦으로 해서 끊어지고 말았다. 분명한 건 나예린의 말에 싸늘한 얼음가시가 돋쳐 있다는 사실이었다.

"어! 삐졌어요?"

비류연이 반문했다.

"그런 일 절대 없습니다."

나예린이 단호히 강하게 부정했다.

여전히 표정의 변화를 느낄 수 없는 얼굴이었지만, 비류연에게는 분명히 평소와의 차이점이 확연히 느껴졌다. 그러나 그 원인까지 파악한다는 것은 아직 그로서는 불가능한 일이었다.

"미안하지만 아직 갈 수 없는데요!"

"왜죠?"

나예린이 날카로운 어조로 반문했다.

"아직 받아야 할 게 남았거든요."

비류연이 싱긋 웃었다. 속에 능구렁이 구십구 마리를 사육하고 있는 자의 미소였다.

"도와준 데 대한 감사라면 아까 충분할 만큼 받지 않았나요? 더 이상 받을게… 읍!"

나예린의 다음 말은 비류연의 돌연한 행동에 막혀버리고 말았다. 돌연 비류연의 입술이 그녀의 입을 막아버렸던 것이다.

꿈결처럼 달콤한 한순간이 지나갔다.

쪽!

주위에 있던, 기분 전환삼아 번화가에 나왔던 남자 천관도는 물론이고 일반무사까지 안색이 새파랗게 변했다. 나예린이 이 거리에 들어서면서부터 수십 명에 달하는 사내들이 힐끔힐끔 그녀를 바라보거나, 쫓아오거나, 들러붙거나 하면서 그녀의 시야와 감각을 혼란시키고 있었다. 천무학관에 들어가지 못하고 천무학관 주의를 배회하는 일반무사들에게도 나예린의 미모는 유명했다. 그녀는 안에서는 물론이고 밖에서도 우상이나 다름없었다. 그녀 자신이 절대로 이해하지 못한다 해도 현실이 변하는 것은 아니다.

나예린도 어처구니없는 표정으로 비류연을 바라보았다. 그는 그녀의 눈앞에서 생긋 웃고 있었다. 벌써 세 번째 당하는 것인데도 불구하고 왠지 이 남자를 미워할 수 없는 자신이 싫었다. 이 남자가 자신의 눈앞에서 자신의 안력으로도 잡을 수 없을 정도의 감쪽같은 움직임을 보이는 것은 매번 이런 순간이었다.

"어머 어머 어머!"

비류연의 기습 입맞춤을 옆에서 지켜본 은설란의 얼굴은 저녁노을보다 더욱 더 붉게 물들어 있었다. 그러나 그녀의 두 눈은 흥미로움으로 가득 빛나고 있었다.

"까악!"

은설란의 입에서 터져 나오는 교성은 찢어지는 비명이 아니라 좋아서 어쩔 줄 모르는 귀여운 애교 섞인 목소리였다.

비류연과 나예린의 입맞춤은 오랜 시간이 걸리지 않았다. 그것은 순간이라 할 만큼 짧은 시간이었다. 그러나 입맞춤을 했다는 사실 만큼은 분명했다.

"어? 이번엔 안하네요?"

비류연이 신기한 투로 나예린에게 물었다. 그의 예상이 보기 좋게 빗나갔기 때문이다.

"무얼 말이죠?"

그녀의 목소리는 더욱더 싸늘해져 있었다. 아직도 비류연의 감촉이 입술 끝에 남아있는 듯 했다.

"무엇은요! 나 소저의 검이 아직 뽑히지 않고 검집 안에 들어있는 것을 말하는 거죠."

약삭빠르게도 비류연은 이미 원래 있던 곳보다 한 발짝 뒤로 물러선 곳에 서있었다. 기습 입맞춤을 하고 나서 펼쳐지리라 예상되던 그녀의 검격이 미치지 않는 범위까지 미리 몸을 피했던 것이다. 그러나 예상했던 공격은 없었다. 때문에 그는 의아했던 것이다.

의아해하긴 나예린도 마찬가지였다. 그녀는 왜 자신이 매번 그랬던 것처럼 검을 뽑지 못했는지 이해가 가지 않았다. 그녀가 당황한 목소리로 말했다.

"기… 기회를 놓쳤을 뿐 잊은 건 아닙니다."

거짓말이었다. 확실히 그녀는 검을 뽑아 이 사내를 베어야 한다는 사실을, 중징계를 내려야 한다는 사실을 일순간이나마 잊고 있었다.

"흐흠, 그래요?"

비류연은 짓궂은 표정으로 나예린을 바라보았다. 하마터면 나예린의 부동심이 깨어질 뻔했다. 그러나 그녀는 가까스로 평정을 되찾았다. 다시 그녀의 얼굴이 차갑게 굳어졌다.

"그것보다 우선 해명을 들어볼까요?"

북해빙설처럼 차가워진 말이 그녀의 입에서 흘러나왔다. 듣는 이의 심금을 얼려버릴 정도로 차가운 말! 더 이상 비류연의 언변에 휘말리지 않겠다는 의사표명이기도 했다.

"일종의 감사에 대한 보답이라고나 할까요?"

"여전히 남의 허락을 구하지 않는 무례한 사람이군요."

"아직은 마음대로 허락해 주지 않으리란 것을 알고 있었으니까요. 너무 신경 쓰지 말아요. 두 번이 세 번이 된 것뿐이에요."

어떻게 신경 쓰지 않을 수 있단 말인가! 나예린도 분명히 엄연한 여자였다. 신경 쓰이는 게 당연했다. 그런데 왜 자신이 섬세함이라고는 눈곱만큼도 없는 저 남자한테 휘둘려야 하는가……. 이미 비류연을 다른 남자랑 똑같이 보고 있지 않은 자신을 그녀는 인정해야만 했다. 그러나 그 차이점이 뭔지는 그녀 자신도 알 수 없었다. 단지 알 수 있는 건 그 남자만 생각하면 자신이 무척이나 분한 마음이 든다는 사실이었다.

그렇게 그녀는 그날 처음으로 남자에게 분하다는 생각을 품었다. 자신의 마음속에 저 남자가 차지하는 자리가 따로 생긴 듯한 느낌이 들어 더욱더 싫었다.

　그리고 그를 벨 수 없는 자신의 미진함이 그녀를 더욱 분노케 했다.

　"은 소저, 나 소저. 그럼 이만 가실까요? 가서 보고해야 할 일들이 산더미처럼 남아있습니다."

　모용휘가 중재의 의미로 끼어들어 길을 재촉했다. 이정도로 성대하게 일을 벌여 놨으니 학관 내가 잠잠할 리가 없었다. 아마 여기저기 불려 다니며 보고해야 할 일들이 한 둘이 아닐 것이다. 게다가 은설란의 안전을 위해서라도, 혹시라도 있을지 모를 제 2차 암습에 대비해 한시라도 빨리 천무학관으로 돌아가야 했다.

　"그럼 다음 번의 만남을 기대하겠습니다."

　비류연이 은설란에게 작별인사를 했다.

　"호호호! 왠지 그날이 매우 가까울 거란 생각이 드네요. 살펴가세요."

　비류연의 작별인사에 은설란은 의미심장한 미소를 지어보였다.

　비류연은 포권을 취한 다음 몸을 돌렸다. 그리고는 사건 소식을 듣고 부리나케 달려온 천무학관 순찰들과 이런저런 이야기를 나누며 사후처리를 도맡아한 염도와 함께 인파 속으로 사라졌다. 그는 이미 오늘 만족스런 성과를 얻어낸 후라 불만이 없었다.

　돌아서는 비류연의 등을 바라보는 은설란의 눈에 기광이 번득였다. 하지만 너무 순식간에 벌어진 일이라 타인이 눈치 채기에는 무리가 있었다.

　다만 나예린만이 잠시 시선을 돌려 은설란을 살짝 바라보았을 뿐이다. 그러나 가타부타 말을 하지는 않았다.

"저런 사람이 곁에 있다면 무척이나 든든하겠죠?"

은설란이 나예린을 보며 말했다. 은설란은 웃고 있었다. 이런 대대적인 자객의 암습 같은 끔찍한 일을 당하고도 그녀는 웃을 수 있는 배짱이 있었다. 확실히 이 사실 하나만으로도 그녀는 보통 여자가 아니었다.

"글쎄요… 쓸데없는 일이나 일으키지 않았으면 좋겠네요."

나예린이 감정이 배제된 목소리로 대답했다.

"어쨌든 참 재미있는 사람이에요."

"네! 남을 무척 곤란하게 만드는 재주도 함께 가지고 있죠."

나예린의 평가는 은설란에 비해 턱없이 짧다.

"저 사람과는 곧 다시 만날 거란 예감이 강하게 들어요. 그거 아세요? 제 예감은 무척 잘 들어 맞거든요!"

은설란은 나예린을 바라보며 활짝 웃어 주었다.

그리고 얼마 뒤 그녀의 예감은 맞아 떨어졌다.

이틀 뒤, 비류연은 자신을 흑천맹 진상조사관 사중화 은설란의 호위가 되었음을 알리는 공문서를 받게 된다. 이유인즉, 조사관 본인의 강력한 희망과 요구 때문이라고 했다.

그리하여, 이제 은설란의 호위는 이로서 세 명이 되었다.

그런데, 그녀의 추진력은 여기서 그치지 않았다. 그녀는 또 한번 사람들을 깜짝 놀라게 할 일을 준비 중이었다.

새로운 시작
-특별 수련조 편성

"아가씨, 정말 괜찮으시겠습니까?"
마부 겸 노복으로 은설란을 따라온 한로(韓老)가 물었다.
성성한 백발과 세월의 무게에 눌려 굽어진 허리에도 불구하고
항상 그녀를 생각해 주는 고마운 사람이었다.
그리고 적지나 마찬가지인 이곳에서 유일하게 남아있는 아군이었다.

그는 갑작스런 맹주의 명령으로 자신을 돌보게 되었는데도 찡그린 얼굴 한번 지은 적이 없었다. 은설란은 자신의 곁에서 항상 자신을 돌봐주는 한로가 무척이나 고마웠다. 그의 곁에 있다보면 왠지 모를 안도감이 생기는 것이었다.

"괜찮아요. 걱정 마세요, 한로! 여기가 제가 아는 그 천무학관이 맞다면 이 정도 도전은 받아 주리라 여겨져요. 그렇게 꼭 막히고 속 좁은 사람 같지는 않거든요."

그녀는 부탁이 아니라 도전이라 말했다. 그녀가 결코 가벼운 마음으로 이번 일을 추진하는 것이 아니라는 이야기였다.

"아가씨……."

한로는 진심으로 감탄했다. 그녀의 눈은 망설임 없는 단호함으로 가득 차 있었던 것이다.

그래서 한로는 잠자코 지켜보기로 결심했다.

성명(性名) : 남궁상

무림명(武林名) : 뇌전검룡(雷電劍龍)

출신문파(出身門派) : 남궁세가(南宮世家)

무기(武器) : 검(劍)

무공(武功) : 남궁세가 가문비전 뇌룡검법

특기사항(特記事項) : 구룡의 일인

"음……."

다른 사람의 두 배는 족히 되어 보이는 손이 그 안에 초라해 보일 정도로 작게 느껴지는 서류 한 장을 들고 있었다.

보통사람의 두 배는 족히 넘어 보이는 거무튀튀한 손은 그 손에 비해 너무나 왜소해 보이는 도장을 서류 위에 낼름 찍었다. 그러나 종이가 찢어질까봐 힘주어 찍지는 않았다.

투박한 손이지만 손의 주인은 강호에서 가장 고귀한 신분을 지니고 있었다. 이 손의 역할은 유사시 돌을 빻아 가루로 만들고 철을 부수기 위한 손이었다. 보통 이 주먹에 맞으면 스치기만 해도 최하가 사망이었다.

이 손은 그 유명한 천무학관주 마진가의 바로 그 무쌍하다는 철권이었던 것이다.

찬찬히 보고서를 훑어본 마진가는 한 손에 도장을 들고 하얀 바탕 위에 조심스레 붉은 인을 찍었다.

합격(合格)

재고(再考)할 필요가 없다고 판단되어졌기 때문이다. 지금 그가 하고 있는 일은 도장 찍기라는 단순 노동이 아니었다. 그러나 하고 있는 일이 도장 찍기가 아닌가 생각될 정도로 그의 행위는 조심스러웠다.

화산지회 후보 선발은 신중에 신중을 기해야 하는 가장 중요한 일이었기 때문에 그 신중함이 행동에 표출되어 나오는 모양이다.

아직도 그의 책상에는 방금 전과 비슷한 내용을 담은 심사서류가 수북이 쌓여있었다.

"다음은 이 아이 입니다."

영뇌(靈腦) 이무강이 지금 하고 있는 일은 서른여섯 가지 병법서와 아흔아홉 가지 학문에 능통할 뿐만 아니라 천문지리(天門地里)를 읽는다는 주위의 평가와 전혀 관계없는 그저 간단한 단순노동에 불과했다. 이무강이 마진가 앞으로 다시 한 장의 심사서류를 더 내밀었다.

성명 : 나예린

무림명 : 빙백봉

출신문파 : 검후(劍后) 문하(門下)

무기 : 검

무공 : 정천맹주 나백천의 백혼검뢰천검식(白魂劍雷天劍式)

검후 비전 한상옥령신검(寒霜玉靈神劍)

특기사항 : 백도연합무림맹 정천맹 맹주 나백천의 금지옥엽

물론 철권 마진가는 서류에 적힌 사람이 누구인지 누구보다 잘 알고 있었다. 그 특기사항 안에 들어갔어야 할 수십 줄이나 생략된 사실까지도 모두 알고 있었다.

"올해의 가장 기대되는 여자 아이 중 하나입니다."

"음! 그렇겠지요! 올해는 성비(性比)에 대해선 걱정할 필요가 없을 듯합니다."

올해는 유난히 뛰어난 재능을 지닌 여고수들이 많았다. 마진가가 이렇게 말하는 이유는 한 가지 규칙 때문이었다.

화산규약지회 운영에 관한 한가지 규칙!

그것은 바로 화산지회에는 양측 모두 지정된 비율 이상 여성이 참가해야 한다는 규정이었다. 다행이도 이번에는 성비로 걱정할 일은 없을 듯했다.

영뇌 이무강의 강퍅한 손이 다시 한 장의 서류를 내밀었다. 내일 행정적 처리를 위해 서류를 천 노사에게 넘기려면 오늘 안으로 명단 작성을 모두 끝내야 했다.

마진가가 받아든 서류를 찬찬히 살펴보았다.

성명 : 임성진

출신문파 : 녹림문(綠林門)

학년 : 4학년

무림명 : 진성곤(振星棍)
무공 : 성진십이곤(星振十二棍), 곤법 중 무거움을 중시하는 붕곤이
　　　라는 특이한 곤법을 사용함.

영뇌 이무강은 건네준 서류에 적힌 이름을 보고는 조심스레 물었다.

"저 이 녀석은 신원이 불확실합니다. 사상도 불확실하고… 사고도 그동안 셀 수 없이 친 데다가 행실도 바르지 않습니다."

불합격 시키는 게 어떨까요? 라는 말이었다. 철권 마진가는 단 한 마디만 했다.

"기각(棄却)!"

아무래도 마진가는 그의 서류 위에 합격 도장이 찍고 싶어 손이 근질근질한 모양이었다.

"실력이 있다면 일단 후보에 넣어둡시다. 출신이나 성분, 그리고 인성의 뒷조사는 그 다음에 해도 늦지 않소."

그렇게 말하고는 마진가는 대뜸 그 종이 위에 '합격'이라고 새겨진 도장을 찍었다. 이무강은 고개를 절래 절래 흔들고는 다른 종이를 내밀었다.

성명 : 효룡
무림명 : 을진무쌍검(乙震無雙劍)
출신문파 : 태을검문
무기 : 쌍검(雙劍)

무공 : 태을무쌍쌍검류, 태을천강쌍검법.

그것은 효룡에 대한 심사를 요구하는 서류였다.

"요즘 관내에서 상당히 두각을 나타내고 있는 아이입니다. 그러나 사전 조사결과 이 아이 역시 출신과 신분이 상당히 불확실합니다."

다시 이무강이 말을 늘였다. 귀찮음을 사전에 방지하기 위해 불합격 시켜버리자는 의도가 다분했다.

"기각!"

더 이상 들을 가치도 없다는 듯한 태도였다. 일단 가능성이 있는 자는 실력만 있다면 누구나 후보로 발탁될 자격이 있다고 말하고 싶은 모양이었다.

그 다음 심사자를 본 이무강의 얼굴이 확 구겨졌다. 지금까지 그의 얼굴이 이만큼 심하게 일그러진 경우는 없었다. 그 안에 적힌 사람은 요즘 그의 머리를 지끈거리게 만들고 있는 인물이었다.

성명 : 비류연

무림명 : 운수대통 격타금(?)

출신문파 : 불명(不明)

무기 : 불명

무공 : 불명

특기사항 : 모든 것이 불확실함

"엥? 이런 녀석까지 후보로 뽑습니까?"

마진가에게로 건네주기 전에 서류를 한번 훑어본 이무강이 반문했

다. 그 이름을 보는 것만으로도 무슨 이유에선지 그는 불쾌감이 이는
모양이었다.

이런 의문투성이의 신분 완전 불확실한 녀석을 영예로운 화산규약
지회 정파 대표 선발후보로 뽑는다는 것은 그의 사고방식으로는 이
해가 가지 않는 것이었다.

그러나 천무학관주 철권 마진가에게는 그의 목소리가 들리지 않는
모양이었다.

"완전기각(完全棄却)!"

철권 마진가의 태도에는 한점의 흐트러짐도 없었다. 신분과 연줄
위주보다는 철저한 실력본위로 후보를 추려내겠다는 의미가 분명했
다. 게다가 이 녀석에 관해서라면 주변에서 이런 저런 수많은 이야기
가 난무하고 있다는 사실을 잘 알고 있었다.

'예린이의 입술을 빼앗은 놈이라 했던가……'

그 때문에 더욱더 흥미가 이는 지도 몰랐다. 게다가 유언비어에 가
까운 소문도 많이 돌고 있었다.

"철각비마대를 홀로 막아냈다는 어처구니없는 소문까지 도는 녀석
일세. 이 녀석을 안 뽑는다면 다른 누구를 뽑는단 말인가? 진짜 어떤
실력을 지녔는지 궁금하지도 않은가?"

"……."

이무강은 대답을 하지 못했다.

합격!

마침내 비류연의 서류에 합격도장이 찍혔다. 이제 비류연도 화산
지회의 대표 선발전에 참가할 자격을 손에 넣게 된 것이다. 물론 본

인은 이 일에 대해 전혀 관심이 없지만 말이다.

마진가는 다시 서류를 들어 하나씩 둘씩 철저하게 검토하기 시작했다. 화산규약지회는 천무학관주인 철권 마진가가 직접 관리 처리해야 할 만큼 중요한 문제였다.

천무학관이 존재하는 존재 이유와도 상통하는 면이 있기 때문에 더더욱 그러했다.

그 외에도 명성과 실력이 쟁쟁한 인물들이 철권 마진가의 큼직하게 펼쳐진 철권 위를 지나갔다. 서류를 둘러보는 마진가의 시선은 종이를 관통할 듯 날카로웠다.

여기서 뽑힌 자만이 진정한 천무학관의 강자들이라 칭할 자격이 있을 것이다.

붉은 책상.

천무학관주 철권 마진가의 집무실에는 그가 주로 집무를 볼 때 사용하는 붉은 색 책상 하나가 있다.

이 책상은 최고급의 붉은 자단목을 원자재로 당시대 최고의 장인 귀장(鬼匠) 공장장이 만든 최고 중의 최고라 불릴만한 물건이로서 그 우아하게 흐르는 선은 보는 것만으로 보는 이의 감탄을 자아내게 하는 명품이었다. 지금 그 우아한 명품은 수백 장에 달하는 서류들로 가득 들어차 있었다. 천무학관 운영과 강호 정세에 관한 거의 모든 사항이 이곳에 서류와 문자로 변해 처리되는 것이다. 가히 작은 강호라 불려도 부족함이 없는 곳이라 할 수 있었다.

스윽!

천무학관의 대소사를 담당하고 있는 행정담당관 천외교 노사는 이 엄청난 양의 서류더미 위에 피도 눈물도 없이 한 장의 문서를 더 내밀었다.

이것은 마진가가 영뇌 이무강과 상의하여 처리한 안건을 정리하여 서면으로 다시 제출한 것이었다. 오늘 이 책상 위를 무사통과하면 이 문서는 그때부터 효력을 발휘하기 시작하는 것이다.

쾅!

마진가는 그곳에 훑어보고 자시고 할 것도 없이 결제도장인 천무인(天武印)을 찍었다.

"계획대로 추진하세요."

"예! 늑기한 노사와 고약한 노사라… 음과 양처럼 참으로 반대되는 성향의 두 사람이군요."

천외교가 보기에도 극과 극을 달리는 두 사람이었다. 과연 기대한 성과를 얻을 수 있을 것인가. 그러나 마진가는 별로 걱정되지 않는 모양이었다.

"서로 반대되는 가르침 속에 어떤 깨달음을 얻을지 기대가 됩니다."

솔직히 천무학관에서 이만큼 반대되는 분위기를 가진 자도 드물 것이다. 천외교는 마진가의 생각이 맞아떨어지기를 빌 수밖에 없었다.

"아! 그리고 이것도 결제해 주십시오. 은설란에 관한 일입니다."

그리고는 천 노사가 다시 하나의 문서를 제출했다. 이번에는 마진가도 서슴없이 도장을 찍지는 못했다.

내용이 내용인 만큼 약간만이라도 생각할 시간이 필요했다.

"으음……."

한참을 생각한 이후에야 비로소 마진가는 그곳에다가도 천무인을 찍었다.

"괜찮으시겠습니까?"

문서를 받아든 천 노사가 조심스런 어조로 물었다. 이것은 어떤 의미에서 굉장한 모험이라 할 수 있었다.

"어차피 정과 사는 그 본질적인 뼈대에서부터 무리(武理)를 달리합니다. 옆에서 가르침을 들었다고 해도 본질이 다른데 그리 큰 위협은 없을 겁니다. 게다가 비전전수(秘傳傳授) 시에는 빠지기로 했으니 크게 문제될 건 없다고 봅니다."

마진가도 천 노사의 근심을 모르는 바는 아니었다. 하지만 이미 약속한 바가 있어 그 위에 불가(不可) 도장을 찍을 수가 없었다.

"관주! 그럼 이대로 추진하겠습니다."

아직 이 두 장의 서류가 불러올 파장을 사람들은 아무도 모르고 있었다.

"어이, 준호! 뭐가 그리 좋아서 눈 오는 날 똥 강아지처럼 폴짝폴짝 뛰는 거야? 뭐 잘못 먹었냐?"

안절부절 자신을 주체하지 못하는 윤준호를 보다 못한 비류연이 참지 못하고 물었다. 그냥 무시하고 지나치기엔 윤준호의 행동이 너무나 독특했다.

"저… 저… 저……."

윤준호는 자신의 검지 손가락으로 한 쪽을 가리키며 연신 삿대질을 하고 있었다.

"뭐라는 거야?"

저렇게 심하게 혀를 떠는데 말을 알아들 수 있을 리가 없었다.

"그… 그러니까 저… 저… 저기……."

아직도 단어가 연결되어 제대로 된 말이 되지 않고 있었다. 그러나 얼굴이 상기될 대로 상기되어 있는 것을 보니 무지하게 흥분하고 있는 모양이었다. 자신이 그 흥분을 통제하지 못할 정도로…….

그래도 사람은 말이 통해야 대화를 이어나갈 수 있다. 몸짓만으로 어지간한 의사소통을 마무리하는 동물들과는 틀렸다.

상대방의 의사를 무시한 대화진행 따위는 이 세상에 있을 수 없다. 그래서 비류연은 귀찮음을 무릅쓰고 다시 한 번 물었다. 한번만 더 똑같은 것을 묻게 만든다면 가만두지 않겠다며 속으로 다짐하면서……

"그러니까 뭐냐니깐! 확실히 말해! 아니면 관두고."

"그… 그러니깐 내 말은… 저… 저길 보라구요."

모든 의지력을 짜내 드디어 제대로 된 말을 할 수 있게 된 윤준호의 손가락이 다시 한 번 벽을 가리켰다. 그곳에는 그것이 있었다. 비류연이 눈을 부릅떴다.

"종이(紙)네, 뭐!"

그의 감상은 그것으로 끝이었다. 어디서나 볼 수 있는 종이인 건 틀림없었다. 그러나 거기서 끝나면 안 되는 감상이었다. 아직 비류연은 그 안의 내용은 안 읽은 상태였기 때문이다,

"그게 아니라 그 내용이요. 공고 붙은 걸 봤으면 그 내용을 봐야지 종이를 보면 어떡합니까?"

윤준호는 어처구니가 없었다.

"알았다구. 까다롭기는!"

비류연은 다시 한 번 공고로 시선을 주었다. 이번엔 확실히 흰 바탕보다는 검은 글씨에 초점을 맞추면서.

공고(公告)

다음 지명된 관도들은 내년에 있을 화산규약지회의 대표 후보로 발탁된 사람들로서 익일(翌日)부터 새로운 조 편성에 들어가 새로운 노사 밑에서 새롭게 수련 받는다. 이들은 앞으로 백검조와 흑검조, 두 조로 나뉘어 특별수업을 받도록 한다.

〈후략〉

천무학관주 철권 마진가

마진가의 이름 옆에는 붉은 천무인이 마치 자신의 권위를 과시라도 하듯 큼지막하게 찍혀있었다. 어떻게 보면 공고문에 딸려있는 품질보증서(品質保證書)같기도 했다.

그리고 그 밑에는 특별관리조로 편입될 사람들의 명단이 적혀있었다.

행인지 불행인지 그곳에는 칠절신검 모용휘를 위시하여 효룡, 장홍, 나예린, 독고령, 그리고 주작단과 비류연의 이름이 나란히 적혀 있었다. 그들은 같은 조에 속하게 된 것이다. 게다가 특히 올해는 작년에 비해 2학년의 수가 많았다.

그들은 흑검조(黑劍組)였다.

그리고 흑검조의 특별담당노사는 매우 고약한 사람이라고 적혀있었다.

이 한 장의 공고가 불러온 파급효과는 엄청난 것이었다. 드디어 강호 최대 행사가 코앞으로 다가온 것이다. 얼마나 큰 대회면 일년 전부터 그 준비에 절치부심들 하겠는가. 묘한 홍분과 긴장감, 그리고 열기로 천무학관 전체가 술렁이기 시작했다.

그리고 윤준호가 계속해서 지나치게 몸에 해로울 정도로 홍분하며 손가락질 해대고 있는 이유는 그 손가락이 가리키는 끝에 한 사람의 이름이 적혀있었기 때문이다.

'윤준호!' 라 적힌 석자의 이름.

"봐요! 보라구요! 확실히 보세요! 보이죠! 보이죠? 확실히 보이죠? 내 이름! 윤준호라 적힌 내 이름 석자가 확실히 보이죠? 내 눈이 잘못된 건 아니죠?"

비류연은 그렇다는 의미로 고개를 끄덕였다. 그는 그것에 대해 별다른 감흥을 못 느끼고 있는 중이었다. 그러니 친구의 기쁨과 행복과 감동을 나누어 두 배로 만들어 줄 생각 따위는 꿈에도 품지 않고 있었다.

그러나 비류연에게 대수롭지 않다 해서 그것이 윤준호에게까지 대수로운 일은 아니었다.

언제나 화산파 저능아 내지는 미숙아 내지는 불량품 소리를 들어온 윤준호에게는 천지개벽이 일어난 거나 마찬가지의 일이었다. 지금 불가능이 가능이 되어 현실로 나타났던 것이다.

공고도 다 읽었겠다, 윤준호가 지독히 흥분한 이유도 알았겠다, 그래서 비류연은 다시 새로운 감상을 발표했다. 그것은 이랬다.

"그런데, 뭐?"

무지무지 귀찮고, 흥미도 하나 없고, 짜증나기까지 하다는 시큰둥한 반응, 그 반응은 윤준호에게는 가히 충격 그 자체였다.

아니, 이런 엄청난 일에 이 사람은 아무런 흥분도 느끼지 못한단 말인가? 무인이라면 누구나 피가 끓고, 투지가 일어날 이런 일을!

그래서 소심한 윤준호도 주위의 열기에 취해 한마디 하지 않을 수 없었다. 그렇지 않으면 왠지 자신과 이 글을 읽고 흥분하는 다른 모든 이들이 바보가 될 것 같은 느낌이 들었기 때문이다. 오늘만은 자신이 그들의 대변자가 되기로 윤준호는 굳게 결심했다.

"그럼 흥분하지 않겠습니까? 이제 드디어 화산규약지회의 대표를 뽑는 대표 선발전이 시작된 거나 마찬가지라구요!"

드디어 천무학관 전체가 화산지회을 위해 움직이기 시작한 것이다.

"그게 그렇게 흥분해서 삿대질을 수십 번 해대며 혀를 꼬고 말을 잇지 못해야 하는 이유야?"

아직 윤준호의 변명은 꺼리와 정당성, 그리고 개연성과 구성에서 낙제점이라고 일축해 버리는 비류연이었다. 하지만 윤준호에게는 그것이 이유의 전부였다.

"그럼요! 당연하잖아요. 화산지회는 그저 단순한 무림대회가 아닙니다. 향후 5년 간의 정사양도의 자존심과 명예가 걸린 대전 중의 대전이라구요. 그런 대회의 대표로 뽑힌다는 것은 실질적인 백도의 대표가 되는 것, 전 정파무림의 명예를 어깨에 짊어지고 싸운다는 그런 엄청난 의미를 내포하고 있는 것입니다. 우리는 그 대표 후보에 오른 거구요. 그 엄청난 사람들의 모임에 저 같은 것이 뽑히다니……."

이대로 놔두면 윤준호는 그대로 감동의 도가니에 빠져 익사해 버릴 것만 같았다.

"그러냐?"

시큰둥! 시큰둥! 냉랭! 여전히 별 감흥 없는 반응을 보이는 비류연이었다. 나름대로 일반 보편적인 건실한 백도 청년 윤준호에게는 비류연이 오히려 더 이해 못할 존재로 비춰지고 있었다.

'이 자는 도대체 어떤 괴상망칙하게 생겨먹은 사고 구조를 가지고 있는 것일까?

젊은 정파 신진고수, 후기지수라면 눈에 불을 켜고 절치부심하는 각오로 임하는 것이 바로 이 화산규약지회(華山規約之會), 줄여서 화산지회(華山之會)라 불리는 대회였다.

5년에 한 번 있는 정사흑백의 자웅을 겨루는 대전 중의 대전이었다. 전 무림에서 가장 큰 행사라 불리기에 가장 합당한 행사라 할 수 있었다.

대표로 뽑히는 것만으로도 가문의 영광이라 불리는 이 대회의 대표 후보에 오르는 엄청난 일을 겪고도, 권태에 찌든 목소리로 시시하다고 말하다니…….

게다가 올해 화산지회는 백 년째 기념대회라 뭔가 특별한 것이 있다는 소문이 예전부터 파다했었다.

"저건 이미 대표 선발전이 시작됐다는 이야기나 다름없다구요! 우리는 그 엄청난 영광의 자리에 한 걸음 다가갔다는 거구요. 게다가 거기에… 거기에……."

윤준호는 끝내 격한 감동을 이기지 못하고 닭똥 같은 눈물을 뚝뚝 흘렸다. 남자가 눈물을 보였다고 해도 지금의 그는 전혀 부끄럽지 않았다.

"에고! 알았다, 알았다고. 그러니까 너무 흥분하지 마라."

별 수 없이 비류연은 윤준호를 달래는 수밖에 없었다. 요즘 사람이 너무 좋아진 게 아닌가, 자신을 책망하는 비류연이었다.

그러나 비류연도 놀랄 만한 일이 아직 남아 있었다. 그 다음날 특별 편성된 교실에서 벌어진 일은 비류연으로서도 충분히 놀라고 남을 일이었다.

우리는 동문(同門)! 진짜로?
-마검자 고약한 노사와 미중년 노사 천익검(天翼劍) 늑기한

은설란 그녀가 생각해 낸 방법은 정말 기가 막히고,
절묘하고 획기적인 것이었다. 그 증거로 천관도들,
특히 그중 사내들이 정신을 못 차리고 있지 않은가.

아마 모두들 허가 찔린 느낌일 것이다. 그 증거로 다들 이렇게 입을 쩍 하니 벌린 채 말을 더듬고 있지 않은가! 현재 이들이 얼마나 정신적 혼란 속에 내동댕이 처져 있는지 보여주는 결정적 사례라 할 수 있었다. 보고 있는 것만으로도 비웃어 줄 수 있기에 재미가 있었다.

아직도 사람들은 자신들이 보고 있는 것이 사실인지 아닌지 파악하지 못하고 눈만 멀뚱멀뚱 뜬 채, 한 사람을 바라보았다. 그러나 시선집중의 대상이자 원인(原因)이자 좀 더 본질적 원흉(元兇)인 그 여인은 아무렇지도 않은 듯 천진난만 그 자체의 얼굴로 활짝 웃으며 말했다.

"안녕하세요! 처음 뵙겠습니다. 사중화 은설란이라고 합니다. 앞으로 비록 짧은 시간이지만, 여러분과 같은 백도의 뛰어난 영재들과 같은 자리에서 가르침을 받게 된 것은 소녀에게 크나큰 영광입니다. 미숙하고 처음이라 모르는 것도 많지만 앞으로 잘 부탁 드려요!"

애교가 한 움큼 묻어있는 생기발랄한 인사였다.

"와아아아아아아!"

곧바로 함성이 터져 나왔다.

그것은 바로 자신이 보고 있는 것이 환상, 또는 누군가의 농간이 아닌 것을 알게 된 남자관도들이 지르는 열광의 함성이었다. 시대가 어떻게 변하던, 그것이 과거든 현재든 아니면 미래든지 간에 남자들의 본성은 거기서 거기인 모양이다.

"그만 자리에 앉아라!"

한껏 고조되었던 분위기가 단 한 사람의 목소리에 의해 싸늘하게 변했다.

무뚝뚝한 목석같은 목소리! 보는 이에게 공포감마저 안겨주는 얼굴 전면을 사등분으로 가르는 기울어진 사선십자상처!

그는 바로 오늘부터 천무학관 화산규약지회 대비 특별관리조를 담당하게 된 마검자(魔劍子) 고약한이었다. 은설란 때문에 한껏 고조되었던 분위기는 삽시간에 울적해지고 말았다.

그를 처음 접하는 관도든 익히 그를 잘 알고 있는 고학년의 관도든 그들이 지금 생각하는 것은 단 하나였다.

'엿 됐다……'

"저분은 누구죠?"

비류연은 험상궂은 인상파 소유자인 고약한을 가리키며 장홍에게

소곤소곤 물었다. 역시 이런 자잘한 궁금 해결에는 장흥을 이용하는 편이 제일 빠르고 정확했다. 역시 이번에도 기대를 저버리지 않고 장흥은 그의 궁금증에 술술 답변해 주었다.

걸어 다니는 무림 백과사전을 옆에 두고 있다는 것은 무척이나 편리한 일이었다.

"아니, 자네 저분도 모르나?"

"새삼스럽게 왜 물어요? 그렇게 유명한 분이세요?"

비류연이 일반보편적인 상식을 모르는 게 어디 한두 번이었던가? 이제 익숙해 질 때도 되었건만 매번 놀라 반문하곤 하는 장흥이었다.

"아! 저분이 바로 가장 수업받기 무서운 노사 투표에서 당당히 일위를 차지한 마검자 고약한 노사일세. 성질이 고약하기로 유명하지. 옛날 흑도의 명문 귀검문(鬼劍門)의 마지막 직계라는 소문이 있다네, 공공연한 비밀이지. 삼십 년 전 흑도에 회의를 느끼고, 전대 천무학관주 철검 군천무 노사와의 인연으로 이 학관에 들어온 것으로 알고 있네. 굉장히 냉정하고 극단적인 성격 때문에 학관 내에서 인기순위 최하위지. 물론 본인은 그런 거에 전혀 신경 안 쓰겠지만 말이야."

"귀, 귀검문이라면!"

효룡이 나직한 경악성을 터트렸다. 난 그게 뭔지 알고 있습니다, 를 아주 노골적으로 표현한 것이다.

"알아?"

궁금증을 참지 못하는 비류연이 효룡에게 물었다.

"자넨 몰라?"

"몰라!"

비류연은 모른다는 완강함의 표시로 고개를 좌우로 설래설래 저었다. 그러자 효룡이 친절하게 설명해 주었다.

"옛날 깃털이라는 의심을 받아 흑도의 총공격을 받고 멸문한 비운의 문파지. 그 일이 있기 전만해도 흑도 9강(九强)으로 인정받았던 검의 명문이야. 생존자가 거의 없다고 알고 있었는데 놀랍게도 아직 살아남은 이가 있었군. 게다가 그 유일한 생존자가 바로 천무학관의 무사부로 계시다니! 정말 놀라운 일이야."

"깃털이라면 바로!"

옆에 앉아서 잠자코 듣고만 있던 윤준호는 하마터면 교실이 울리도록 경악성을 터트릴 뻔 했다.

"깃털이 뭔데?"

비류연이 얼굴에 의문부호를 그렸다. 효룡은 그 모습에 한숨을 내쉬었다.

"자네는 모른단 말인가? 여전히 어이없는 사람이로군!"

"그래 난 모른다. 내가 모르는데 보태준 게 없으면 아는 데라도 보태주는 성의를 발휘해 보게."

비류연이 삐죽거렸다.

"깃털이라 함은 '그자'의 추종세력인 '그곳'의 잔존세력으로 그곳이 백 년 전 대회전(大會戰)에서 멸망했음에도 불구하고, 그자의 건재를 철통같이 믿고 어둠 속에서 은밀히 활동하던 사람들이지."

효룡을 대신해 장홍이 친절하게 설명해 주었다.

"그곳? 아아! 천겁령(天劫靈)!"

비류연이 손뼉을 치며 아는 시늉을 했다. 천겁령의 이름을 들은 사람들의 얼굴이 대번에 싸늘하게 변했다.

"흉한 이름이니 함부로 입에 담지 말게."

장홍과 효룡이 동시에 쉬쉬 하며 주의를 주었다. 그러나 손가락을 입에 가져간다 해서 큰 효과를 기대하기란 힘든 일이다. 다시 장홍이 말을 이었다.

"그래서, 핵심이 되는 몸통은 없고 깃털만 있다 해서 그들을 천겁우(天劫羽)라 불렀다네. 귀신같은 놈들이지."

장홍은 생각하기도 싫은 표정이었다.

"비록 잔존세력이라고는 하지만 매우 음침하고 비밀스러운 집단으로 철저한 점 조직으로 이루어져 있기 때문에 아직도 뿌리를 뽑았다고 확언할 수 없는 상대일세. 매우 비밀스럽고 무시무시한 집단이지!"

"흐흠! 꽤 하는 놈들인가 보지?"

"좀 하다 뿐인가. 그 깃털들의 가장 무서운 점이 뭔 줄 아나?"

비류연은 고개를 가로저었다.

강호사에 관해서는 쥐뿔도 모르는 비류연이 그걸 알 리가 없었다. 묘하게도 천무학관의 교양과목인 강호무림역사 시간에도 천겁령에 대해서만은 쉬쉬거리며 가르쳐 주지 않았다. 그래서 천겁령에 대한 지식은 여전히 미비했다. 별로 마음에 드는 행동은 아니었다. 도대체 입 다물고 눈 가리고 아웅 하고 있으면 원래 있었던 과거의 역사가 뒤바뀌기라도 한단 말인가?

장홍이 으스스한 얼굴로 말했다. 반드시 이 이야기로 상대에게 겁을 줘야 한다고 작정이라도 한 사람 같았다.

"그건 말일세, 그들이 흑도뿐만 아니라 우리 정파 내에도 뿌리를 내리고 있다는 사실일세. 아주 아주 은밀하고 그 깊이가 보이지 않는 검은 뿌리 말일세."

"흐흠. 간세(間稅)란 말인가?"

장홍은 심각하게 고개를 끄덕였다.

"도대체 어떻게 그들이 그렇게까지 정사를 막론하고 깊은 뿌리를 내릴 수 있었는지는 아직까지도 밝혀지지 않고 있네. 하지만 오십년 전 있었던 털뽑기 작전(정식명: 천겹우 공동소탕작전)에서도 천겹우에 당해 느닷없이 등 뒤를 찔린 사람이 많았다고 하네. 어때, 무시무시하지?"

비류연은 고개를 끄덕였다.

"음! 이제야 이야기가 좀 재미있어지기 시작하는군."

비류연의 대답에 장홍은 아연해 할 수밖에 없었다. 그러나 그들의 이야기도 여기서 끝이었다.

쾅!

교실 전체를 '짜르르' 통채로 진동시키는 소리! 그리고 이어져 터져 나온 살기등등한 대갈성!

"조용히 해라!"

그에게 보통의 무사부 같은 예의는 없었다. 모든 예의와 허례허식은 그 앞에서 무용지물이 되어버린 듯한 느낌이었다. 어쨌든 엄청난 박력인 것만은 틀림없었다.

상처투성이의 얼굴로 고 노사가 험악하게 인상을 구기며 시선을 찌릿 주었다. 송곳으로 지르는 듯한 살기였다.

모두들 마른침을 삼키며 몸을 긴장시켰다. 인식하지 않았는데도 몸이 저절로 그렇게 만들어졌다.

왠지 교육의 현장이 아니라 전장에 서있는 듯한 그런 기분이었다.

"정신 차려라. 여기가 어린애 놀이터인 줄 아나? 이렇게 노닥거리고만 있다가는 기다리는 건 죽음뿐이다."

고 노사는 이긴다고 하지 않았다. 화산지회에서 우승할 수 없다고도 말하지 않았다. 그냥 단순 명쾌하게 '죽는다' 라고만 말했을 뿐이다. 그러나 그 한 마디는 교실 안의 공기를 차갑게 만드는 힘이 들어있었다.

"수업을 시작하겠다."

드디어 마검자 고약한의 첫 수업이 시작되었다.

날카로운 고약한의 눈빛이 사납게 좌중을 훑었다. 관도들은 마치 자신들이 그의 눈빛 아래 낱낱이 해부되는 듯한 소름끼치는 인상을 받았다. 그 눈동자는 왠지 모를 귀기와 살기를 동시에 품고 있었다.

"불만 있나?"

한 밤중의 묘지를 연상케 하는 스산한 목소리.

"……."

불만 따위가 있을 리 없었다.

"백도는 보통 사람을 죽이는 살검(殺劍) 대신에 사람을 살리는 활검(活劍)을 추구한다. 물론 개중에는 되지도 않는 칼질로 내가 활검이네 우기는 얼간이들도 있지만, 그런 류의 사람들은 대부분 엉터리로 보통은 일반적인 살인기로 끝나고 만다. 원래 병기란 것은 사람을 죽이기 위한 목적으로 만들어진 것이기 때문이다. 원래 살리는 것은 병기의 원초적 목적에 위배되는 행위인지도 모른다. 그렇기 때문에 검이든 도든 병기가 가진 본래의 의무에 충실하다 보면 당연히 살검, 살도로 귀결될 수밖에 없다.

그렇다면 활검이 뭐냐고 너희들이 물을 것이다. 그러나 난 그 질문에 대답해 줄 수 없다. 왜냐하면 나의 검은 사람을 죽이기 위한 살인검(殺人劍)이지 어떤 방식인지 전해지지도 않는 방법으로 사람을 살리겠다며 사람 죽이는 활인검(活人劍)이 아니기 때문이다.

난 활검을 모른다. 그것은 내가 추구하는 것과 가는 길이 다르기 때문이다. 솔직히 말해 노부는 활검이란 위선이라고 생각한다. 자기 자신 하나 다스리지 못하는 주제에 남을 살린다는 건 어불성설이지! 그래서 난 있는지조차 의문인 활검을 너희들에게 가르쳐 줄 수 없다.

그러나 살검이라면, 살인술이라면 너희에게 가르쳐 줄 것들이 아주 많다. 그리고 병기가 가진 원래 의미조차 터득하지 못한 채 활검한다고 깝죽대지 마라. 그딴 건 다 추잡한 위선일 뿐이다."

"하지만 노사님! 저희들은 정도(正道)를 걷는 무도(武道)의 진정한 본질은 활인검과 자기수양에 있다고 배워왔습니다."

용감하게 고약한의 말을 반박한 이는 놀랍게도 남궁상이었다. 고약한의 시선이 비도처럼 남궁상에게로 날아가 꽂혔다.

"자기수양?

고약한의 입가에 걸려있는 것은 아무래도 비웃음일 가능성이 높았다.

"자기수양, 좋지! 난 그걸 부정하자는 것은 아니다. 어차피 이론만 잔뜩 세워본들 그것을 제대로 실행할 수 있는 이가 몇이나 될지 의문이지만 말이다. 단 자신이 그때까지 살아있을 수 있다면 그때 가서 수양해도 말리지 않겠다. 살·아·만·남·는·다·면, 말이다."

지금 관도들은 고약한의 박력에 압도당하고 있었다. 고약한이 계속해서 말했다.

"우선은 자신이 살아야 한다. 자신이 죽어버리면 어디 가서 자기 수행의 길이라는 꿈만 같은 이상적인 짓거리를 할 수 있겠느냐! 저승가서 한다고? 미쳤냐? 자신이 가보지도 못한 곳 이야기는 들먹이지도 마라. 자신이 살고 싶다고? 그럼 간단하다. 자신이 죽기 전에 남을 죽이면 된다. 상대보다 빠르게! 그리고 상대보다 강하게! 알겠느냐?"

좌중은 을씨년스런 침묵을 유지한 채 아무도 입을 열지 않았다. 정말 과격(過激), 극단(極端), 급진(急進) 그 자체라 아니할 수 없었다.

다시 한 번 고약한은 서늘한 눈빛으로 자신의 수업을 경청하고 있는 좌중을 훑어보았다. 그의 눈이 매섭게 빛났다.

"그러나 난 여기서 확실히 말한다. 내가 추구하는 건 어설프게 허울만 좋고 뼈대도 없는 가식적인 활검이 아니라, 얼마나 상대를 더욱 빠르고 더욱 간단하게 더욱이 힘의 낭비 없이 격살시킬 수 있는지를 연구하는 살검을 추구하고 있다고 말이다."

백도의 검은 명문으로 갈수록 살상보다는 제압에 중심을 둔다. 그것이 일반적이었다. 지금 고약한은 그것들과는 정반대에 놓인 이야기를 하고 있는 중인 것이다. 그의 박력과 살기에 질려버린 관도들은 이제 아무도 반박할 생각을 품지 않고 있었다.

"넌 죽음이 뭐라고 생각하느냐?"

갑자기 질문을 받은 이는 비류연이었다. 돌발적인 질문을 받았음에도 그는 의외로 허둥대거나 놀라지는 않았다, 딴청을 부리다가 걸렸음에도 불구하고 말이다.

비류연이 한가하게 입을 열었다.

"대상에 따라 다르겠지요."

"대상(對象)?"

주변 관도들의 표정은 그게 무슨 귀신 씨나락 까먹는 소리냐는 소리 없는 아우성을 보여주었다.

"네! 그 상대가 저 자신이냐 아니면 적이라 불리는 상대편이냐에 따라 죽음이란 것의 의미가 확연히 달라진다는 뜻입니다."

고약한의 눈에 이채가 어렸다. 그의 한쪽 눈썹이 흥미로 꿈틀거렸다. 꽤나 특이한 놈이었다.

"호오! 어째서냐?"

왠지 가소롭다는 표정이라고도 해석될 수도 있는 모습이었다. 질문을 받은 비류연은 서슴지 않고 자신의 지론을 피력했다.

"만일 그 대상이 적이라면 그 죽음이란 녀석은 소리도 없이, 가장 빠르고 신속하고 정확하게, 절대 피할 수 없는 회피 불가능한 접근을 보여줄 겁니다. 그리고는 알아챌 시간도 주지 않고 찰나지간에 그의 목숨과 영혼을 취하겠지요. 어떤 여인의 손길보다 부드럽고 감미롭고 잔혹하게……."

비류연의 말을 듣는 고 노사의 눈동자는 점점 깊게 가라앉고 있었다. 지금 비류연이 말하고 있는 것은 살검의 가장 기본적인 요결인 것이다. 가장 기본이 되는 것임에도 모두가 다 알고, 또 체득하고 있는 것은 아니기도 했다.

고 노사의 상태에는 손톱만큼도 신경을 기울이지 않은 채 비류연은 계속해서 말을 이었다.

"그러나 그 대상이 만일 저 자신이라면 그 '죽음'이란 녀석은 세월이라 불리는 가장 느리면서도 가장 무디고, 그러면서도 가장 확실한 검이 아니고서는 절대로 저의 영혼을 취해가기란 불가능할 겁니다. 왜냐하면 제 자신과 제 자신의 무(武)가 그걸 용납하지 않을 것이기 때문입니다."

참으로 우주거만(宇宙倨慢)하기 짝이 없는 발언이었다. 저런 낯 뜨거운 말을 얼굴색 하나 안 변하고 말할 수 있다는 것만으로도 비류연은 충분히 존경받을 만했다.

"광오하기 짝이 없구나! 너의 그 드높은 자존심을 올려다보다간 늙은 내 목뼈가 부러지겠다. 너의 그 터무니없을 정도로 드높은 자존심의 원천은 도대체 어디냐?"

고약한이 보면 볼수록 비류연이란 녀석은 참으로 건방지기 짝이 없는 녀석이었다. 엄격하기로 유명한 자신의 수업시간에 한눈 파는 것부터 시작해서 하나부터 열까지!

"그거야 물론 실력이죠!"

다시 한 번 비류연은 자신의 광오함을 마음껏 뽐낼 기회를 가질 수 있었다. 그것은 활짝 웃는 얼굴로 만인 앞에서 가슴 펴고 말하지 말

란 말이다, 라고 주위에서 외쳐주고 싶은 기분을 들게 만들어 주었
다.

"……."

순간 싸늘한 침묵이 주위를 감싸 안았다.

이 순간 비류연을 제외한 나머지 사람들은 이런 생각을 품었다. 곧
고약한의 우수가 박력 있게 비류연의 대갈통을 내려칠 것이다. 이제
저 녀석은 죽었다. 오늘 송장 하나 치운다! 라고…….

아마 모두의 마음이 순간적으로 공명했는지도 모른다.

여전히 비류연은 태연작약하게 고약한의 얼음송곳 같은 시선을 향
해 자신의 시선을 맞추고 있었다. 금방이라도 피가 튈 것만 같은 긴
장감.

"흡!"

정지된 시간 속에 머물러 있던 고약한의 몸에 움직임이 생겨났다.
그것은 조용한 호수에 던져진 돌의 파문처럼 거세게 그의 전신으로
격렬하게 퍼져나갔다.

"크하하하하하하하! 크하하하하하하!"

도저히 그 냉정, 싸늘, 잔인 무쌍하기로 소문난 고약한이라는 인간
의 몸에서 나올 수 없을 것 같은 박력 있는 웃음소리였다. 마치 자기
자신 안에 있는 모든 것을 터트려내는 듯한 거침없는 웃음소리였다.
그런데 듣는 사람들에겐 그 웃음소리마저도 공포스러웠다.

뚝! 허리와 고개를 뒤로 젖힌 채 대소를 터트리던 그의 움직임이
갑자기 칼로 베어진 듯 뚝 멈췄다. 그의 눈빛은 어느새 싸늘한 한광
을 발하고 있었다.

"건방진 놈!"

그것으로 끝이었다. 그리고는 그 뒤로 딱 한 마디를 더했다.

"오늘 수업 끝!"

수업이 끝났다. 하지만 나예린에겐 아직 풀리지 않은 수수께끼가 있었다. 그런데 다행히도 그 수수께끼가 직접 와서 그녀의 궁금증을 풀어줄 모양이었다.

"어머, 예린! 정말 반가워요. 이제 수업시간에도 얼굴을 맞댈 수 있겠네요."

자신의 옆자리에 앉게 된 나예린을 향해 은설란은 활짝 미소지었다. 지금은 수업이 모두 끝난 터라 다들 숙소로 발걸음을 옮기고 있는 중이었다.

"어떻게 수업참관을 허락받을 수 있었죠?"

의아한 얼굴로 나예린이 물었다. 그녀가 궁금증을 품는 것도 무리는 아니었다.

흑도 출신에다 무당산 참변 진상조사관이기까지 한 은설란이 어떻게 이 교실에 앉아 있단 말인가? 그것도 화산지회를 준비하기 위해 편성된 특별 수련조에?

"참관이 아니라 수강이에요."

은설란이 친절하게 나예린의 말을 정정해주었다. 참관일 경우 한 번으로 끝날 수 있지만 만일 수강이라면 계속해서 듣는다는 이야기였다.

"관주님께 부탁드려 특별 수강을 허락받았어요. 비전전수(秘傳傳

授)가 아닌 경우는 들어도 좋다는 말씀이셨습니다.”

그렇다면 마진가의 행동은 정말 엄청난 파격이 아닐 수 없다 하겠다. 이 정도의 파격을 저지를 수 있는 마진가라는 사람이 결코 범상치 않은 인물이라는 이야기였다.

‘도대체 마 숙부께서는 무슨 생각을 가지고 계신 걸까?

나예린은 아직 짐작조차 할 수 없었다.

“조사는 어쩌시구요?”

그녀는 천무학관의 학생이 아니라 마천각의 학생이었고, 지금의 신분은 조사관이었다. 그녀가 지금 해야할 당면과제는 공부나 수련이 아니라 조사였다.

은설란이 당당하게 말했다.

“전 학생이기도 하니까요. 학생은 언제 어디서든 공부를 소홀히 해서는 안 되는 거죠.”

너무나 당연한 말인지라 비록 현실에 잘 적용되는 것은 아님에도 불구하고 나예린은 반박할 말을 잃었다.

“그런데 어떻게 특련조에?”

특련조는 그 성격상 가르침도 깊은 곳까지 들어가는 게 많았다. 그러니 더욱 부담이 클 수밖에 없었다. 원래 자파의 무공은 함부로 외부로 유출시키지 않는 게 강호의 관례였던 것이다.

절기의 유출위험을 감내하면서까지 그녀를 이곳에 넣어야 하는 이유가 있었던 것일까?

“어머! 그 이유야 당연하죠!”

은설란이 호들갑스럽게 말했다. 어떻게 그걸 모를 수 있느냐는 투였다. 그러나 나예린은 알 수 없었다.

"어째서죠?"

"그야 당연히 저의 호법 세 분이 모두 이 조(組) 소속이기 때문이죠!"

"세 분?"

그녀의 기억이 정확하다면 은설란 그녀의 수신호위는 자신과 모용휘 두 명밖에 없었다. 그 외 한 명에 대해서는 전혀 들은 바가 없었다.

"어머 예린, 아직 못 들으셨나요?"

은설란이 친근한 목소리로 나예린을 불렀다. 그 부름이 너무 자연스러워 그에 관한 다른 어떤 말도 꺼낼 수가 없었다.

"뭘 말이죠?"

"어머 정말 모르고 있었네. 그분 말이에요! 그분!"

"그분?"

처음에 나예린은 은설란이 누굴 지칭하는지 알 수가 없었다.

"어머, 저번에 저잣거리에서 자객들의 암습이 있었을 때 저희들을 도와주셨던 그분 있잖아요. 분명히 그 소협 성함이… 비류연이라 하셨죠, 아마?"

"예에?"

의외의 경악성은 나예린보다 바로 그녀 좌우 옆에서 동시에 터져 나온 것이었다. 나예린의 양편에 아직도 황당한 얼굴을 바꾸지 못한 독고령과 이진설이 서 있었다. 아까 전부터 그녀는 나예린 옆에 붙어 있었지만 차마 은설란과의 대화에 끼어들지 못해 여태껏 침묵을 지키고 있었던 것이다.

"그 사람이……."

비명만 지르지 않았다 뿐이지, 놀라기는 나예린 또한 마찬가지였다.

'그 남자가 나와 같은 수신호위로…….'

비류연만 연루되면 왠지 자신의 평정심이 깨지는 것 같아 나예린은 그게 싫었다. 그러나 상부의 명령이니 임의로 거절할 수가 없었다. 무엇보다 은설란 자신이 부탁 했다는 데 더 큰 문제가 있었다.

"어머, 둘이 친한 사이 아니었어요?"

나예린의 고개가 자신도 모르는 사이에 은설란을 향해 돌아갔다.

"어떻게 하면 그런 식의 결론이 도출될 수 있죠? 친밀하다니요?"

나예린은 자신의 머리가 매우 혼란해 짐을 알 수 있었다. 어떻게 생각해야 그런 방식의 해석이 나올 수 있는 것일까? 아직도 나예린에게 은설란은 수수께끼의 존재였다.

"매우 가깝고 친밀한 사이처럼 보였는데, 내가 잘못 봤나요? 그런 쪽으로는 꽤 정확하다고 자부하고 있었는데……."

나예린은 지긋한 눈빛으로 은설란의 눈을 통해 마음의 저편을 바라보았다. 그녀의 용안은 은설란의 말이 그녀의 진심을 담고 있다고 말해주고 있었다.

왜 농담이 아닌 것이지?

그녀는 더욱 혼란스럽기만 했다.

은설란이 중얼거렸다.

"그러나 그런 입맞춤을 허용할 수 있는 건 아무에게나 가능한 게 아닌데······."

마침내 은설란은 말하지 말아야 할 것을 말하고 말았다. 그것도 들어서는 안 될 누군가가 있는 곳에서! 반응은 당장에 나타났다.

"뭐라구요?"

갑자기 비명에 가까운 소리를 지른 사람은 다름 아닌 독고령이었다. 그녀는 진실여부 확인을 위해 은설란의 멱살이라도 뒤흔들 듯한 기세를 뿜어내고 있었다.

"어머 어머 어머!"

독고령의 옆에서 은설란의 폭탄 발언을 같이 들은 이진설은 발갛게 상기된 볼을 부여잡고 이리저리 어쩔 줄을 몰라하고 있었다. 아무래도 이 둘은 전혀 상반된 감정으로 은설란의 정보를 받아들인 모양이었다.

"그게 사실인가요? 그 찢어 죽여도 시원찮을 못된 자식이 또 그랬단 말인가요?"

독고령은 그의 하나 남은 외눈에서 사람을 갈기갈기 찢어버릴 것만 같은 무시무시한 살기를 사정없이 내뿜고 있었다.

"또, 라뇨? 어머, 그럼 전에도 이런 일이 또 있었단 말인가요?"

은설란의 눈이 독고령의 살기를 밀어내고 흥미로움으로 반짝였다. 대단한 아가씨였다.

"내 이 녀석을 당장······."

독고령은 당장이라도 검을 빼들고 그 뭐뭐한 자식을 찾아갈 모양이었다. 찾아가서 당장에 그 버릇 나쁜 입이 달려있는 부위 전체를 검으로 날려버리고 싶었다.

냉정하기로 유명한 독고령이 단 하나 이성을 잃는 일이 있는데 그 것은 바로 자신의 어여쁜 사매인 나예린에 관한 일이었다. 그녀는 자신의 사매에게 위해(危害)가 발생하는 것을 참을 수가 없었다. 그것도 그런 정체를 알 수 없는, 왠지 보기만 해도 화가 치미는 녀석에게는 더욱더 그랬다.

"사저! 참으세요."

당장이라도 살인사건을 벌일 듯한 독고령을 잡아 세운 이는 바로 나예린이었다.

"하지만 사매!"

이번만은 말리지 말아달라는 뜻으로 그녀는 나예린을 바라보았다. 그러나 나예린은 조용히 고개를 저었다.

"괜찮습니다. 제가 조금 부주의 했습니다. 단지 그것뿐입니다. 그 외에는 아무 것도 아니었습니다."

의외로 놀랍게도 나예린은 살짝 웃었다. 자조의 웃음이라고 봐야 할까? 그러나 그 안에는 사람의 혼을 사로잡는 놀랍고도 신비로운 아련한 매력이 깃들어 있었다.

"사매……."

하는 수 없이 독고령은 검을 움켜진 손을 풀고 어깨를 축 늘어트린 채 포기할 수밖에 없었다. 아릿한 슬픔마저 느끼게 만드는 저런 표정으로 말하는 나예린은 절대 거역할 수가 없었다.

이렇게 해서 비류연은 독고령과의 칼부림을 아슬아슬 간발의 차로 피할 수가 있었다.

그런데…….

"여! 안녕하세요."

반갑게 그녀들을 부른 사람은 다름 아닌 바로 비류연이었다. 호랑이도 제 말 하면 온다더니 비류연이 바로 그 꼴이었다. 독고령은 하마터면 반사적으로 검을 뽑을 뻔했다. 그러나 그의 손을 잡고 있는 나예린의 손 덕분에 살인미수범 일보직전에서 무사할 수 있었다. 그러나 그렇다고 해서 그의 화가 풀린 건 아니었다. 그러나 무턱대고 화를 터트릴 수도 없었다. 무엇보다 비류연은 자기 혼자가 아니라 꽤나 이름 쟁쟁한 사람들을 옆에 붙여왔기 때문이다. 그 대표적인 예가 칠절신검 모용휘와 주작단주 남궁상이라 할 수 있었다. 그 외에도 효룡과 장홍 등 여러 사람이 있었지만 독고령의 눈에 밟힌 사람은 그 정도였다.

다행히 두 명의 친구를 방패삼아 비류연은 독고령과의 칼부림을 피할 수 있었다. 역시 필요할 때 이용할 수 있는 친구란 참으로 유용한 쓸모 있는 물건이었다.

"꺄악! 언니, 저기 좀 보세요."

갑자기 흥분한 이진설이 깡충깡충 뛰며 손가락으로 한쪽을 가리켰다.

"얘는… 호들갑은! 도대체 왜?"

독고령이 마지못해 고개를 돌렸다. 그녀의 눈살이 살짝 찌푸려졌다.

"꺄아! 꺄아! 꺅! 꺅! 어머어머! 까르르르르!"

수 명의 여관도들이 한 명의 남자를 둘러싸고 왁자지껄 수다를 떨고 있었다. 귀가 쟁쟁할 정도로 시끄러웠다.

"누구야?"

나예린이 물었다.

"어머 언니 몰라요? 요즘 최고로 인기 좋은 천익검 늑기한 노사님이 잖아요. 이번에 최연소로 백검조의 담당 노사를 맡게 된 천익검 늑기한 노사님, 언니 설마 몰랐어요?"

나예린의 얼굴은 모른다는 표정이 역력했다. 이진설은 졌다는 듯 고개를 절래절래 흔들었다. 그러나 나예린이 다시 한 번 그 늑기한이 란 노사를 바라보게 하는 계기는 되었다. 나예린의 눈이 이채를 띄었 다.

'젊군!'

일단 실제 나이가 몇인지는 확실하지 않지만 무사부라고 하기엔 너무 동안인 얼굴이었다. 도저히 무사부라고 생각할 수 없는, 상상조 차 가지 않는 얼굴이었다. 게다가 나예린은 잘 모르겠지만 일반적 기 준에서 보면 그는 매우 보편적인 미남이었다.

이때 그 참새 떼를 연상케 하는 그 무리들이 비류연 일행이 있는 곳으로 다가 오고 있었다.

'꺄꺅' 수다 떠는 소리가 점점 더 가까이 위협적으로 다가오고 있었 다.

세상에 빛이 있으면 어둠이 있듯, 음(陰)이 있으면 양(陽)이 있다고 한다.

천익검 늑기한이라 불리는 이 노사는 마검자 고약한과는 정반대되는 소위 말하는 초절정 인기가 있는 노사였다.

그는 무척 잘생겼다. 그리고 엄청 젊었다.

그리고 굉장한 무공 기재였다. 아직도 그가 세운 최연소 무사부 역임 기록은 아직 누구에게도 깨지지 않고 있었다. 그 미모와 식견과 젊음과 패기와 정열 때문에 그의 주위에는 항상 여자들이 끊이지 않고 있었다. 때문에 그의 주위에는 소녀들의 재잘거림이 그칠 날이 없었다. 게다가 늑기한 또한 지겨워하지 않고 일일이 상대해 주고 있어 날이 갈수록 심해지는 모양이었다.

"늑 노사님! 노사님께서는 자신의 인생에 전환점을 가져다주는 운명적 사건과 조우한 적이 있나요?"

한 소녀가 물었다. 자신의 우상에 대해서는 무엇이든 궁금하기 마련이었다. 특히 이런 형식의 질문은 사람들의 숨겨진 이야기나 중요한 사건을 들을 확률이 높기 때문에 매우 유용하다.

"물론이지요."

만면에 웃음을 띤 채 늑기한은 대답을 했다.

"그를 만난 것은 저의 인생에 커다란 전환점이 되었답니다. 그분을 만나고서 전 제 자신이 얼마나 보잘 것 없는 존재인지를 깨닫게 되었죠."

늑기한이 느끼한 목소리로 말했다.

"그게 누구예요?"

한 여관도가 천진난만한 얼굴로 물었다(으음… 아직 어려서 그런지 얼굴을 밝히는 모양이다).

"후후… 글쎄요. 비밀입니다."

늑기한이 나이에 걸맞지 않게 생긋 웃었다. 그의 새하얀 치아에 햇빛이 부딪쳐 찬란하게 빛났다. 여자들은 비명을 질렀고, 주변에서 지켜보던 남자들은 미식거리는 속을 최우선적으로 다스려야 했다.

'재수 없어! 우우우우우'

지켜보던 남성관도의 공통된 심정이었다.

늑기한은 어디를 뜯어봐도 도저히 삼십대로는 보이지 않는 초 동안의 얼굴이었다. 그는 자신의 인기에 대한 두려움이 없었다.

나이 삼십 대 초반에도 불구하고 십대 같은 싱싱한 젊음과 미모를 최대의 절세 신공으로 삼고 있는 그에게 두려울 것은 없었다. 그 때문인지 신기하게도 그의 주위에는 항상 여성관도들이 나비처럼 꼬였다. 물론 일부남성관도들의 말을 빌리자면 '그게 무슨 나비야? 파리지!' 라고 말하겠지만 그의 인기노선에 이상무라는 사실은 변함이 없었다.

때문에 방금 전의 애교 섞인 미소 같은 무모에 가까운 용기 있는 짓을 서슴없이 저지를 수 있는 것이다.

그런 행동을 그저 잠자코 지켜보는 것은 고문이나 다름없었다. 여자들은 열광할지 몰라도 비류연이나 효룡 같은 남자들에게는 그것을 참는다는 것은 무한에 가까운 엄청난 인내가 소모되는 일이었다.

얼떨결에 지켜볼 수밖에 없었던 효룡의 인내도 거의 임계점에 이르고 있었다. 이런 인류에 어긋나는 고문은 금지시켜야 마땅한 것이었다.

"저… 저런 닭살스러운 행동을 저렇게 스스럼없이 할 수 있다니……."

그것은 정말 어떤 신공마공보다도 무시무시한 일이었다.

효룡은 소름이 오싹 끼치는지 어깨를 감싸 안았다. 그리고는 팔에 돋는 소름을 탈탈 털어냈다. 왜 저런 걸 여자들은 좋아하는 것일까? 일부 특수한 여성들의 심리에 대해 도무지 이해가 가지 않는 효룡이었다. 그리고 무엇보다 이진설이 늑기한에게 호감을 가지고 열광하는 것이 마음에 들지 않았다.

반각이라도 빨리 늑기한이 이곳에서 멀어지기를 효룡은 전심을 다해 빌었다.

끼이이익! 탁!

녹슨 경첩이 날카로운 쇠 소리를 내며 울렸다. 사람의 신경을 불쾌하게 자극하는 소리였다. 아무래도 기름칠이라도 해야할 듯했다. 고약한은 자신의 방에 들어가며 그렇게 생각했다.

방 안은 어둡고 적막하기 그지없었다. 고약한은 일단 방안에 상주하고 있는 어둠을 몰아내기 위해 등잔에 불을 붙였다.

화락 불꽃과 함께 빛이 일어나며 어둠을 몰아내었다.

"어땠습니까?"

느닷없이 그림자가 입을 열어 말을 하기 시작했다. 그런데 그 그림자는 홀로 방안에 서있는 고약한 자신의 것이 아니었다.

자신의 방을 주인의 허락도 받지 않고 들어 온 데다가 모습마저 제대로 나타내지 않고 있는 불청객이지만 고약한은 화를 내지 않았다. 그리고 그 어떤 제지도 가하지 않았다. 평소의 그와는 전혀 다른 사람이 된 듯한 느낌이었다.

“재밌더군!”

“그렇게 말씀하실 줄 알았습니다. 그 정도 장난감을 주는데 싫어할 사람은 없죠.”

여전히 몸을 드러내지 않은 채 검은 인영이 말했다.

“꽤나 쓸만하더군. 그놈처럼 날 어처구니없게 만든 놈은 근래 들어 없었네!”

“기대해 봐도 좋을까요?”

꽤나 이쪽 이야기에 흥미가 있는 모양이었다.

“기대해도 좋을 걸세. 보통 놈이 아닌 것만은 틀림없더군. 간만에 재미있는 소일거리를 찾았어.”

“어지간히 마음에 드셨던 모양입니다. 하지만 너무 금방 죽이진 마세요. 그럼 별로 재미가 없으니깐 말입니다.”

“걱정 말게! 아주 아주 천천히 가지고 놀면서 서서히 말려 죽일 테니깐. 그렇지 않으면 재미가 없지.”

별 감정이 들어있지 않기에 더욱 싸늘하게 느껴지는 말이었다.

“그 말을 듣고 안심했습니다. 확실히 처리해 주실 거라 믿습니다.”

“걱정 말게. 그럼 용건은 끝난 듯 하군.”

명백한 축객령이었다.

“그럼!”

장막 뒤의 기척이 순간 사라졌다.

두 사람의 출관(出關)!
-무당산에서의 과거를 캐묻다

먹구름이 몰려와 하늘은 점점 더 어두워져가고 있었다.
새들도 벌도 나비도 날아다니길 멈추고 날개를 쉬었다.
곧 한바탕 비라도 내릴 모양이었다.

"나에게조차도 알려줄 수 없단 말인가?"

백무영은 지금 심각해 보일 정도로 진지한 얼굴을 하고 있었다. 물론 평상시 그의 얼굴에 진지함이 없다는 것이 아니었다. 평소에도 백무영의 얼굴은 질릴 정도로 충분히 진지했다.

"미안하네!"

청혼은 미안한지 고개를 푹 수그렸다. 이럴 때가 그는 가장 미안했다.

"자네의 가장 절친한 친구이며, 자네와 더불어 구정회의 두 기둥이라 불리는 나에게마저도 말해줄 수 없단 말인가? 왜?"

백무영의 어조엔 실망감이 물씬 베어져 나와 점점 말이 격해지고 있었다. 항상 냉정 침착하던 이 친구가 오늘따라 냉정을 잃고 있는 듯 보였다.

"이번이 도대체 몇 번째 부탁인가?"

"미안하군!"

"벌써 열두 번째일세. 아직도 내가 자네에게 계속 빌어야만 하나? 이 내가? 다른 누구도 아닌 자네에게?"

"미안하네!"

청혼은 연신 미안하다는 말만 반복했다. 그는 정말 미안해 하고 있었다.

"저번 철각비마대 일은 이유를 묻지 않았네. 왜냐하면 자네와는 둘도 없는 친구니깐! 친구이니깐 이유를 묻지 않고 사선(死線)으로 걸어갈 수 있었네! 결과가 잘되었기 망정이지 아니라면 최악의 결과가 찾아왔을 수 있겠지!"

"……."

반박할 말이 없었다. 왜냐하면 모두 맞는 말이었기 때문이다. 철각비마대 건은 청혼 자신으로서도 무척이나 고마워하고 있었다. 이 냉정하기만 할 것 같은 친구의 우정을 엿본 기분이었다. 물론 어처구니없는 장면만 보고 별반 활약도 하지 못했지만 친구에 대한 믿음은 더욱 깊어졌다. 그래서 더욱 그의 협박 아닌 부탁을 거절하기가 무척 힘이 들었다.

다시 백무영이 청혼을 핍박하기 시작했다. 그의 혀는 점점 더 포위를 좁혀가고 있었다.

"하지만 그 일도 끝났으니 이제는 꼭 들어야 하겠네!"

청혼은 조용한 눈동자로 묵묵히 백무영을 바라보았다. 백무영의 눈에 기광이 번뜩였다. 의지가 느껴졌다.

청혼은 각오를 다졌다.

"그때 무당산에서 도대체 무슨 일이 있었나?"

번쩍!

백무영의 등 뒤로 번개가 번쩍였다.

"꽈르르르릉!"

빛을 따라 소리가 따라왔다. 뒤늦게 천둥이 울려퍼졌다. 우레 소리와 함께 어느새 어둑해진 하늘에 물방울이 떨어졌다.

가을비였다.

후두둑 후두둑! 쏴아아아아아!

비가 떨어진다. 비구름은 해를 가려 땅은 어둑해져 있었다. 낮인데도 밤처럼 어두웠다. 빗줄기는 하늘 위에 사는 불평분자가 난폭하게 물을 끼얹은 듯 거칠고, 마른 땅을 모두 진흙탕으로 만들 만큼 난폭했다.

가을비 소리만이 요란하게 귓가를 울리는 한참의 침묵 후에야 비로소 청혼은 힘겹게 말문을 열 수 있었다.

"… 미안! 신의(信義)를 저버릴 수는 없네."

청혼의 마음은 무척이나 괴로웠다. 마치 친구를 배신하는 듯한 느낌이 들었기 때문이다.

"그것이 천무학관과 우리 구정회에 악영향을 끼치는 사실, 아니 진실이라 해도 말인가?"

번쩍!

다시 창호지와 문틈 사이를 뚫고 빛이 새어 들어왔다. 순간적인 빛인 광량이 한꺼번에 밀려들어왔다.

"다시 한 번 사과할 수밖에 없군!"

"자네는 사과밖에 할 수 없는가? 자네는 그 외에 할말이 없는가?"

"미안하네!"

드디어 백무영은 인내의 한계를 뛰어넘어 폭발하고 말았다.

"미안! 미안! 미안! 미안! 이제 미안이라는 말밖에 할 수 없단 말인가? 자네가 그 이외의 말을 하지 못한다면 더 이상 자네에게서 들을 말이 없겠군!"

현재 백무영에게서는 구정회의 문절로 불리며 냉정냉철한 모습을 유지하던 평소의 모습을 찾아볼 수가 없었다.

"쾅!"

등 뒤에서 문이 세차게 닫히는 소리가 마치 천둥소리처럼 크게 들렸다. 너무 화가 난 나머지 백무영은 자신이 청흔에게 알려주기 위해 가져온 구정회와 군웅회에 대한 중대한 정보를 알려주는 걸 깜빡 잊고 말았다.

"미안!"

청흔은 조용히 혼자말로 중얼거렸다. 자기혐오가 가슴 속에서 울컥 치밀어 올랐다. 자기혐오감이 가슴 속에 똬리를 틀었다. 다시 한번 생각해 봐도 자신이 바보처럼 느껴졌다.

그때 주위의 강압이 있었다고는 하지만, 그처럼 중대한 사실을 함부로 약속하는 것이 아니었다. 그러나 천무학관을 단번에 발칵 뒤집을 수 있는 그런 엄청난 사실을 알게 된 이상 함부로 이야기 할 수가 없었다.

'왜 그때 그런 약속을 했을까?

후회가 물밀 듯 밀려왔다.

"약속을 한 가지 해줘야겠다."

그때 먼저 말문을 연 사람은 염도였다. 다른 누구도 아닌 염도가, 당시 합숙훈련의 사부나 다름없는 사람이 약속을 요구한 것이다. 염도의 전신에서 피어오르는 수상쩍은 기운은 감히 거절을 용납하지 않겠다는 의지의 집합체라 부를 수 있는 것이었다.

"무… 무슨 약속을 말입니까?'

말이, 시키지도 않았는데 저절로 떨려나왔다. 강도에게 갈취당하는 선량한 시민의 마음이 이러할까?

"다른 사람은 나와 모두 약속했다. 아니, 하늘을 두고 한 무사의 자존심을 건 맹세다! 너는 할 수 있겠느냐?'

다른 사람이 모두 하고 자기 혼자만 남았다는 염도의 말은 마치 자신이 세상에서 소외되고 단절된 듯한 느낌이 들었다.

"꼭 해야 합니까?'

"당연(當然)!"

거래(去來)의 여지가 없다는 태도였다.

"어떤 맹세를?'

어느 정도 짐작은 하고 있었다. 그 주체가 염도라는 게 놀라울 뿐이었다.

"지금 네가 보고들은 일은 그 어느 누구에게도 발설하지 않겠다는 맹세!"

"그… 그것은?"

"왜? 할 수 없단 말이냐?"

염도의 시선 탓인지 볼이 따끔따끔 했다.

"아니… 저…….."

염도가 엄청난 박력을 동원하여 막무가내로 몰아세우자 청흔은 말문이 막혀버렸다. 허가 의도한 대로 움직이지가 않았다. 매우 곤란한 처지에 빠지고 만 것이다. 사면초가(四面楚歌)란 이런 뜻이구나 하고 비로소 청흔은 이 넉자 고사성어의 깊은 뜻을 숙지할 수 있었다.

"너는 저 슬픈 장면을 보고도 느끼는 게 없단 말이냐?"

'자 봐라! 보란 말이다.' 라고 주장하는 듯한 손가락이 한 곳을 가리켰다.

그곳에는 효룡이 싸늘하게 식어가는 형의 시신을 부여잡고 하염없는 눈물을 흘리고 있었다. 보고 있자니 청흔의 마음도 쓸쓸해 졌다.

한 달 이상 숙식을 같이한 합숙동료인 것이다. 특히 일주일간의 특별특훈(特別特訓)으로 미묘한 감정적 교류가 있었던 터였다.

그 때문인가… 왠지 효룡이 적이라고 여겨지지 않았다. 충분히 수상쩍음에도 불구하고 이상하게 그런 마음이 들지 않았다. 그래서 하마터면 무의식 중에 '네, 그러죠' 라고 대답할 뻔했다. 그러나 그럴 수는 없었다.

"죄송합니다."

아직 낚시꾼 염도와 월척 청흔과의 '낚느냐 끊고 도망가느냐?' 의 팽팽한 입질 승부는 계속되고 있었다.

의외로 고기는 강단이 있었다. 염도는 무조건의 맹세를 강요하는 1단계 방법을 포기하기로 했다. 때문에 비류연에게 언질 받은 작전 제 2단계로 넘어가기로 했다. 일단은 좀 전의 반복으로 다시 돌아갔다.

"맹세하게!"

염도가 강경한 어조로 청혼을 밀어붙였다. 청혼은 이때 이런 생각을 하고 있었다.

'이 내가……'

'윽박지른다고……'

"맹세하게!"

'윽박지른다고……'

"맹세해!"

'… 그것에 굴하여 맹세할 성 싶은가!

청혼의 각오는 철벽처럼 단단했다. 그러자 염도가 말했다.

"맹세 안 해? 그럼 넌 이번 합숙훈련 평점 최하위다. 넌 낙제야!"

순간 청혼은 하마터면 '맹세합니다! 라고 큰소리로 외칠 뻔 했다. 사안의 중요성이 조금만 더 낮았더라도 생각할 필요도 없었을 것이다. 자신의 결심이 조금 전까지만 해도 어떠했는지도 잊은 채, 청혼은 당장에 손을 들어 하늘을 우러러 맹세했을 것이다. 우등생인 그에게 있어 평점 하락이란 당치도 않은 일이었다. 그만큼 점수유지가 그에겐 중요한 일이기도 했다. 그러나 평점하락의 위험을 감수할 만큼 사안의 중요성은 컸다.

"그래도… 눈물날 만큼 억울하고 분하지만… 그래도 안 됩니다."

이번 물고기는 제법 뚝심이 있었다. 아직도 힘이 남아있는 모양이었다. 염도는 잠시 당기기를 그만두고 줄을 풀었다. 이보 전진을 위한 일보 후퇴였다.

"그래?"

"예! 절대로 양보할 수 없습니다."

"후우? 그렇단 말이지? 과연 문무쌍절의 무절이로구나! 그 굽힘 없는 태도 훌륭했다! 과연 자네는 믿을 만한 사람이로군."

갑자기 염도의 태도와 목소리가 백팔십도 급변했다. 청흔이 어리둥절함을 느낄 정도였다. 청흔을 바라보는 염도의 눈빛은 엄청 진지해져 있었다. 대신 아까 전의 강압감은 느낄 수 없었다.

"마침내 자네도 이 일에 대해 알고 말았군."

매우 은근하고 은밀한 어투였다.

"예?"

청흔은 어리둥절해 했다.

"하지만 절대 남에게 말해서는 안 되네! 이것은 특명일세."

"그… 그렇다면……."

염도는 진중하게 고개를 끄덕였다.

"그렇다네! 이건 상부에서 내려온 비밀리에 진행되고 있는 작전이야. 절대로 효룡의 정체를 어렴풋하게나마 눈치 챘다는 것을 우리 이외에 효룡이나 다른 사람에게 알려서는 안 되네, 알겠나?"

그렇다면 이중 정보 교란 작전이란 말인가? 이렇게 되면 청흔도 속으로 납득할 수밖에 없었다. 그동안 보인 뚝심이 아까울 정도로 쉬운 함락이었다. 염도로서도 청흔이 2단계 작전으로 넘어가자마자 의외로 쉽게 함락되자 맥이 빠져버렸다.

"예! 물론입니다."

"자네를 믿지!"

염도가 친밀하게 청혼의 어깨를 두드렸다.

"맡겨주십시오!"

속아넘어간 줄도 모르고 청혼은 힘차게 대답했다.

"휴우… 미안하네, 친구!"

그날 일과 백무영 일만 생각하면 한숨이 절로 나왔다. 요즘 들어 왠지 자신을 잃은 듯한 느낌이었다. 못 볼 걸 봤기 때문인가… 아니면 역시나 그자 때문인가…….

'비류연!'

생각하면 할수록 불가해한 존재였다. 자신의 운명이 그의 운명의 수레바퀴에 휩쓸려 들어가는 듯한 느낌이었다.

"안녕하세요. 오래간만이에요."

비류연이 애소저회 부실 안으로 들어가며 인사했다. 임성진이 반갑게 그를 맞이했다. 요즘은 흑검조에서 같이 수업을 듣는 처지이기도 했다.

"아! 류연, 자네 왔나. 잘 왔네."

오늘 비류연이 이곳에 방문한 이유는 임성진의 호출이 있었기 때문이다.

"어때 요즘 재미 좋나?"

짓궂은 표정으로 임성진이 물었다.

"무슨 재미 볼 일이라도 있었나요?"

비류연은 미처 임성진의 말속에 숨은 의도를 알아채지 못했다.

"자네 요즘 두 명의 천상선녀와 항상 함께 지내고 있지 않나? 난 자네가 부러워 곧 죽을 것 같으이."

임성진의 두 눈은 진정으로 부러움으로 가득했다. 요즘 비류연이 은설란의 수신호위가 된 일에 대해 말하고 있는 것이다.

"유언 들어줘요? 뭘 그런 일을 가지고 그렇게까지……."

비류연은 대수롭지 않은 얼굴로 손사래를 쳤다. 그러나 임성진은 그것을 그냥 두지 않았다.

"무슨 소리! 자네가 지금 얼마나 우리 애소저회 회원들의 부러움의 대상이 되고 있는 줄 정녕 모른단 말인가? 일간에선 자네를 천 갈래 만 갈래 찢어죽이고 싶어하는 사람도 수두룩하다네. 그만큼 자네를 부러워하는 거지."

"왠지 그런 말 들어도 전혀 기쁘진 않군요."

"자넨 항상 자네가 애소저회의 일원임을 잊지 말고 사중화 은설란 소저에 대한 정보를 좀 보내주게! 항상 우리는 신선한 정보에 굶주려 있다네. 특히 특급 기밀로 감추어져 있는 그녀의 삼부 수치 같은 것 있잖아! 제발 부탁하네."

임성진의 두 눈은 어긋한 열정으로 뜨겁게 불타오르고 있었다.

"공짜로요?"

비류연이 은근한 어조로 말했다. 순간 임성진은 흠칫한 기색이었으나 이내 평정을 되찾았다. 이제 그도 눈치를 챈 것이다. 이 녀석이 어디서 불만인지!

"하하하. 그럴 리가 있겠나! 이 세상에 공짜란 없지. 그런 걱정하지 말고 좋은 정보나 낚아오게나!"

"생각해보고요."

단호하게 한다고는 하지 않고 비류연은 약간의 여지를 남겼다. 나중에 덤터기 쓰는 건 사양이었기 때문이다. 비류연은 본능적으로 외교가 뭔지를 알고 있었다.

"그런데 정말 이런 일 때문에 부른 거였어요?"

비류연이 물었다. 굉장히 중요한 일이 있다고 해서 여기에 들린 처지였던 것이다.

"아! 그건 아닐세. 자네에게 긴히 해줄 말이 있어서 불렀다네. 급한 정보가 들어왔거든."

"뭔데요?"

비류연도 고개를 앞으로 뺏다. 임성진도 슬슬 본론을 꺼내기로 했다.

"요즘 신변에 위험한 일은 없었나?"

"글쎄요… 가끔 길을 걸을 때 등 뒤에서 암기가 날아오거나, 들어가는 방문에 기관이 장치되어 있거나, 저주가 적힌 서찰이 서찰함을 가득 메우거나, 동물의 시체가 창 밖에 걸려있거나 하는 일 외에는 별다른 일이 없네요."

비류연이 싱글벙글 웃으며 대답했다. 하지만 대답을 듣는 쪽은 억지로라도 미소짓지를 못했다. 임성진의 안색은 딱딱하게 굳어있었다.

"그… 그건 좀 심한 거 아닌가?"

"뭐 별거 아니죠. 그 정도 가지고 남의 정신에 타격을 주려 하다니 아직 어린애들이 아닐 수 없네요. 그런 소심하고 심약하기 짝이 없는 방법으로 어떻게 상대의 정신에 타격을 줄 수 있겠어요."

심약하다니! 도대체 얼마나 수준이 높길래 이 정도를 수준 낮고 심약한 사람들의 소행으로 간주할 수 있는 것인가.

"뭐! 환상 속의 여자밖에 좋아할 수 없는 놈들의 소행이겠지, 그 유치한 소행으로 미루어 볼 때."

빙봉영화수호대의 녀석들이 대부분의 범죄에 대한 유력한 용의자로 지목받고 있었다. 하지만 용의자라 해도 그 대상자가 너무 많아서 헤아릴 수가 없었다.

"그러고도 멀쩡한 정신을 유지하는 자네가 오히려 더 놀랍군! 일을 저지르다 적발된 사람들도 있을 것 아닌가? 그런 사람들은 어떻게 처리했나? 설마……."

비류연이 얼마나 과격하게 손을 썼는지 내심 걱정이 되었다.

비류연이 말했다.

"멀쩡하죠."

"정말?"

"그럼요! 제가 동문들에게 어떻게 심하게 손을 쓰겠어요. 음… 엉덩이 한쪽에 구멍이 뚫리거나 다리 한쪽이 부러지거나, 어깨가 탈골되는 정도로 용서받다니 정말 운이 너무너무 좋은 녀석들이죠. 완전범죄에 실패하고도 그 정도 대가로 끝나다니 말이에요."

"……."

이어지는 비류연의 말은 임성진의 말들을 틀어막고, 폐를 찌그러뜨리는 데 지대한 공헌을 했다. 임성진은 완전범죄에 실패한 범행을 저지른 범인의 최후가 어떤 것이었는지 상상하고 싶지 않았다. 오른손 손바닥에서 축축한 느낌이 들었다.

갑자기 뭔가가 떠오른 듯 비류연이 주먹으로 손바닥을 탁 쳤다.

"아참! 이틀 전에 꽤 재밌는 걸 보기는 봤죠. 참 신기한 거였는데……."

그날 일은 지금 생각해도 참 신기하기 짝이 없는 일이었다. 그런 일이 가능하다는 것 자체가 우주의 신비였다.

"무슨 일이 있었는데 그러나?"

임성진이 돌연 호기심을 나타냈다.

"아! 별거 아니에요. 그냥 신기한 마술이었죠. 혹시 살들이 춤을 추는 것 본 적이 있어요?"

비류연이 말똥거리는 호기심으로 질문했다.

임성진은 황당했다. 도대체 무슨 이야기를 하는지 갈피조차 잡히지 않았기 때문이다.

"본 적이 없네."

"안됐네요! 그런 멋지고 신기하기 짝이 없는 살들의 묘기를 볼 수 없었다니요. 나중에 기회가 되면 꼭 견식해 보도록 하세요. 마치 살들이 살아있는 생물처럼 자유롭게 움직이는 게, 그건 인체의 불가사의라 해도 과언이 아니죠. 그건 정말 기적 같은 일이에요."

하마터면 증거인멸 당할 뻔했지만 비류연은 미꾸라지처럼 잘 빠져나왔다.

"그런데 겨우 그런 시시한 일 때문이었어요?"

비류연이 물었다.

"물론 그 일도 있네. 하지만 그게 다는 아니지."

그리고 사실은 하나가 더 있었다. 원래는 그것 때문에 비류연을 이곳에 부른 것이었다.

"자네 구정회주와 군웅회주가 이번 폐관수련에서 출관한 사실을 알고 있나?"

"그 사람들이 누군데요?"

"뭐!"

임성진의 눈이 휘둥그레졌다. 자신은 마음 쓴다고 불러줬는데 정작 본인은 아무런 생각과 근심도 안하고 있는 모양이었다. 정말 구정회와 군웅회에서 자기를 바라보는 시선이 어떤지 모른단 말인가?

"류연! 자네 정녕 자네가 구정회와 군웅회 양측의 표적이 되고 있다는 사실을 모른단 말인가?"

이미 알려질 대로 알려진 이야기였다.

"몰라요!"

비류연의 단호한 한마디는 임성진의 가슴에 대못을 박았다.

지금 구정회, 군웅회 양측 모두 비류연의 뒤를 캐기 위해 안달이 나 있었다. 그런데 정작 본인은 모르고 있다니…….

"그들이 그렇게 대단한 사람들인가요?"

"설마 자네 정말로, 진짜로, 가짜 아니고 아직도 그들에 대해서 모르나?"

끄덕!

일말 양심의 가책도 없이 서슴없이 비류연은 고개를 끄덕였다. 임
성진은 기겁을 했다.

"굳이 남의 신분에 대해 흥미를 가져야 될 필요성을 느끼지는 못하
지만, 진짜 대단하긴 대단한가 보네요."

"물론이지! 대단할 뿐만 아니라 천무학관 소속 중 가장 유명한 사람
중 둘이라구! 모른다는 게 오히려 이상한 일일세."

"난 몰라요."

비류연의 말엔 흔들림이 없었다. 설혹 이상한 놈 취급받는다 해도
(물론 이미 이상한 놈 취급받고는 있지만), 상관하지 않겠다는 태도였
다.

"어떻게 하면 입관한 지 벌써 일년이 훌쩍 지났는데도 그들을 모를
수 있지? 아무리 자네가 입학할 때 반천(半千)일 폐관에 들어갔다고
는 하지만 말일세?"

비류연이 그 질문에 대답해 주었다.

"전 저보다 약한 사람에겐 별로 흥미가 없거든요."

듣고 있던 임성진의 인상이 단박에 구겨졌다. 이미 그의 심장은 충
격으로 벌렁벌렁 거리고 있었다. 두통도 없는데 골이 지끈지끈거렸
다.

"빈 말이라도 함부로 사람들 앞에서 그런 말 하지 말게. 천무학관
거의 대부분의 관도들이 이 두 조직 안에 속해있으니까 말이야. 그들
의 수장(首將)이 남에게 모욕 받았다는 이야기를 들으면 꽤나 시끄러
워질 걸! 자존심에 상처 나는 건 죽기보다 싫어하는 녀석들이니깐 말
일세."

"그땐 죽을 수밖에요."

비류연이 대수롭지 않은 투로 말했다.

자신은 차마 죽을 수 없으니 별수 없이 자신에게 적대적인 존재를 모두 말살해 버린다, 그것이 바로 비류연이 당연하다 여기는 사고방식이었다. 그것은 사부의 사부의 사부의 사부의 사부 때부터 면면부절 이어져 내려온 비뢰문의 정신이기도 했다.

"설마, 혹시나, 행여나 어쩌다가 어찌되었건 그들과 문제 일으킬 생각일랑 하지 말게! 무한한 귀찮음을 자진해서 껴안은 꼴이 될 테니깐 말일세. 이걸 경고해 주기 위해 자넬 부른 걸세."

아무래도 애소저회의 정보망에 걸린 구정회와 군웅회의 비류연에 대한 움직임이 심상치 않았다. 때문에 임성진은 걱정스러웠던 것이다. 하는 행동이 귀엽지도 않고 오히려 우주거만하기까지 한데 차마 미워할 수가 없었다. 참 보면 볼수록 신기한 녀석이었다.

"알지도 못하는데 무슨 일이 생기겠어요?"

여전히 비류연은 태평했다. 거의 무관심의 극치였다. 이런 태연작약하기까지 한 비류연을 보면 여태껏 자신이 고민해 왔던 게 모두 헛수고처럼 느껴졌다. 그 끝없는 여유의 원천은 도대체 어디란 말인가?

"그래도 왠지 불안해져서 말이야. 사람에게는 그 말로는 설명할 수 없는 감이란 게 있잖아……."

"그런 걸 보고 사서 고생, 통칭 고생매매(苦生賣買)라고 하죠. 걱정 붙들어 매요."

비류연은 여전히 천하태평이었다. 그리고 사실은 문제가 발생해도 아무런 걱정도 하지 않을 그런 녀석이었다.

'설마 그런 일은 없겠지… 내가 너무 과민반응을 한거야.'

임성진은 그렇게 생각하며 자위하려 했다.

그러나 신용이 가지 않는 비류연의 호언장담 따위를 아무리 들어봐도 불안감은 가시지 않았다. 오히려 그것은 그의 마음속 깊은 곳으로 조용히 가라앉았다. 여전히 불안감이 마음의 일부라도 된 것인 양 앙금이 되어 사라지지 않았다.

'그런 일은 절대 없을 거야. 하늘이 억지변덕을 부리기 전에는 절대로!'

그는 그렇게 믿고 싶었다.

"조심하게! 만일 일이 잘못되면 자네의 위패 앞에서 향 한 대는 사려줄 테니 뒷일은 걱정하지 말고."

"글쎄… 그런 목뼈에 부목 댄 높으신 사람들이랑 만날 기회나 있겠어요? 길가다가 우연히 부딪칠 일도 없을 테고 말이죠."

"길가다가 부딪치지 않게 특히나 조심하게나. 만일 그런 일이 생기면 자네 목숨은 장담하지 못할 걸세."

전혀 농담 같지 않은 말이었다.

"그런 우연이 설마 일어나겠어요?"

비류연은 그냥 웃어넘겼다.

설마 그런 일은 없겠지, 라고 임성진도 스스로 자조했었다. 그러나 세상일이란 건 참으로 신기한 것이었다. 특히 인간의 뜻에는 절대 제대로 따라와 주지 않는다는 사실이 그랬다.

'이게 술이라면 얼마나 좋을까' 라는 생각을 품으며 차를 마시던 임성진이 갑자기 손바닥을 탁 쳤다.

"아참! 내가 그 녀석한테 군웅회주가 여자란 말을 해주었던가?"

임성진은 자신이 비류연에게 미처 깜빡하고 말해주지 않은 게 있음을 떠올렸지만 이미 비류연이 나간 뒤 한참의 시간이 흐른 후였다.

"뭐, 별일은 없겠지……."

다음에 만나면 알려주기로 하고 임성진은 마음 편히 먹기로 했다. 만일 여기서 무슨 일이 생기더라도 그건 자업자득이야. 임성진은 진심으로 그렇게 생각했다. 그런데…….

이 일을 어쩌겠는가. 세상에는 가끔, 아니 매우 자주 일이 사람 마음대로 흘러가지 않는 경우가 부지기수다. 이럴 경우 보통 현실은 사람들이 예기치 못하는 결과를 가져오게 된다. 이렇게 되면 막상 당하는 사람도 왜 이렇게 되어버렸는지 알 수가 없게 되어 버린다. 그리고 대답할 수도 없다. 왜냐하면 그것은 그냥 그렇게 되어 버린 것이기 때문이다.

즉, 단지 어쩌다 발생한 우연에 설명은 필요 없는 것이다. 억지라고 주장해도 할 수 없다. 왜냐하면 하늘은 때론 무척이나 억지스런 어거지꾼이기 때문이다. 이럴 때면 하늘은 전면적인 묵비권을 행사하는 경우가 태반이라 대화가 전혀 안 통하는 먹통이 되는 경우가 많다. 이런 시국이 눈앞에 닥쳤을 때 취해야 할 행동은 단 하나! 하늘의 억지와 농간을 이겨낼 무식한 강행돌파 뿐이다.

따지고 보면 이번에 발생한 비류연의 일만 해도 그렇다! 그는 전혀 의도하지 않았던 일이 그저 우연찮은 기회에 그의 곁에서 발생한 것

뿐이다.

그리고 저 위쪽에 존재하는 높으신 분들이 산다는 하늘이 지닌 주요 특성 중 하나인 상습적인 약간의 변덕에 의해 내려준 억지와 장난 때문에 그것에 휘말려 피해입고 싶은 생각이 추호도 없었다. 감히 누구에게 피해와 손실을 입히려 한단 말인가!

비류연은 그 존재가 설령 하늘 일지라도 절대로 용서할 수 없었다.

그런데 이번에 그 존재는 하늘이 아니라 한 여자였다. 물론 하늘이, 운명의 신이 제멋대로 이 일에 개입했다는 혐의를 벗을 수는 없을 것이다.

꽤 여러 가지 일을 그동안 겪어 온 비류연이었지만 이번 일은 참으로 황당함과 우연의 극치를 달리는 어이없는 일이었다. 사람은 살다 보면 별일을 다 당할 수 있구나… 라는 좋은 경험을 얻는 계기가 되었다.

그 희박한 우연이 일어나는 데는 채 일각도 걸리지 않았다. 비류연이 애소저회의 문을 나서서 기숙사로 걸어가는 그 짧은 시간동안에 천문학적인 확률을 뚫고 그 사건은 우연히 발생하고 말았다.

예기치 못한 재회(再會)

마침 비류연은 애소저회에서 볼일을 마치고
기숙사로 돌아가기 위해 동호회 거리를 걷는 중이었다.
그가 막 소로로 접어들었을 때였다.
반대편에서 걸어오는 두 사람의 여자가 있었다.

뛰어난 비류연의 안력은 그 두 사람이 여자란 사실과 그 여자들이 상당한 미인이라는 유익한 정보를 알려주었다.

그러나 비류연은 다른 의미에서 그녀를 보고 놀라고 말았다.

설마 비류연도 이런 식으로 그녀와 재회할 줄은 상상도 하지 못했었다. 그녀와의 관계는 그저 재미있는 추억거리에 불과했었다. 다시 만날 줄은 상상도 못했었다. 그런데 예기치 않게 이런 시시한 곳에서 우연치 않게 만난 것이다. 그러니 준비된 반응이랄 게 있을 리 없었다.

"어?"

비류연이 눈을 동그랗게 떴다. 누누이 말하지만 그의 동그랗게 뜬 눈은 앞머리에 가려 상대에게는 보이지 않았다.

"어?"

상대의 반응도 예측불허의 사태를 접한 사람의 반응이었다.

늘씬하게 빠진 몸매. 백옥 같은 피부. 흑요석 같은 눈동자. 온몸에 넘치는 기품. 고고한 향기.

그리고… 바람에 찰랑거리는 검은 머리카락.

눈이 돌아갈 만한 미녀였다. 그녀는 지금 이를 악물고 주먹을 꽉 움켜진 채 바들바들 떨고 있었다.

비류연은 무의식중에 그녀를 향해 손가락질하며 외쳤다.

"이야! 뚱땡이."

미녀의 얼굴이 단번에 불쾌감으로 처참하게 일그러졌다. 그녀의 백옥 같던 얼굴은 순간 울그락불그락 하게 변했다. 여인이 한을 품으면 오뉴월에도 서리가 내린다고 했던가……. 주변의 공기가 서리라도 내린 듯 갑자기 싸늘하게 변했다. 여인은 솟구치는 살기를 억제할 수 없었다.

여인을 호위하고 있던 팽유경은 순간 자신이 헛소리를 들은 게 아닌가 하는 자기 회의에 빠져들었다. 감히 자신이 호위하는 분의 면전에서 이런 극도의 무례를 범하는 이가 있다는 사실이 믿겨지지 않았다. 더욱 믿을 수 없는 것이 돌연히 눈앞에 나타난 태생 불명의 무뢰한이 자신이 수행하는 분을 아는 체 한다는 것이었다.

여인의 신분을 알면서도 그런 무례를 저지른다? 터무니없는 일이었다. 도저히 있을 수 없는 일이 벌어진 터라 순간 팽유경은 자신이 지금 무엇을 해야 하는지 망각해 버린 것이다.

팽유경이 힐끔 시선을 돌려 여인을 바라보았다. 여인의 몸은 사시나무 떨 듯 떨리고 있었다. 그녀는 여인이 이렇게까지 동요하는 것을 여태껏 본 일이 없었다. 그녀는 그제서야 자신이 할 일을 떠올릴 수 있었다.

챙!

그녀의 도집으로부터 도가 뽑혀 나왔다. 그녀는 도의 명문 하북팽가의 일족이었다.

"이런 무례한 놈!"

팽유경이 버럭 호통을 쳤다. 반드시 이놈에게 중징계를 내려야만 했다.

"그쪽은 처음 보는 분이네요."

비류연이 살기등등한 팽유경을 향해 말했다. 팽유경이 버럭 화를 냈다.

"닥쳐라! 너 같은 놈이 회주랑 알기라도 한다는 말이냐?"

항상 그녀의 호위를 전담하다시피 한 팽유경의 기억 속에 비류연이란 무뢰한은 들어있지 않았다.

비류연의 시선이 여인에게로 향했다. 순간 여인의 몸이 잘게 움찔했다.

"다시 만났네요."

비류연이 웃으며 말했다.

"……."

여인은 대답하지 않았다. 아직 심적 충격에서 벗어나지 못한 모양이었다. 그녀가 자신의 입술을 피가 배어나올 정도로 깨물었다. 여인

의 몸이 부들부들 떨리기 시작했다. 그녀의 눈에서 한광이 뿜어져 나
왔다.

팽유경은 칼을 뽑은 채 그녀의 명령이 떨어지기만을 기다리고 있
었다. 여인의 자존심으로 볼 때 이런 일은 사지의 근맥 중 하나를 끊
을 무례였다.

'이 일을 어쩌면 좋단 말인가?'

여인은 당황하고 있었다. 그리고 마음 속 깊은 곳에서 살기가 들끓
어 오르고 있었다.

'설마 저 남자를 이곳에서 만나다니……'

오백일 간의 폐관수련을 마치고 날아갈 듯한 마음으로 천무학관에
돌아온 자신의 기분을 단번에 지옥 끝 나락으로 떨어뜨린 사내였다.

자칫 잘못하면 철통같이 숨겨 왔던 치부(恥部)가 드러날 수도 있었
다. 지금 그녀가 지닌 일생일대의 비밀이 만천하에 드러나 버릴 위험
에 처해있었다. 그것은 누구도 알아서는 안 될 그녀만의 비밀이었다.
그것이 알려질 바에야 차라리 죽는 게 나았다.

마음 같아서는 살인멸구라도 하고 싶었다. 어떻게든 저 남자의 입
을 막아야 했다. 수단과 방법 따윈 필요 없었다.

그날 느닷없이 나타났다, 느닷없이 사라져 얼마나 당황했었던가…
그리고 얼마나 마음 졸였던가. 어쩌면 오늘 만난 게 행운일지도 몰랐
다. 어떻게든 저자의 입을 봉해야했다. 무슨 수를 써서라도!

'용서할 수 없어! 절대로 용서할 수 없어!'

절대로 봐서는 안 될 자신의 비밀을 본 자였다. 절대로 용서하지
않으리라. 증오에 가까운 분노와 살의가 그녀의 심신을 지배했다. 일

단 무슨 수를 써서라도 그를 그녀의 발아래 굴복시켜야만 했다. 그것이 그녀가 해야 할 첫 번째 과제였다.

팽유경이 조금이라도 자신의 마음을 눈치 채 주었으면 하고 여인은 생각했다.

"네놈 감히 이분이 누군 줄 알고 그런 무례를 저지른 것이냐?"

팽유경이 말했다. 그녀를 앞에 두고 이렇게 뻣뻣하고 무례한 천관도는 처음이었다. 과연 저런 모습을 한 자가 천무학관 관도가 맞는지부터가 의심스러웠다.

"누군데요? 높은 사람인가요?"

비류연의 반문에 팽유경은 어이가 없었다. 어처구니없기는 여인 또한 마찬가지였다. 설마 저 남자 아무것도 모르고 있었단 말인가? 그렇다는 것은 아무에게도 이야기가 새어나가지 않았을 가능성이 높았다. 여인은 조금 안도했다.

"귓구멍 씻고 잘 들어라. 이분은 바로 천무학관 군웅회 회주를 역임하고 계시는 철옥잠 마하령 님이시다."

처음 그녀를 본 사람은 어떻게 그녀가 여인의 몸으로 고수와 기재가 득실댄다는 천무학관의 이대 세력 중 하나인 군웅회의 회주를 역임할 수 있었는지 의아해하게 생각할 것이다. 그러나 그녀의 신분을 알게 되면 모두들 고개를 끄덕이며 납득하고 만다. 그녀가 충분히 군웅회주를 맡을 수 있는 자격이 있음을 인정하는 것이다.

그녀는 바로 천무삼성(天武三聖) 중 일인인 도성(刀聖) 하후식의 외손녀이자 천무학관주 철권 마진가의 금지옥엽(金枝玉葉)이었다. 무림에서 가장 혈통 좋은 사람 중 한명이라 자부할 만했다.

"오호!"

비류연이 주먹으로 손바닥을 탁 쳤다.

"아아! 누군가 참 궁금했었는데 그 유명한 분이셨군요. 그때 재미있는 것 보여줘서 참 고마웠어요."

비류연이 싱긋 웃으며 반가워했다. 물론 마하령은 전혀 그 웃음을 받아줄 기분이 아니었다. 그녀는 한시라도 빨리 해결책을 모색해 이 난국을 타개해야만 했다.

"그런데 설마 그도, 날 베는데 쓰려고 뽑은 거 아니죠?"

비류연의 손가락이 팽유경의 손에 쥐어진 도를 가리켰다. 비류연이 보기에 저 도 끝에 서려있는 기운은 살기가 분명했다. 팽유경은 아직 회주인 마하령의 언질이 없어 제재를 보류하고 있는 중이었다.

"내가 무슨 잘못이라도 했나요? 함부로 도를 뽑다니 이상한 분이시네요."

다짜고짜 도를 뽑다니 참으로 이해할 수 없는 사람이라고 비류연은 생각했다. 그리고는 경고했다.

"다치고 싶지 않으면 그만두는 게 좋아요."

"뭣이라?"

팽유경이 발끈했다. 비류연은 말 한마디 한마디가 어떻게 하면 사람은 열 받게 만들 수 있는지 전문적으로 연구라도 한 사람 같았다.

팽유경의 이마에 핏대가 섰다.

"난 나에게 위해가 되는 그 어떤 행위도 용납할 마음이 없어요. 설령 그것이 여자라고 해도 마찬가지입니다. 그러니 크게 잘못되고 싶지 않으면 얌전히 도를 도집에 넣는 게 현명한 방법이라고 생각되네요.”

비류연으로서는 나름대로 충고한다고 한 것이었다. 그러나 상대를 깡그리 무시하는 그런 우주거만한 충고가 남에게 들어 먹힐 리가 없었다.

팽유경은 어이가 없었다. ‘뭐 저딴 놈이 다 있지? 라는 게 그녀의 솔직한 심정이었다. 그런데 이상한 것은 그녀가 아직도 도를 손에만 쥔 채 휘두르지 않고 있다는 것이다. 보통 때의 그녀는 그리 인내심이 강한 여인이 아니었다. 그렇다고 오늘 당장 없던 인내심이 마른 땅에서 샘솟아 난 것도 아니었다.

그저 무엇인가가 그녀의 공격하고자 하는 행동을 훼방 놓고 있었다. 그것이 무엇인지는 그녀 자신도 몰랐다. 자기 방어 본능이라고나 할까……. 말로는 설명할 수 없는 감각이었다. 그냥 몸이 거부하고 있었다.

그 때문에 자꾸 말이 많아지는 지도 몰랐다.
“넌 몇 학년이냐?”
팽유경이 물었다.
“2학년 일걸요?”
비류연이 순순히 대답했다. 굳이 숨길 이유 따위가 없었기 때문이다.
“뭐?”
팽유경의 눈이 동그랗게 떠졌다. 알고 봤더니 새파랗게 어린 후배가 아닌가. 그녀는 이래봬도 지금 4학년 이었다. 이곳 천무학관에서의 2년 차는 엄청난 차이였다.

"넌 본녀가 4학년인 건 알고 있냐?"

"그랬어요?"

전혀 몰랐다는 말투! 그러나 전혀 신경 안 쓴다는 말투이기도 했다.

"그랬다."

'괜히 긴장 했네'

그녀는 생각했다. 이 순간 팽유경은 비류연을 깔보고 말았다. 그래서 팽유경은 그녀의 본능이 지시한 바를 따르지 않는 대실수를 저질렀다. 순간 그녀의 행동을 묶고 있던 보이지 않던 족쇄가 풀리면서 도광이 시퍼런 이빨을 드러냈다.

그녀는 이렇게 비류연의 경고를 무시하고 말았다.

여인의 지위를 등에 업고 호가호위(狐假虎威)하던 팽유경은 자연스레 콧대가 높아져 참을성이 없었다. 여인의 지위라면 언제나 모든 일이 단번에 해결되기 때문에 기다려 본 일이 없었기 때문이다. 그러니 인내심 따위가 싹을 틔울 토양이 조성됐을 리가 만무했다. 그녀는 자신의 본능이 인도하는 바를 따르지 않고 학년이 낮다는 이유 하나만으로, 나이가 어리다는 이유 하나만으로 비류연을 무시하는 실수를 저지르고 말았다.

비류연은 약속을 지켰다. 분명히 후회하게 만들어 준다고 손가락 걸고 약속까지 했었던 것이다. 특히나 이런 약속은 꼭 착실히 지키는 비류연이었다.

텁!

꼴사납게도 팽유경이 전력을 다해 펼친 하북팽가(河北彭家) 비전 오호단문도(五虎斷門刀)는 비류연의 두 손가락에 의해 더 이상의 움직임을 봉쇄당하고 말았다. 그녀가 아무리 용을 써도 두 개의 손가락에 물린 그녀의 칼을 빼내올 수가 없었다.

땅강!

그걸로 끝이었다. 무인의 자존심인 무기가 비류연의 두 손가락에 의해 반 토막이 되어 한쪽 벽에 날아가 박혔다.

"공수입백인(空手入白刃) 쇄병(碎兵)!"

마하령이 경악성을 토했다.

공수입백인 쇄병! 맨손으로 상대의 무기를 잡아 그것을 부러뜨리는 지고한 경지! 겨우 2학년짜리가 펼칠 수 있는 무공이 아니었다. 비류연의 주먹이 팽유경의 배를 강타했다. 퍽! 하는 소리와 함께 팽유경의 몸이 털썩 허물어졌다. 그리고 그녀는 정신의 끈을 놓아버렸다.

"너… 넌 누구냐?"

경악한 마하령의 목소리가 가늘게 떨려나왔다. 설마 군웅회의 십팔고수 중 한 명인 단옥도(斷玉刀) 팽유경이 이리도 간단히 쓰러지리라고는 상상도 못했던 것이다.

이렇게까지 그녀를 놀라게 한 사람은 많지 않았다. 마하령은 머리 꼭대기 정수리에서부터 얼음물을 뒤집어 쓴 듯한 느낌이었다. 이글거리는 화산처럼 날뛰던 홍분도 싸늘하게 가라앉았다.

그녀도 명색이 한 회를 이끄는 회주였다. 상대의 강함에 대해서는 어느 정도 감을 잡을 능력은 있었다.

스윽! 턱!!

너무나 간단히 마하령의 왼쪽 손목이 비류연의 손에 잡히고 말았다. 너무나 수월한 한 수였음에도 불구하고 그녀는 피해내지 못했다. 그동안 수련했던 모든 것이 허사로 느껴질 만큼 어이없는 상황이었다. 방심이 화를 부르고 만 것이다.

"놔라!"

"싫은데요!"

비류연은 그녀의 부탁을 단박에 거절했다.

"놔!"

그녀가 앙칼지게 소리쳤다. 그러나 마치 몸이 올가미에라도 걸린 듯 그녀는 비류연의 손을 뿌리칠 수가 없었다. 무형의 경력이 손목을 통해 그녀의 전신을 제압하고 있었다. 그녀는 빠져나가기 위해 몸부림 쳤지만 소용이 없었다. 이런 험한 대접은 태어나서 생전 처음이었다. 항상 주위에서 떠받음을 받고 살아온 그녀로서는 충격적인 경험이었다.

"뭘 그렇게 두려워 하는 거죠?"

"놔!"

그녀가 다시 날카롭게 소리쳤다. 그녀의 손이 부르르 떨렸다.

"왜 그렇게 안절부절 못하는 거죠?"

비류연이 의아한 목소리로 물었다.

"……."

그녀는 홱 하고 고개를 돌려 비류연의 얼굴을 외면해 버렸다. 묵비권의 행사였다.

“아! 혹시 그것 때문에 그래요? 그날 밤 그 일 때문에?”

그의 말이 끝나기도 전에 다시 그녀의 얼굴이 비류연을 향해 돌아왔다.

비류연이 쾌재를 불렀다.

“아하! 역시 그것 때문이었군요. 그게 그렇게 불안했어요?”

이번에도 그녀는 대답하지 않았다.

“물론 그건 혼자 보기 아까울 정도로 신기한 모습이긴 했죠.”

비류연이 싱긋 웃었다. 그 웃음은 마치 자신을 비웃는 것 같다고 마하령은 생각했다. 그녀의 얼굴이 수치심으로 붉게 달아올랐다.

“이… 이놈이!”

획! 그녀의 손바닥이 비류연의 뺨을 향해 날아갔다.

‘짝!’ 소리는 나지 않았다. 비류연이 슬쩍 그녀의 손바닥을 피해냈기 때문이다. 그녀는 너무나 분했다. 이대로는 수치심을 이기지 못하고 죽어버릴 것 같았다. 그녀는 어떻게든 이 울분을 토해내고 싶었다. 그녀의 목소리가 파르르 떨려나왔다.

“이… 이… 이……”

너무나 분한 나머지 그녀는 해서는 안 될 말을 했다.

“이 출신도 없는 비천한 놈이!”

감정을 이기지 못하고 범한 절대의 금기(禁忌)! 그것은 절대 해서는 안 될 실수였다.

비류연의 눈에서 순간적으로 피어오른 한광(寒光)이 그녀의 전신을 꿰뚫었다. 순간 대기가 싸늘하게 냉각되었다. 마하령은 숨이 턱 막혔다. 그녀의 심장을 옥죄는 그것은 바로 공포였다.

더 이상 비류연은 참아야 할 필요성을 못 느꼈다.

"짝!"

요란한 소리가 하늘을 울렸다.

아무래도 그녀는 넋이 빠진 것 같았다. 너무나 엄청난 일을 너무나 순식간에 당하는 바람에 정신적 공황 상태에 빠졌던 것이다. 그녀는 벌겋게 부어오른 뺨을 부여잡으며 멍하니 서있었다. 그녀의 이성이 돌아온 것은 잠시 후였다.

"이 천한 놈이! 네… 네 놈이 감히!"

그녀는 만악의 근원이 되는 혀를 또다시 너무 소홀히 다루었다. 그것은 너무나 부주의한 행동이었다. 그녀의 드센 자존심이 그녀의 혀끝을 조정했다. 그것은 화를 자초해서 부르는 짓이었다.

"짝!"

이번엔 맞은 편 오른쪽 뺨이었다. 이제 그녀의 양 볼에는 모두 벌건 손자국이 나있었다. 비류연의 눈은 싸늘하게 굳어져 있었다. 방금 전까지 싱긋생긋 웃는 모습은 온데간데 없었다. 현재의 그는 무심 그 자체였다. 순간 그녀는 오싹한 심장떨림을 느꼈다.

머리카락에 눈이 가려져 있지만 그녀는 비류연이 어떠한 눈빛을 하고 있는지 알 수 있을 것 같았다. 바닥을 알 수 없는 무저갱(無底坑)처럼 깊고 어둡고 차가운 눈빛! 여지껏 그 누구도 그녀를 그런 시선으로 본 사람은 없었다.

눈물이 날 것만 같았다.

"뭐?"

“뭐?”

“뭐?”

같은 말이 3군데 장소에서 동시에 터져 나왔다. 비류연이 벌여놓은 사건이 구정회, 군웅팔가회, 애소저회 이 세 곳에 거의 동시에 전달되었던 것이다. 보고를 들은 사람들이 이 초유의 사태에 경악하는 게 당연했다. 그중 가장 빨리 현장에 달려와 주변을 장악하고 사람을 막은 쪽은 마하령이 회주로 있는 군웅회가 아니라 구정회 쪽이었다. 이 일의 대처가 구정회보다 늦은 것 하나만으로도 군웅회는 수치를 당한 것이나 다름없었다. 수장의 신변에 일이 생겼음에도 불구하고 경쟁자보다 늦게 도착한 것이다. 이런 원망은 모두 비류연에게 쏠릴 수밖에 없었다.

인의 장막을 둘러 주변을 통제해 사람들의 출입을 막은 백무영은 서둘러 문제의 장소로 달려갔다. 비류연과 마하령 사이에는 여전히 묘한 대치가 계속되고 있었다.

비류연이 군웅회주 철옥잠 마하령에게 공포란 걸 최초로 심어주고 있을 바로 그때였다.

후다닥!

“잠깐!”

현장에 강제 난입하듯 들이닥친 이는 바로 백무영이었다. 백무영은 비류연의 손에 뺨을 얻어맞고는 뺨을 부여잡고 있는 여자를 보고 눈이 동그래졌다. 백무영의 말이 심하게 떨려나오기 시작했다. 사람의 몸까지 같이 떨릴 정도로 진동수가 무척 높은 것으로 보아, 보통 경악한 것이 아닌 모양이었다.

“자… 자네?”

“응?”

‘왜 불러?’를 온몸으로 연설하는 듯한 모습으로 비류연이 고개를 돌렸다. 어느새 비류연은 예전의 모습을 되찾고 있었다. 지금은 백무영에게 반가움을 표시할 정도로 여유가 넘쳐보였다.

그 모습을 본 백무영은 지금 비류연이 자신이 얼마나 엄청난 일을 저질렀는지 전혀 인식하지 못하고 있음을 확신했다. 전 재산을 걸어도 좋았다.

“그분이 감히 누군 줄 알고 함부로 손을 대고 있는 건가? 게… 게다가 손찌검이라니? 자네 미쳤나?”

경악한 백무영이 쉴새없이 쏟아내는 말을 들은 비류연의 인상이 단숨에 찡그려졌다. 쓰잘데기 없이 콧대 높고 버르장머리가 눈곱만치도 없는 여자애 하나 가볍게 징계 줬기로서니, 그 때문에 말을 들을 이유는 없었다. 일단 비류연의 생각은 그러했다.

“아주 정상이죠. 남의 집 가정교육을 대신 시켜줬다 해서 나쁜 말들을 이유는 없다고 생각하는데? 백 선배의 의견은 틀린 모양이지요?”

비류연의 입가에 한 줄기 미소가 그려졌다.

그의 미소에는 오늘따라 왠지 모를 싸늘함이 묻어있었다. 평소의 능글맞은 모습과는 사뭇 다른 모습에 순간 백무영도 긴장할 수밖에 없었다. 물론 자신도 내심으로야 저기 저 고고하기 한량없는 무서운 아가씨의 부족한 가정교육 보충수업에 대해 적극적으로 찬동하는 바이지만 맡은 바 소임과 주변의 시선이라는 것이 존재하는 이유로 그냥 잠자코 허수아비 흉내를 낼 수는 없는 노릇이었다.

　백무영은 이대로 곱게 물러날 수가 없었다. 아마 군웅회는 회주 자신이 백무영에게 저런 꼴사나운 모습을 보인 것만으로도 체면이 바닥으로 떨어졌을 것이다. 백무영은 그걸로 충분했다. 이제는 사건을 한시라도 빨리 마무리 지어야 했다.

　"저기……."

　백무영이 비류연에게 뭔가 말을 걸려고 하는 바로 그때였다.

　우르르르!

　"회주님! 괜찮으십니까?"

　끝내 백무영은 입을 떼지 못했다. 그가 막 입을 떼려는 찰나 갑자기 인의 장벽을 제치고 여덟 명의 무사들이 황급히 들이닥친 것이다.

　이 느닷없는 사태에 백무영은 황급히 검을 뽑아 느닷없는 침입자를 향해 겨누었다. 그러나 무사들의 정체를 확인한 백무영은 검을 즉시 검집에 갈무리했다.

　익히 잘 알고 있는 얼굴이었기에 굳이 검을 사납게 섞어가며, 신분을 확인하고 대화를 나눌 필요가 없었기 때문이다.

　광풍맹호도(狂風猛虎刀) 팽혁성! 하북 팽가 출신으로 군웅회 십팔대 고수 중 한 명이었다. 별호에 광풍(狂風)이 들어갈 만큼 성질 급한 친구가 온 곳이다. 과연 조용히 끝날 수 있을지 의문이었다.

　"네 놈 죽고 싶으냐?"

　긴급 편성된 회주 구출 작전대의 대장인 광풍맹호도 팽혁성은 도를 뽑아 도극을 비류연의 머리에 겨누며 위협적인 목소리로 말했다.

아무래도 그는 자신보다 월등히 강한 실력의 소유자인 회주가 어떤 경로로 비류연의 손에 붙잡히게 됐는지 궁금하지 않은 모양이었다. 그는 그 정도도 생각할 주변머리가 없는 모양이었다.

그 모습에 백무영은 고개를 절래절래 저었다. 저런 시시한 협박에 넘어갈 비류연이 아님을 이제 그도 잘 알고 있었기 때문이다.

"글쎄요……."

역시 예상대로 비류연은 태연작약하기만 했다. 철각기마대의 진로를 단 일인으로 막은 괴물 같은 놈이었다. 팽연호가 과연 그의 눈썹 한올이라도 까딱이게 만들어 줄 수 있을지 지룡(智龍) 백무영은 그게 무척이나 궁금했다.

"감히 그분이 누군 줄 알고, 이 무엄한 놈!"

당장이라도 달려들고 싶었지만 회주인 마하령이 비류연의 손에 붙들려 있는지라 팽우혁은 감히 경거망동할 수가 없었다.

"이 여자가 누구이던지 간에, 신분이 어떻든, 지위가 어떻든, 혈통이 어떻든, 그건 나하고는 전혀 상관없는 일입니다. 난 나에게 모욕을 준 사람을 설령 상대가 여자라 해서 멀쩡히 내버려둘 생각은 없습니다."

비류연이 담담한 어조로 계속해서 말을 이었다.

"생각 같아서는 며칠 성문 밖에다가 걸어놓고 싶군요. 그럼 그 썩어 빠진 정신의 일부가 어느 정도 빠져나갈 텐데 말이죠. 아쉽네요. 분명히 말하지만, 이런 상태로 그냥 다시 풀어주면 그녀의 존재는 '분명히 확신하건데' 주위의 민폐가 될 거예요."

"닥쳐라! 어서 그 더러운 손을 놓지 못하겠느냐!"

팽혁성이 버럭 호통을 쳤다. 백무영에게는 그의 모습이 제 무덤에 삽질하는 꼴로 밖에 보이지 않았다. 비류연은 조용히 고개를 돌려 그를 쳐다보았다. 순간 모골이 송연해 지는 살기에 팽혁성은 잔뜩 근육을 긴장시켜야만 했다.

"무슨 기준으로 남의 손의 청결 척도를 함부로 단정 짓는 광오한 말을 하는 거죠?"

팽우혁을 향해 말을 하면서도 여전히 비류연의 손은 마하령에게서 떨어질 생각을 하지 않고 있었다. 청개구리 사촌 같은, 꼬일 대로 꼬인 성격의 소유자이기 때문에 하지 말라 하면 더욱더 하는, 꼬일 대로 꼬이고 재삼 다시 꼬인 성격이었다. 비틀릴 대로 비틀려있어 더 이상 비틀릴 여유도 없는 처지였기에 곧이곧대로 순순히 팽우혁의 고압적인 명령조의 말을 들어줄 리가 없었다.

그랬는데… 그런데 갑자기 비류연이 잡고 있던 그녀의 손목을 놓았다.

"자!"

그녀의 왼손을 잡고 있던 비류연의 우수(右手)가 떨어지자 거미줄처럼 자신을 얽매고 있던 무형의 압력이 썰물 빠져나가 듯 빠져나가는 것이 느껴졌다.

그녀의 몸이 막 자유를 찾자 그녀는 교구를 움직여, 자신을 최초로 가장 열 받게 만들고 온갖 모욕을 준 남자의 손아귀에서 빠져나오려고 했다. 그러나 그녀의 시도는 미수에 불발로 그치고 말았다. 어느새 비류연의 좌수가 소리 소문도 없이 그녀의 우수를 얽아매고 있던 것이었다.

"저… 저놈이! 저런… 찢어죽일 놈!'

지켜보던 팽혁성의 눈이 회까닥 뒤집어 졌다. 평소 흠모하던 회주가 다른 놈팽이의 손아귀에서 농락당하고 있다고 멋대로 해석해버린 그의 이성은 지금 회까닥 뒤집어질 대로 뒤집어져 있었다.

이미 이성 따윈 예전에 날아가 버린 지 오래였다.

군웅회주 마하령의 눈에 눈물이 그렁그렁 맺혔다. 그녀는 절대 눈물을 보이거나 할 연약한 성격의 소유자는 아니었다. 그러나 오늘만은 그녀도 분을 참을 수가 없었다.

도대체 반천일 동안 폐관에 들어가 특별 수련을 받았으면서도 그동안 무엇을 얻었단 말인가? 그 남자를 이기기 위해 그렇게 노력했었는데? 겨우 이 정도 성과뿐이란 말인가? 왜 근본도 모르는 놈에게 수모를 당해야 하는지 그녀는 이해할 수가 없었다,

그녀 자신의 치부만 낱낱이 들킨 것 말고는 아무 것도 없지 않은가. 처음으로 그녀는 무력감을 느꼈다.

"크아아아악!'

부웅!

보다 못한 팽혁성이 울분을 참지 못하고 거도(巨刀)를 휘둘렀다. 팽가 독문의 쾌도법(快刀法) 오호단문도였다. 거대한 도가 풍차처럼 허공을 가로질렀다.

쒜에에엥!

정확히 목을 향해 날아오는 살인미수의 도를 비류연은 가볍게 고개를 숙이는 한 동작으로 피해냈다.

전력을 다해 휘두른 팽혁성의 도는 비록 파괴력은 있을지언정 속도라고는 눈 씻고 찾아볼 수가 없었다. 그런 도쯤 피해내는 건 식은 죽 먹기보다 쉬운 일이었다.

"이런! 이런! 저들은 댁의 안전에 대해서는 전혀 고려를 하지 않는 모양이네요. 이렇게 지척 간에 달라 붙어있는 남녀 사이를 도로 쳐서 강제로 떨어뜨리려 하다니 참으로 몹쓸 사람들이네요."

비류연이 느긋하고 부드러운 목소리로 마하령의 심기를 긁었다. 왜 이런 꼴사나운 모습을 회원들 앞에서 보여야 하는지 이해할 수 없는 마하령은 입술을 꼬옥 깨물었다. 이런 수치심을 느껴보기란 처음 있는 일이었다.

"놓·아·주·세·요!"

비류연이 그녀를 바라보며 장난기 가득한 목소리로 한자 한자 또박또박 내뱉었다. 그래도 비류연의 얼굴은 진지하기만 했다.

"뭐?"

여전히 그녀의 말은 짧았다. 최근 명령 외에 다른 말은 해본 적이 없으니 갑자기 길어지기도 힘들 것이다.

"놓·아·주·세·요!"

다시 한 번 비류연이 또박또박 말했다. 그녀는 '홱' 고개를 한쪽으로 돌려 비류연의 얼굴을 외면했다.

"……."

순간 짧은 침묵이 이어졌다. 고고한 자존심으로 무장한 마하령은 자신이 겨우 이런 어린 사내의 강압에 굴복했다는 모습을 만인이 보는 앞에서 보여줄 수는 없었다. 그것은 그녀의 드높은 자존심이 용납하지 않는 일이었다. 그녀의 마음속에서 인정받을 수 없는, 용서할 수 없는 범죄행위였던 것이다.

어떻게 일 회의 회주로서, 나이도 어린 후배에게 놓아주세요, 라는 애원조로 말할 수 있겠는가? 천무학관 양대 회(會)의 회주로서 그런 일은 있을 수 없었다.

"놓·아·주·세·요! 부·탁·드·립·니·다."

비류연도 상당히 끈질겼다. 이번엔 뒤에 한 단어가 더 붙었다.

꿀꺽!

모두들 숨을 죽인 채 마하령의 반응을 지켜보았다.

<『비뢰도』 9권에서 계속>

비류연과 그 일당들의 좌담회

비류연 : 안녕하십니까. 독자제현 여러분! 진짜진짜 놀랍게도 이번
    8권에서도 무사히 여러분들의 얼굴을 뵙고 인사를 드리는
    일이 가능했습니다. 이번만은 작가도 절대 마감을 맞추지
    못할 거라 만장일치로 일치단결하여 생각하고 있었는데,
    경악스럽게도 아슬아슬하게 작가가 마감을 맞추었습니
    다. 이제 비뢰도 2부에 해당하는 8권이 시작되었군요.

효　룡 : 이런 것을 보고… 기적이라 말하는 게 아닐까?

비류연 : 그럼! 이런 거야 말로 진정한 기적이라 할 수 있지! 누가
    이번에 감히 작가가 마감을 제대로 맞출 수 있으리라 여
    겼겠나? 자넨가?

효　룡 : 응? 하하하! 설마 그럴 리가 있겠나. 아무리 그래도 그렇

지 나도 머리가 있고 그 안에 뇌(腦)가 들어있어 생각할 줄 아는데 그런 어리석은 도박을 하겠나? 터무니없는 이야기지.

비류연 : 이번에 뭔가 불안해서 내기에 빠진 게 다행이었어. 하마터면 큰돈을 잃을 뻔 했잖아! 이래서 세상은 무섭고, 하늘은 변덕쟁이라는 거야.

장　홍 : 그 변덕이야 말로 바로 세상의 오묘한 이치지. 예측을 불허하기에 인생이란 것이 재미있는 것 아니겠나?

비류연 : 꿈보다 해몽이로군. 사람들은 가끔 저렇게 꿈보다 더 좋은 해몽을 작문하며 눈앞에 도래한 현실을 외면하려고 하지… 씁쓸한 현실이야.

장　홍 : 아참, 류연! 이번에 마천루에 관한 새로운 소식이 들어왔다며?

비류연 : 그런 걸 왜 나한테 묻나? 그런 건 스토킹의 달인, 일인 홍신소 장 아저씨한테 물어봐! 내가 그것에 관해 떠드는 건 인권침해라고!

장　홍 : 영역침범 아니었나? 어쨌든 새로운 소식이 들어와 있네! 일단 첩보조에 의해 들어온 비밀 정보에 의하면 마천루의 대형이신 최후식 대협의 '바람과 벼락의 검' 이 출간돼 강호를 강타했다고 하더군. 그 '바람과 벼락의 검' 은 처음부터 끝까지 비뢰도의 작가가 썼다고 하더군. 제목(題目)만!

비류연 : 제목만? 어지간히 할 일 없는 작가로군. 그럴 시간 있으면 우리들에게 일분일초라도 더 신경 써주는 게 작가로서의

도리가 아닌가?

장　홍 : 그리고 전국 고교를 제패할 '타락고교'를 꿈꾸는 홍성화 기인도 있다네! '타락고교'를 출간해서 전국의 고교생들을 타락의 길로 빠트리고 싶은 걸까? 생각할수록 두려운 음모야. 참고로 말하자면 홍 기인은 염색체 배열이 XY야! 가끔 XX라고 착각하는 분들이 있어 부연 설명 해주는 걸세.

효　룡 : 이야! 요즘은 거기서 유전자 조사까지 하나 보죠?

장　홍 : 아! 요즘은 유전자 공학 쪽이 유행이거든. 이제 지문(指紋), 치열(齒列), 혈액형의 시대는 지나간 거지. 이제는 인터넷 시대 아닌가.

효　룡 : 참 여러 가지 일이 있었군요! 여기에 실린 당문혜 그림도 비뢰도 다음 카페 cafe.daum.net/TGSNOSF의 두문불출 님이 그려서 보내주신 거라면서요?

장　홍 : 그래도 독자님들이 지닌 비뢰도 등장 인물들의 이미지에 대해 알게 되어 무척 흥미로웠지!

비류연 : 뭐… 여러 장의 그림이 올라왔었는데… 왜, 그중에 내 그림이 없는 거야. 이진설 양이나 독고 소저, 그리고 효룡 녀석도 올라오고 대공자처럼 보이는 조연 녀석도 올라왔는데…….

장　홍 : 지면 관계상 다 싣지 못하는 게 아쉬울 뿐이지. 묻혀진 명작들도 많은데 말이야.

효　룡 : 그건 참 안된 일이군요. 작가는 요즘 독자들이 올려주는 그림 보는 재미로 카페에 들어간다는데요.

장　홍 : 그리고, 이번 비뢰도 2부에 해당하는 8권 기념 이벤트로 스토리 다이제스트를 모집했지. 1등으로 당첨된 분은 바로 ·· 님이지. 그 분이 이 책을 보시고 계시다면 자신이 합격했다는 걸 아시겠지! (그분께는 약속대로 소정의 상품인 20만원 상당의 문화상품권을 보내드리겠습니다!)

효　룡 : 아니, ·· 님이라니. 혹시 자네가 은근슬쩍 꿀꺽하려는 거 아냐?

비류연 : 쳇! 아무리 내가 돈을 사랑해도 그런 짓을 안 한다고! 작가가 그러면 또 모를까. 앗! 그리고 보니 벌써 끝내야 할 시간이로군.(자기 험담 하려니깐 재빨리 대화를 중단시키다니… 언론집회결사표현의 자유가 보장된 대한민국에서 참으로 통탄할 노릇이로군!)

장　홍 : 만남이 있으면 헤어짐이 있고, 시작이 있으면 끝이 있는 법이지!

비류연 & 장홍 & 효룡 : 그럼 비뢰도를 아껴주시고 사랑해주시고 읽고 기뻐해주시는 독자제현 여러분! 저희는 여기서 이만 작별하고 다음 9권에서 뵙겠습니다. 무사히 여러분들과 재회할 수 있기를 하늘에 계신 천지신명께 기도드립니다. 하늘과 작가가 변덕만 안 부린다면 다음에 여러분과 무사히 만날 수 있을 겁니다. 그때까지 안녕히 계세요!

비뢰도 스토리 다이제스트!

-글쓴이 : Great! 天上天下!

비류연 : 안녕하세요! 팔만사천세계 삼라만상 우주제일의 초절정 절세무적 극한 극도의 미남기재인 류연입니다. 이제 8권이 출간되었습니다. 흐흐흐… 드디어 제가 본격적으로 활동을 시작합니다. 그동안 기다려 주신 분들께 감사드려요. 이제 저의 활약을 본격적으로 들려드리… 참, 설마 지금까지의 제 인생담(?)을 잊으신 분들이 있나요? 에이… 설마 그런 분이 있을 리가……?

효　룡 : 여기 있잖아. 난 자넬 천무학관 입관과 동시에 알게 되었으니까 너의 어린시절은 모르는 게 당연하잖아. 아참, 인사가 늦었네요. 안녕하세요. 효룡입니다.

장　홍 : 음… 그렇지. 그러고 보니 자넨 지금까지 우리에게 과거

이야기를 한 적이 한번도 없더군. 이번 기회에 한번쯤은 듣고 싶은데… 안녕하세요. 장홍입니다.

비류연 : 에헤헤… 그, 그게 말이지… 별루 내키지가…….

나예린 : 저도 흥미가 생겼어요. 얘기해 주실 순 없나요?

비류연 : 엑? 나, 나 소저까지… 뭐, 나 소저께서 원하신다면…….

제가 아주 어렸을 적에 어머니가 돌아가신 걸로 기억이 나요. 게다가 10살이 되기 전에 아버지가 돌아가셨어요. 그 당시 제가 살던 마을에 돌림병이 돌았기 때문이죠.

그때 전 어머니의 무덤 옆에 아버지를 묻고는 아버지와 어머니를 조각해서 무덤 옆에 세워 두었죠.

효룡 & 장홍 : 아니… 자네에게 그런 아픈 과거가 있는 줄은 몰랐군.

나예린 : …….

비류연 : 아니, 너무 어렸을 때라 기억도 잘 안나. 그래서 그런지 그렇게 슬프지도 않아. 단지 기억이 나는 것은 아버지는 조각가이셨고, 나도 조각을 상당히 잘 했다는 거야. 어머니는 상당히 아름다운 분이셨던 것 같아. 하지만 진짜 불행은 그때부터였어.

효룡 & 장홍 : 엥? 부모님을 여윈 것보다 더 큰 불행이라니?

나예린 : 그분을 만난 일 말인가요?

비류연 : 네. 전 그때 사부를 만났죠. 그때부터 제 인생의 최대 암흑기가 시작되었죠. 어휴… 생각만 해도 소름이 끼치네.

효　룡 : 도대체 이해를 못하겠군. 대체 무슨 소리야?

장　홍 : 나도 자네가 무슨 소리를 하는지 도통 못 알아듣겠군.

비류연 : 그럼 지금부터 잘 들어봐. 난 그때 부모님의 무덤가에서 사부를 만났어. 마땅히 의지할 곳도 없는 바람에 결국 사부를 따라가게 되었지. 사부를 따라가서 제일 처음 배운 게 바로 밥 짓는 방법이었어. 힘을 길러준다면서 100근짜리 도끼로 장작을 패게 했고, 50근짜리 빨래방망이로 빨래를 하게 했지. 거기다 나중에는 날 대장간에 팔아넘기고도 모자라 잠도 못 자게 하며 부업을 시켰지. 그렇게 사부는 어리던 나를 마구마구 착취한 돈으로 술을 사 마시고는 했지. 흑흑… 정말 그때만 생각하면…….

효　　룡 : 자네가 그렇게 불우한 어린 시절을 지냈을 줄은 몰랐네.

장　　홍 : 그러게 말일세.

나예린 : 대단한 사부님이셨군요.

비류연 : 그러던 어느 날, 난 산 속에서 나물채취작업을 하는 중이었어. 그때 우연히도 눈에 띈 게 바로 인형설삼이었지. 그게 아니었다면 난 지금도 사부의 마수에서 빠져나오지 못했을 지도 몰라.

효룡 & 장홍 : 인형설삼! 그걸 자네가 복용했단 말인가?

나예린 : 기연이로군요.

비류연 : 흠흠… 아무튼 그 인형설삼 덕분에 난 빠른 속도로 무공을 익힐 수 있었고, 겨우 사부의 마수에서 빠져나올 수 있었어. 그러던 어느 날 내가 물속에서 수련을 하고 있었는데, 잠깐 쉬러 밖에 나와 보니 어떤 할아버지가 쓰러져서 절명해 계시지 뭐야? 그래서 우리 사문의 가르침에 따라

시신을 염해드리고, 소지품을 거둬들였지. 그때 발견한 것이 인피면구와 편지 한통이었어. 편지의 내용은, 주작단의 수련을 맡긴다는 내용이었지.

효　룡 : 주작단? 자네의 사제들 말인가?

비류연 : 그렇지. 아니, 엄밀히 말하자면 사제가 아니라 내 제자들이지.

장　홍 : 무슨 소린가? 자네가 주작단을 가르치기라도 했단 말인가?

비류연 : 그래. 내가 그때 얻은 인피면구를 쓰고, 그 녀석들을 좀 단련시켜줬지. 따지고 보면 내가 이 천무학관에 들어온 것도 그 녀석들이 보고 싶었기 때문일 수도 있어.

나예린 : 그러니까, 천무학관에 들어와서는 주작단의 대사형 행세를 했다는 말이군요?

비류연 : 그래요 나 소저. 헤헤… 이 사실은 주작단 녀석들에게는 비밀로 부탁해요.

효룡 & 장홍 : 그게 말이지… 맨입으로는…….

나예린 : 제가 비밀을 지켜야 한다는 의무 같은 것은 없는 거 같은데요.

비류연 : 헉… 안 되는데… 그럼 제가 염도 노사의 비밀을 한 가지 가르쳐 드릴 테니까, 둘 다 비밀로 해주실래요?

나예린 : 뭐… 들어보고 생각해보죠.

효　룡 : 그래, 일단 말해 보라구.

장　홍 : 일단 한번 들어보지.

비류연 : 내가 사부 몰래 묵금을 들고 가출해서 천무학관이 있는

남창으로 올 때 염도 노사를 만났었지. 그때 난 내 대신 여
러 가지 잡일을 처리해줄 제자가 필요한 상황이었어.

장　홍 : (전음으로 효룡에게) 제자는 잡일을 처리하는 사람이 아니
지 않는가?

효　룡 : (역시 전음으로) 아무래도 어렸을 때 사부에게 그렇게 주입
식 교육을 받은 게 아닐까요?

비류연 : 그래서 염도 노사를 일부러 흥분시킨 다음,

효룡 & 장홍 : 다음?

비류연 : 손바닥 뒤집기로 살짝 밀쳐줬지.

효룡 & 장홍 : 그래서?

비류연 : 그래서라니? 그대로 뻗어버리던걸.

효룡 & 장홍 : 뭣? 말인즉, 자네가 염도 노사를 쓰러트리고 제자로
삼았단 말인가?

비류연 : 그렇지.

효룡 & 장홍 : 말도 안 되는 소리 작작하게나.

나예린 : 그 말은… 믿기에 조금 무리가 있군요.

비류연 : 뭐, 안 믿으면 어쩔 수 없고… 그렇게 믿기 힘들다면 비뢰
도 2권을 참고하라구. 전국 서점에 비치되어 있다네.

효룡 & 장홍 : 그러지.

비류연 : 아무튼 난 염도 노사와 함께 천무학관으로 왔어. 그런데
내가 왔을 무렵 일반 접수는 이미 끝난 상태였고, 그래서
방법을 찾던 중 특별 전형이 있다는 걸 알아냈지. 특별 전
형에 응시하려면 승룡패라는 물건이 필요하다고 해서 가

장 가까운 곳에 있는 승룡패를 찾아보니 호아장이라는 곳
에 있다고 하더군.

효　룡 : 그래서? 설마 호아장에서 승룡패를 빼앗아 오기라도 했단
　　　　말인가?

비류연 : 당연한 걸 왜 물어. 하지만 염도 노사가 좀 수고했지. 그렇
　　　　게 해서 승룡패를 손에 넣은 다음 특별 전형 수석 합격으
　　　　로 천무학관에 입관한 거야. 입관식 날 지붕에서 효룡 널
　　　　만났잖아.

효　룡 : 그래, 자넬 만난 건 그때였지. 그리고 기숙사로 가는 도중
　　　　장홍을 만났고 말이야.

장　홍 : 그렇지. 내가 자네들을 만난 건 그때가 처음이었지.

비류연 : 그래서 그 뒤로는 쭈욱 천무학관에서 생활을 하고 있
　　　　는…… !!!

효　룡 : 아니, 자네 왜 그러나?

장　홍 : 돈 냄새라도 맡은 건가?

나예린 : 무슨 일이죠?

비류연 : 이, 이 느낌은… 서, 설마…….

？　？　？ : 겔겔겔!!! 잘 지냈냐? 류연아!

비류연 : 크엑!!! 사, 사부?

사부님 : 그래, 나 사부님이다. 말없이 가출한 이후로 이게 얼마만
　　　　이지?

비류연 : 노, 노후연금은 어쩌고 여기 왔어요? 거기다 내가 천무학
　　　　관에 있는 줄은 어떻게 알았죠?

사부님 : 으헤헤… 이 천하제일인이자 고금무적인인 사부가 뭘 못
하겠느냐. 개방에 쳐들어가서 개방방주를 족치니까, 자신
의 제자 중에 노학이라는 놈이 천무학관에 있는데, 그놈
한테서 비류연이란 아이의 이야기를 들은 적이 있다고 하
더군.

비류연 : 아무래도 스토리가 급조한 티가 팍팍 나는데요?

사부님 : 그렇지! 글쓴이의 무성의함과 무지함이 여지없이 드러나
는구나.

효 룡 : 그런 것 같군.

장 홍 : 맞아. 이번에 글쓴이는 검류혼 작가보다도 훨씬 무성의한
것 같군 그래.

나예린 : 정말 그렇군요.

사부님 : 그런데… 왜 똥 씹은 얼굴을 하고 있는 게냐, 제자야? 이
사부가 등장한 게 싫으냐?

비류연 : 아, 아니에요. 제가 무슨… (속으로) 이런 빌어먹을 늙은이
같으니라구.

사부님 : 그런데… 이 녀석들과 아리따운 소저는 누구냐?

비류연 : 아하하… 여기 이 녀석은 효룡이구요, 이쪽은 장홍 아저
씨에요. 뭐해, 인사드리지 않구, 내 사부님이셔.

효룡 & 장홍 : 안녕하세요. 저희는 류연이의 천무학관 입관 동기입
니다.

사부님 : 그래, 반갑다.

비류연 : 헤헤… 이쪽은 나예린 소저에요.

나예린 : 처음 뵙겠습니다. 나예린이라고 합니다.

사부님 : 호오, 류연이가 이렇게 아리따운 소저를 알고 있으리라고
는… 어찌되었든 반갑네. 류연아!

비류연 : 네?

사부님 : 혹시 이 소저가… 혹시 너 이거냐?(새끼손가락을 내민다)

비류연 : 네? 아하하… 뭐 입맞춤 두어 번밖에는…….

효룡 & 장홍 : !!!

나예린 : … 다음번에는 호락호락 당하지 않을 겁니다. 그때는 각
오하는 게… 좋을 겁니다.

사부님 : 흠… 예쁘기는 한데… 성질머리가 좀 있을 것 같군. 그래,
묵금은 잘 보관하고 있겠지? 날 속이고 가출한 죄는 나중
에 물으마. 일단은 천무학관에서 지낸 이야기나 좀 해보
려무나. 이 사부도 궁금해 죽겠구나.

비류연 : 아이… 참…사부도… 그냥 서점에서 비뢰도 1~7까지 사
보시면 될 것 가지고…….

사부님 : 그래서! 이야기를 못 하겠다는 게냐, 그동안 내가 쓰다듬
어주지 않았다고 삐졌나 보구나, 사랑스런 제자야?(우득,
주먹의 관절을 가볍게 푼다)

비류연 : 아니, 무슨 말을 그렇게 하세요, 사부님. 사람 말은 끝까지
들어보셔야죠.

사부님 : 그래, 그럼 어서 이야기나 해 보거라.

비류연 : 천무학관에서 제일 처음 만난 사람들이 바로 효룡하고 장
홍이에요. 지금도 제일 친하게 지내고 있구요. 그리고 저

와 같은 기숙사 방을 쓰는 모용휘라는 녀석이 있는데, 일
명 청소광마라고 불리죠. 그 녀석 특기가 사물에 각을 내
서 정리하기, 먼지 하나 없을 때까지 청소하기 등등…….
뭐 그런 녀석이에요. 그리고 또 윤준호라는 녀석을 알게
되었는데요, 화산파의 제자라고 하더군요. 근데 나이도
어린 녀석이 검향지경에 들었다구 하던데… 검향지경은
알고 계시죠?

사부님 : 딱! 이녀석이, 사부를 뭘로 보는 거냐?

비류연 : 에구, 그렇다고 때릴 것까지는 없잖아요. 아무튼 그런 녀
석이 특이하게도 매화과민증이라는 특이한 지병을 가지
고 있더라구요.

사부님 : 매화과민증?

효　룡 : 그 병은 특이하게도 매화의 향기를 맡게 되면 온몸에 두드
러기가 남과 동시에 참을 수 없는 가려움을 주는 병입니
다.

장　홍 : 정말 황당한 녀석이었죠. 최근에 화산파에서도 검향의 경
지에 이른 사람은 2~3명에 불과한데… 고작 매화 과민증
때문에 검을 쓰지도 못하다니.

나예린 : 정말 그렇군요. 매화 과민증이라니…….

비류연 : 아무튼, 그렇게 몇 사람을 알게 되었구요, 수업시간에는
의무과목 외에 음공을 배우기로 했죠. 음공 중에서도 금
을 이용한 음공 말이에요. 묵금을 들고 나왔는데 써먹을
데도 없고 해서 말이죠. 그렇게 수업을 들으면서 무림역

사에 대해서 배웠어요. 뭐 천겹령이라느니…….

효룡 & 장홍 : 그 참담한 단어는 내뱉지 말게나!

나예린 : 그 말은… 별로 듣고 싶지 않군요.

사부님 : (중얼거리며)천겹령이라… 오랜만에 들어보는 이름이로 군.

비류연 : 에? 뭐라구요?

사부님 : 응? 아, 아니다. 이야기나 계속해 보거라.

비류연 : 뭐, 그렇죠. 그 외에는 별로 특별한 게 없어요. 수업시간에 졸다가 암기에 맞을 뻔한 것과, 앞머리를 자르라는 권유를 한 노사님도 있었죠. 제 앞머리는 사부님도 아시다시피, 사부님이 기르라고 하신 거잖아요.

사부님 : 흐음… 그렇지. 하지만 정확히 말해서 내가 원해서라기보다는 검류혼 작가의 상업적 전략이 은근히 느껴지는 설정이기도 한 것 같은데?

효룡 & 장홍 : 생각해보니 정말 그러네요.

비류연 : 흠… 그러네요. 설마 나중에 추한 얼굴이 나온다든가 그런 건 아니겠죠?

장 홍 : 뒷일은 모르지.

사부님 : 네 녀석이 계속해서 작가에게 곤란을 준다면 혹시… 흐흐흐.

나예린 : 역시 작가는 막강하군요.

효 룡 : 네, 아마도 그 '천겹혈신' 조차도 당해내기 어렵지 않을까요?

비류연 : 작가를 당해낼 수 있는 것은 아마도 '돈' 뿐일 거야. 머니
　　　　머니해도 돈이 최고지. 특히 독사굴이라는 곳에서 굶주려
　　　　가며 마감을 해야하는 작가에겐 더더욱 그렇지 않을까?

사부님 : 맞다! 역시 그게 정답이군. 넌 역시 이 훌륭한 사부의 사랑
　　　　스런 제자다, 으헤헤.

효룡 & 장홍 : (속으로) 우웨엑.

나예린 : 두 분이… 무척 닮은 것 같군요.

효　　룡 : 정말 그렇군요. 그 괴상한 성격부터 '돈' 을 좋아하는 점까
　　　　지 정말 비슷해요.

비류연 : (속으로) 효… 효룡 저 녀석이…….

사부님 : 으헤헤… 그래도 보는 눈이 있구나. 역시 우리는 천하제
　　　　일의 사제지간이다. 그렇지 않느냐 제자야?

비류연 : 에헤헤… 뭐 그렇다고 하죠. 그건 그렇고, 그때쯤에 나 소
　　　　저를 처음으로 만났어요. 수업을 마치고 여기저기를 돌아
　　　　보다가, 우연히 도착한 곳이… 어디더라…….

나예린 : 운향정입니다.

비류연 : 아, 그렇지. 운향정이란 곳에 도착을 했는데 거기서 나 소
　　　　저를 처음으로 보았죠. 그때는 정말 망치로 머리를 얻어
　　　　맞은 것 같았어요. 정말 신선한 충격이었죠. 그래서 전 본
　　　　능에 따라 움직였구…….

효룡 & 장홍 & 사부 : (눈을 초롱초롱 빛내며) 움직였구?

비류연 : 입맞춤을 해버렸죠.

나예린 : 그땐… 너무 경황이 없던 나머지 저도 당황했었습니다.

솔직히 정자에 앉아서 금을 연주하고 있는데, 갑자기 그
렇게 당할 줄은…….

비류연 : 에이… 대신 저도 아끼던 무복 한 벌을 버렸잖아요.

효룡 & 장홍 & 사부 : 무슨 소리?

비류연 : 아아… 입맞춤이 끝남과 동시에 나 소저가 검을 휘두르더
라구요. 너무 달콤한 나머지 멍하게 있다가 베일 뻔 했어
요.

나예린 : 그때… 조금만 더 깊었더라면… 아쉽군요.

효룡 & 장홍 : 그렇게 진도가 빠르리라고는 생각 못했네.

비류연 : 근데, 그게 끝이 아니었지. 막 입맞춤을 끝내고 가려는데,
한 녀석이 갑자기 덤벼들더라구. 그 선배 이름이… 이름
이…….

나예린 : 위지천입니다.

비류연 : 아! 그래. 위지천 선배였지. 그 선배가 빙봉영화수호대의
대주라더군. 나한테 덤비던 것도 당연하지.

효 룡 : 위지천이라면… 자네와 삼성무제 결승에서 맞붙었던…
그 천무구룡의 일인이자 구정회의 청흔, 백무영과 더불어
삼강(三强)으로 불리는 선풍검룡말인가?

비류연 : 그래. 그 선배가 맞을 거야.

사부님 : 그래서? 설마 그 녀석에게 당한 것은 아니겠지, 제자야?

비류연 : 쳇, 절 뭘로 보시는 거에요?

사부님 : 당연히 사랑스럽고 싸가지가 없는 제자로 보고 있지. 그
런데 빙봉영화수호대는 또 뭐냐? 구정회는 뭐구?

비류연 : 나 소저가 워낙 아름답다 보니까, 나 소저를 사모하는 녀
석들이 모여서 만든 단체에요. 나 소저의 별호가 빙백봉
이거든요. 참고로 천무학관에서 가장 뛰어난 남녀 기재
16명을 통틀어 구룡칠봉이라고 하는데요, 나 소저는 그중
칠봉 중 한 명이에요. 아까 말한 위지천이란 선배와, 청혼
선배, 백무영선배가 모두 구룡 중 일인이구요. 구정회는
구대문파의 제자들이 모여서 만든 친목모임이죠. 그에 반
하는 팔대세가의 제자들과 자제들이 모인 군웅팔가회란
곳도 있어요.

사부님 : 에잉… 참 별거별거 많은 곳이구나. 그런데? 그 위지천이
란 놈은?

비류연 : 당연히 한방에 보내버렸죠. 막 검기를 쏘아대길래 그냥
봉황무로 피하면서 갖고 놀다가 비뢰도 1개를 날려서 오
른팔만 긁어줬죠.

효   룡 : 비뢰도? 그게 뭔가?

비류연 : 아! 그래. 자네들은 아직 내 진신절기를 모르고 있군. 비뢰
도가 내 진신절기이자 사부님에게 전수 받은 무공이지. 비
뢰도는 비도와 사검의 결정체라고 할 수 있는 무공이야.

사부님 : 흐음… 그리고 천하제일의 무공이기도 하지. 너희들도 백
일창 천일도 만일검이라는 말을 알고 있겠지?

효룡 & 장홍 & 나예린 : 네.

사부님 : 내가 단언코 말하건데, 만일검이라면 일억일 비뢰도이다.

효룡 & 장홍 : 네에? 그렇게 오래 걸려요?

나예린 : 자부심이 대단하시군요.

사부님 : 겔겔겔… 비뢰도는 그런 무공이지.

비류연 : 맞아. 비뢰도는 그런 무공이야. 아무튼 전 그렇게 나 소저를 만났어요. 그리고 동호회라는 곳에 들었어요. 동호회는 천무학관 내에서 비슷한 취미를 가진 사람들끼리 모여서 만든 친목회 같은 거죠. 제가 든 동호회는… 뭔지 맞춰 보세요?

사부님 : 네 녀석 성격에… 돈이 되는 일이거나… 여자와 관련된 동호회가 아니냐?

효　룡 : 하하하… 정확하시군요. 저 녀석이 든 동호회의 이름은 '애소저회' 입니다. 사랑할 '애' 자를 써서 소저를 사랑하는 모임이란 말이죠. 주로 하는 일은… 흠흠… 좀 민망하군요. 나 소저도 계시니까 말하지 않기로 하죠.

사부님 : (전음으로) 호호호… 류연아, 무슨 일을 하는 거냐? 어서 말해봐!!!

비류연 : (전음으로) 그러니까… 아름다운 소저들의 신상정보를 수집하고, 속옷을 수집해서 소장하기를 원하는 분에게 소량의 대가를 받고 인계한다는…….

사부님 : (전음으로) 그렇단 말이지. 그럼 너 혹시 저 나예린이란 아이의 속옷도 가지고 있냐?

비류연 : (전음으로) 물론이죠. 그것 때문에 조금 고생도 했지만, 그래도 너무 기분이 좋더라구요. 근데 나 소저한테는 말하지 마세요. 나 소저는 제가 그런 짓을 한 줄 모르거든요.

사부님 : (전음으로) 호호호… 그게 맨입으로 될까? 험험… 20년산
옥루주 한 병이면 될 것 같기도 하고…….

나예린 : 전음으로 무슨 대화를 그렇게 오래 나누시는 거죠?

비류연 : !!! 아하하… 아무것도 아니에요. 그런데 천무학관에서 개
최하는 행사 중에 삼성무제라는 게 있어요. 삼성무제는
그냥 학관내의 무술대회쯤으로 생각하시면 돼요. 그런데
제가 거기에 참가를 해서 우승을 했거든요.

나예린 : 저와 했던 약속 때문이기도 하죠.

사부님 : 무슨 말이지?

효 룡 : 그건 제가 말씀드리죠. 류연이 가입한 동호회가 애소저회
라는 곳이란 건 아까 말씀드렸죠? 그런데 그때 백향관에
침입자가 발생하는 사건이 일어났었거든요. 백향관은 여
자관도들의 기숙사에요. 그런 곳에 남자로 추정되는 괴인
이 침입을 했으니 난리가 나는 게 당연했죠. 다행히 큰일
은 없었지만, 이상하게도 나 소저께서 류연이를 범인으로
지목하시더라구요. 그래서 류연이는 발뺌을 했고, 나 소저
께서는 삼성무제에서 우승을 하면 믿어주겠다고 했죠. 그
래서 류연이가 삼성무제에 참가하게 된 겁니다.

사부님 : 흐음… 그렇단 말이지. 그런데 넌 왜 류연이를 범인으로
지목했지?

나예린 : 저에겐 용안이라는 능력이 있습니다. 용안으로 상대방의
심리를 읽어내서 좀더 효율적으로 대처 할 수 있죠. 그래
서 전 용안을 자주 사용하는 편입니다. 그런데 유일하게

용안이 통하지 않았던 사람이 한 명 있었죠. 그 사람이 바로 비 공자였습니다. 그런데 그날 백향관에 침입했던 범인 또한 용안으로 읽을 수 없는 상대였죠. 그래서 비공자를 범인으로 지목한겁니다.

사부님 : (전음으로) 으흐흐… 류연아… 영사심결의 성취가 대단하구나. 벌써 허무도를 쓸 수 있는 게냐?

비류연 : (전음으로) 에헤헤… 당연하죠.

비류연 : 에헤헤… 그래서 제가 오해를 풀기 위해 삼성무제에 참가했죠. 그래서 결국은 우승했구요.

장　홍 : 그땐 자네가 정말로 우승을 해버리리라고는 생각도 못했네. 게다가 자네가 그때 한 행동은 상상을 초월했지 않았는가?

효　룡 : 아하하! 그래 맞아. 자네가 묵금을 휘두르고 다닐 때는 정말 황당했었네. 하지만 그 전옥기라는 녀석을 후려쳐 줄때는 정말이지, 한달 만에 볼일을 본 것 같은 기분이었지!

사부님 : 전옥기? 그건 또 누구냐?

장　홍 : 그건 제가 말씀드리죠. 점창파의 제자인 녀석인데, 상당히 불순하고 싸가지가 없답니다. 시합 전날에 식당에서 식사를 하고 있는데, 저희가 거기에 있었음에도 불구하고 대놓고 험담을 하지 뭡니까?

비류연 : 그래서 제가 시합 때 묵금으로 면상을 한번 찔러주고, 양뺨을 후려친 다음 다리를 걸어서 하늘로 띄우고, 마지막 격타로 비무대 밖으로 날려버렸죠.

사부님 : 푸하하!!! 역시 내 사랑스런 제자답구나! 그런 놈한테는 주

먹이 최고지! 암, 그렇구 말구…….

나예린 : (속으로) 역시 닮았어.

사부님 : 그래… 그 전옥기라는 놈은 그렇다 치고, 결승전에서는
　　　　　누구랑 비무를 했느냐?

비류연 : 아까도 말했었던 위지천 선배에요. 그 선배가 그날 저한
　　　　　테 당한 게 너무 억울했는지 폐관수련까지 해가면서 삼성
　　　　　무제에 나왔다고 하더군요. 이히히… 뭐 결국 저한테 또
　　　　　지고 말았지만요.

사부님 : 그래, 비뢰도는 날렸느냐?

비류연 : 오랜만에 몸도 풀 겸해서 뇌광류하곡이나 한번 연주해줬
　　　　　어요.

사부님 : 흐흐흐… 녀석… 그 위지천이라는 녀석의 모습이 눈에 선
　　　　　하구나. 그래서 또 무슨 일이 있었지?

비류연 : 그 뒤로는… 그냥 지내다 보니 2학년이 되었어요. 처음에
　　　　　제가 2학년이 되었다고 하니까 아무도 안 믿더라구요.

장홍 : 자네의 수업태도를 아는 사람들이라면 모두가 그렇게 말했
　　　　을 것일세.

효룡 : 그래. 그건 장홍 말이 맞아. 네 수업태도는 천무학관 내에서
　　　　도 불량하기로 유명하잖아.

비류연 : 뭐 그런 건 상관없지. 그래서 2학년이 된 뒤에 무당산으로
　　　　　특수 보강훈련을 가게 되었죠. 가는 도중에 사소한 일이
　　　　　몇 가지 있었고, 도착해서도 몇 가지 일이 있었는데…….

효룡 : 사소한 일이라니! 사소하기보다는 엽기적인 일이라고 해 두

지.

나예린 : 정말 그렇군요. 엽기적이란 말이 더 어울리겠어요.

장홍 : 녹림72채 중 하나인 적웅방의 방주를 인질로 잡고 돈을 요
구하던 그 모습이란…….

사부님 : 그래! 이 녀석이 그랬단 말이지? 으헤헤… 류연아, 너 수완
이 많이 늘었구나?

비류연 : 하하하 뭘요! 보통이죠. 사부님에 비한다면 아직 멀었죠.

효룡 & 장홍 : (흠칫!) !!!

나예린 : 풋… 역시 닮았어.

비류연 : 그건 그렇고요, 무당산에서 합숙 수련을 하는데 갑자기
이상한 녀석들이 암습을 해오더라구요.

사부님 : 암습? 거 바보 녀석들이로구나. 물론 당하지는 않았겠지?
제자야?

비류연 : 당연한 일 아니겠어요? 그런데 그 녀석들이 사랑스런 제
제자 녀석들을 괴롭히더라구요. 그래서 비뢰도를 한번 날
려서 다 쓸어버렸죠.

사부님 : 제자? 아! 그 너한테 강해지고 싶다고 말했다는 그 아이들
말이냐?

비류연 : 네 맞아요. 천무학관에서 주작단이라는 이름으로 불리는
아이들이에요. 지금은 대사형으로 행세를 하고 있죠. 그
때는 인피면구를 쓰고 있었으니, 지금도 사부로 행세하기
는 힘들더라구요. 혹시 사부가 그 녀석들을 만나면 마음
대로 부려먹으세요. 제자의 소박한 정성으로 생각하시

고…….

사부님 : 겔겔겔… 역시 내 제자구나. 네 정성은 감사히 받으마. 그런데 또 어떻게 됐냐?

비류연 : 근데 주위를 둘러보니까 나 소저가 없는 거예요. 그래서 알아보니 산으로 산책을 갔다고 하더라구요. 그래서 나 소저 걱정이 돼서 찾으러 갔죠.

나예린 : 그때는… 고마웠어요. 그런데 왜 당신에게 도움을 받은 일은 도무지 고마운 마음이 들지 않는지 모르겠군요. 정말 이상해요.

비류연 : 나 소저를 집단으로 암습하던 녀석들을 쓸어버린 후, 돌아오려는데 비가 꽤 많이 오더라구요. 그래서 주위를 둘러보니 동굴이 하나 있길래 그 속에서 나 소저와 하룻밤을 보냈죠.

효룡 & 장홍 & 사부님 :(눈을 반짝이며) 하룻밤!!!

나예린 : 하룻밤을 같이 보낸 건 사실이지만, 일체의 신체적 접촉은 없었습니다.

비류연 : 아하하… 그땐 정말 좋았는데… 정말 아무런 일도 없었어요.

사부님 : 쩝. 그러냐? 왠지 아쉽구나.

비류연 : 아무튼 다음날 합숙 수련소로 돌아가서 며칠이 지난 뒤… 참, 이야기해도 괜찮아, 효룡?

효 룡 : 뭐 독자 분들이 원하신다는 데 어쩌겠나. 다만 이런 설정을 만든 작가를 원망할 뿐이네.

비류연 : 그래? 그 작가 언젠간 한번은 크게 다칠 거야. 그건 그렇
　　　　다 치구 며칠이 지난 뒤 갑자기 한 괴인이 습격을 해오더
　　　　라구요. 아니, 괴인이 아니라 괴인을 비롯한 이상한 두 늙
　　　　은이를 포함한 괴집단이라고 해야겠군. 이상한 두 늙은이
　　　　는 이름이… 이름이…….

장　홍 : 천지쌍살일세. 초혼검 천살과, 명왕도 지살을 일컬어 부
　　　　르는 말이지.

사부님 : 그래서?

비류연 : 그래서라뇨? 전 그때 여자는 약한 모습을 보이면 자신을
　　　　좋아해 준다는 어떤 연애에 실패한 늙은 노총각 분(누구일
　　　　까?)의 조언을 듣고는 천살 늙은이를 말발로 놀리고는 나
　　　　소저한테로 도망을 쳤죠. 그런데 나 소저는 그런 모습을
　　　　좋아하기는커녕 경멸하는 것 같더라구요.

나예린 : 그때는 정말 당신이 천살에게 겁먹은 줄 알았습니다. 하
　　　　지만 그 뒤에 당신이 보여준 모습은 엄청난 것이었죠. 당
　　　　신이 벌써 심검지도에 통달했으리라고는 생각도 못했습
　　　　니다.

비류연 : 아하하… 무슨 겨우 그런 걸 가지고 감탄하고 그러세요?
　　　　그 늙은이가 약했던 것뿐인데…….

장　홍 : 천살 초혼검이 약하다고? 그 늙은이가 지난 몇 십년간 자
　　　　행해왔던 악행을 모르는 건가? 뭐… 하긴 자네라면 그런
　　　　걸 몰라도 이상한 건 아니겠군. 자네가 천살의 팔을 날려
　　　　버리는 순간 솔직히 감탄했다네. 자네에게 그런 실력이

있었을지 누가 알았겠는가?

사부님 : 누구 제자인데? 이 천하제일인이자 고금무적인인 나의 제
        자라면 당연한 것이 아니냐? 그런데 나머지 한명, 괴인은
        누구냐?

비류연 : 그 괴인은…….

효   룡 : 이름은 효봉, 제 형입니다. 형이 그 당시 천살의 초혼섭령
        술에 당해있어서 아무것도 구별하지 못하고 살인만을 자
        행하려고 했죠. 그때 류연이 초혼섭령술을 깨고 저희 형을
        구원해 주었어요. 항상 고맙게 생각하고 있죠. 그런데…
        형은 좋지 않은 몸 상태에서 섭령술에 걸려 너무 무리를
        한 까닭에 결국… 죽고 말았어요. 형의 고통을 덜기위해
        서… 제 손으로 직접… 베었죠.

사부님 : 쯧쯧, 그런 일이 있었구나. 내가 괜히 물어본 거냐?

효   룡 : 아닙니다. 언제까지 그 일로 상심만 하고 있을 수는 없잖
        아요. 형도 그런 건 바라지 않을 거예요.

비류연 : 그 뒤로 천무학관으로 돌아갔는데, 흑도쪽에서 효룡이 형
        의 죽음을 문제로 삼아 우리를 피의 율법에 따라 데려가
        겠다고 하는 거예요. 당연히 우리는 거부했고, 그러자 강
        제로 실력을 행사한다면서 철각비마대라고 하는 기마병
        집단을 보내는 바람에 저희가 나서서 막기로 했죠. 그런
        데 이리저리 탁상공론만 하고 있길래, 제가 그냥 쓸어버
        리려고 그 녀석들을 막았죠. 다음은…….

효룡 & 장홍 & 사부님 : 다음은?

나예린 : 어떻게 됐죠?

비류연 : 8권을 보시면 알아요. 에헤헤… 작가의 상업성이 돋보이
　　　　는 마무리죠?

효　　룡 : 역시 작가가 돈을 엄청 밝히는 게 분명해.

사부님 : 흠… 난 어서 8권을 사러 서점에 가봐야겠구나. 담에 보자
　　　　꾸나, 제자야! (피잉!!!)

비류연 : 정말 징그럽게 빠른 늙은이야. 에휴… 여러분! 8권에서 뵙
　　　　겠습니다! 앞으로도 비뢰도 많이많이 사랑해주세요!!! 그
　　　　럼 안녕!!!

효룡 & 장홍 : 안녕!!!

나예린 : 안녕하시길.

이진설
대공자
효룡